retiens-moi

J. KENNER

DU MÊME AUTEUR

Nikki & Damien Stark

Délivre-moi

Possède-moi

Aime-moi

Comble-moi (une nouvelle)

Prends-moi (une nouvelle)

Joue mon jeu (une nouvelle)

Surprends-moi (une nouvelle)

Retiens-moi

Tout contre toi (une nouvelle)

Tout pour toi (une nouvelle)

Protège-moi

Damien

Plus de Nikki & Damien à venir

L'Ange déchu

Mon Ange Déchu

Mon Doux Péché

Ma Cruelle Rédemption

Jackson & Sylvia

Sur tes lèvres

Sur ta peau

À tes pieds

Cri du cœur - Mister Septembre

Corps à corps - Mister Octobre

État d'esprit - Mister Novembre

Force d'âme... - Mister Décembre

Cocktail royal - livre bonus

BLACKWELL-LYON SÉCURITÉ

Nos adorables mensonges

Nos drôles de jeux

Nos belles erreurs

Nos plus beaux rôles

ÉCRIT COMME JULIE KENNER

MAMAN CONTRE DÉMON

Démon de l'après-midi

Démons et merveilles

Démon ne meurt jamais

Déjà démon

Allô maman, démon ! (nouvelle)

Démon ex machina

Démon en vadrouille

Démon à bord

Démon, mode d'emploi

Abonnez-vous à la newsletter de l'édition française de JK pour des informations sur les sorties en français, les apparitions en France, et plus encore.

juliekenner.com/nouveaux-livres/

retiens-moi

J. KENNER

M&O

Traduit de l'anglais par Laure Valentin

Retiens-moi © 2017, 2021 par Julie Kenner
Conception graphique de la couverture par Michele Catalano, Catalano Creative
Image: kieferpix
Traduit de l'anglais par Laure Valentin
ISBN : 978-1-953572-55-4

Publié par Martini & Olive Books
v-2022-4-16P

CHAPITRE UN

Je regarde par la vitre les jardins parfaitement entretenus qui bordent la grande rue, que je remonte à bord d'une Rolls Royce Phantom classique au luxe somptueux. Elle est si élégante et magique que je ne peux m'empêcher de me sentir comme une princesse dans son carrosse royal.

La route est ombragée par des rangées parallèles de chênes imposants, dont les branches se rejoignent en arches au-dessus de la rue pour créer une canopée verdoyante. La lumière du matin perce entre les feuilles, formant des rayons dorés dans lesquels scintillent des grains de poussière, qui dansent sur une mélodie festive connue d'eux seuls, contribuant à l'illusion que nous évoluons dans un monde de conte de fées.

Oui, c'est l'image idéale d'un moment parfait.

Et pourtant, non. Pas vraiment. Ou du moins, pas pour moi.

Parce que je ne suis pas dans une histoire pour enfants.

Nous sommes à Dallas. C'est le quartier où j'ai grandi. Cela n'a donc rien d'un conte de fées. C'est même un cauchemar.

Les branches ne sont pas magnifiques, elles sont intrusives. Elles se tendent pour m'attraper. Pour me garder prisonnière, me prendre au piège.

La canopée ne forme pas un couloir royal conduisant vers

un château. Elle mène tout droit dans une cellule. Et ce n'est pas la *Danse de la fée Dragée* que l'on entend, mais plutôt un requiem pour les morts.

Le monde extérieur à la voiture est jalonné de pièges et, si je ne fais pas attention, j'y tomberai la tête la première. Je serai détruite par les ténèbres qui se cachent derrière les fausses façades de ces demeures majestueuses. Ce n'est pas un joyeux conte pour enfants, mais un véritable film d'horreur. Dupée par des promesses de beauté et enfermée à jamais, je serai lentement anéantie, réduite en pièces par les monstres tapis dans l'obscurité.

Respire, je m'ordonne. *Tu peux le faire. Tu dois juste penser à respirer.*

—Nikki. *Nikki.*

La voix de Damien me fait sursauter, me ramenant à la réalité, et je me redresse vivement, adoptant la posture qui convient pour chasser les fantômes de mes souvenirs.

Sa voix est douce, pétrie de tendresse, mais quand je lève les yeux vers lui, je constate que ce sont mes genoux qu'il regarde.

Pendant un instant, je suis perplexe, puis je me rends compte que j'ai légèrement remonté ma jupe et que mes doigts effleurent la violente cicatrice qui balafre l'intérieur de ma cuisse. Un souvenir de l'infâme et profonde blessure que je me suis infligée, dix ans plus tôt, quand je cherchais désespérément un moyen d'exprimer toute cette peur et cette colère refoulées qui tournoyaient en moi comme une armée de démons.

Je retire ma main avant de me tourner vers la vitre. Aussi étrange et ridicule que ce soit, j'ai honte.

Il ne dit rien, mais la voiture se range au bord du trottoir et s'arrête. Quelques instants plus tard, les doigts de Damien se joignent aux miens. Je les serre pour puiser en eux ma force. Quand je me tourne pour le regarder en face, je remarque dans les traits contractés de son beau visage une inquiétude qui se propage jusque dans ses yeux bicolores si exceptionnels.

Si son inquiétude est indéniable, c'est ce que j'aperçois ensuite qui me laisse sans voix. Son regard est rempli de compréhension. De soutien. De respect.

Par-dessus tout, j'y vois un amour si farouche qu'il est capable de me faire fondre, et je m'abandonne à ses propriétés apaisantes.

C'est le plus beau miracle de ma vie et, par moments, je n'arrive toujours pas à croire qu'il soit à moi.

Damien Stark. Mon mari, mon amant, mon meilleur ami. Un homme qui dirige son empire d'une main de fer. Qui ne reçoit d'ordres de personne et qui pourtant, aujourd'hui, joue les chauffeurs pour pouvoir être à mes côtés quand j'affronterai mon passé.

Pendant un moment, je me contente de m'imprégner de lui. De sa force, manifeste dans ses gestes autoritaires et son corps fin et athlétique. De son soutien, exprimé par ces yeux qui me contemplent avec intimité et qui ont, au fil des ans, appris à deviner tous mes secrets.

Damien connaît chaque cicatrice de mon corps, ainsi que les histoires qu'elles recèlent. Il connaît la profondeur de ma souffrance et il sait ce que j'ai enduré, ce que son amour m'a aidée à surmonter.

Enfin, il a conscience de ce qu'il m'en coûte de revenir au Texas. D'emprunter ces rues. De revoir ce quartier plein de douleur et de mauvais souvenirs.

Avec un frisson, je dégage ma main pour croiser les bras sur ma poitrine.

—Oh, bébé.

Son angoisse est si intense qu'elle en devient presque palpable.

—Nikki, tu n'es pas obligée de faire ça.

—Il le faut.

J'ai parlé d'une voix rauque. Ma gorge est à vif, trop gonflée par les larmes que je retiens.

—Ma chérie...

J'attends qu'il continue sa phrase, mais il se tait. Son visage est tendu, comme s'il ne savait pas quoi dire ni comment le formuler – mais Damien Stark n'hésite jamais. Ni en affaires. Ni dans sa vie personnelle. Ni avec moi.

Et pourtant, en cet instant, il n'est pas sûr de lui. Il me traite comme si j'étais fragile et cassante.

Un élan de colère imprévisible me traverse. Pas envers lui, mais envers moi. Parce qu'il a raison. En ce moment, je suis plus vulnérable que jamais et ce n'est pas une vérité agréable. Je me suis tellement battue pour être forte, et avec Damien à mes côtés, j'ai réussi.

Mais voilà que tous mes durs efforts sont réduits à néant pour la simple raison que je suis de retour dans la ville de mon enfance.

—Tu penses que c'était une erreur de venir ici.

Si je m'exprime sèchement, ce n'est pas contre Damien que je suis furieuse. C'est contre moi.

—Non, dit-il sans hésiter.

Je me laisse réconforter par l'immédiateté et l'assurance de sa réponse.

—Mais je me demande si c'est le bon moment, ajoute-t-il. Demain serait peut-être mieux. Après tes réunions.

Si nous sommes venus au Texas, ce n'est pas pour que je puisse me torturer en traversant mon ancien quartier et en rendant visite à l'inconnue qu'est devenue ma mère, mais parce que j'aspire à décrocher un contrat avec l'une des sociétés de développement Web les plus florissantes du pays. Ses diri-geants ont l'intention de décliner toute une série d'ap-plications, à la fois pour usage interne parmi leurs employés et externe auprès de leurs clients.

Je leur ai soumis une proposition et à présent, je fais partie de l'une des cinq entreprises conviées à un entretien à Dallas, et la mienne est de loin la plus petite et la plus récente. Bien sûr, je suppose que si j'ai reçu cette invitation, c'est en partie parce que je suis mariée à Damien Stark, et parce que ma société produit déjà des logiciels sous licence pour Stark International.

Un an plus tôt, cela m'aurait posé un problème.

Plus maintenant. Je suis compétente, et si mon nom de famille me met le pied à l'étrier, alors soit. Peu importe pourquoi l'occasion m'est donnée, car je sais que mon travail est irréprochable. Si j'obtiens ce contrat, ce sera uniquement pour les mérites de mon offre et de ma présentation.

C'est une immense opportunité et je ne veux pas tout gâcher. D'autant plus que mon objectif pour les dix-huit prochains mois est de développer ma clientèle, embaucher cinq employés et étendre mes bureaux à tout l'étage du bâtiment qui les héberge.

J'ai travaillé pendant des mois sur mon plan d'affaires. J'étais dans un état d'intense nervosité le soir où je l'ai remis à mon brillant mari, maître de l'univers et entrepreneur de génie, pour avoir son avis. Quand mon document a enfin reçu le sceau de validation de Damien Stark, j'ai failli m'effondrer de soulagement. Mon plan pour développer ma société ne dépend pas de ma réussite à cet entretien, mais si je décrochais ce contrat, je pourrais avancer de six mois toutes les échéances de mes objectifs. Plus important encore, j'ancrerais fermement ma société sur la carte de la concurrence.

Mes épaules s'affaissent quand je croise son regard.

—Tu crains que je sois déstabilisée si je rencontre ma mère, que je foire la réunion de demain et entrave mes chances de remporter ce contrat.

—Je veux que tu sois sous ton meilleur jour.

—Je le sais bien, dis-je avec sincérité, consciente que Damien m'a toujours soutenue. Tu ne comprends pas ? C'est justement pour ça que nous sommes ici. Considère qu'il s'agit de frappes préventives.

Il se renfrogne, mais avant qu'il puisse me demander ce que je veux dire par là, je m'empresse de le lui expliquer.

—Ça me bouleverse d'être à Dallas, nous le savons tous les deux. Elle hante cette ville. Heureusement que tu es avec moi en ce moment, c'est beaucoup mieux. Mais tu ne peux pas être là éternellement, et avant de passer mon entretien, je veux être certaine d'être en mesure de faire les allers-retours entre Los Angeles et Dallas sans craindre de tomber sur elle à chaque coin de rue.

La vérité, aussi pathétique qu'elle soit, c'est que ces derniers temps, j'ai tendance à voir ma mère partout. J'ai cru l'apercevoir dans les centres commerciaux de Beverly Hills. Sur les plages de Malibu. Dans des rues bondées. À des galas de charité. J'ignore pourquoi cette femme que j'ai déployé tant d'efforts pour chasser de mon esprit revient brusquement en première ligne dans mon imagination, mais c'est malheureusement le cas.

Et je n'ai aucune envie qu'elle y reste.

Je prends une inspiration en espérant qu'il me comprenne.

—J'ai besoin de faire la paix avec tous ces démons pour me concentrer sur mon travail. S'il te plaît, j'ajoute sur un ton suppliant. S'il te plaît, dis-moi que tu comprends.

—Oui, dit-il avant de prendre ma main pour déposer de délicats baisers au bout de mes doigts.

Au même moment, son téléphone se met à sonner. Il est posé sur le tableau de bord et je vois qu'il s'agit d'un appel de son avocat, Charles Maynard.

—Tu ne veux pas répondre ? je demande en le voyant froncer les sourcils, puis refuser l'appel.

—Ça peut attendre.

Je perçois une certaine rudesse dans sa voix et je me demande ce qu'il ne me dit pas. Bien sûr, Damien ne me tient pas au courant de tous les aspects de son travail – étant donné qu'il possède et gère pratiquement toute la planète en plus de quelques systèmes solaires éloignés, cela exigerait beaucoup trop de détails –, mais il a l'habitude de m'informer des sujets qui lui posent un problème.

Je fronce les sourcils. De toute évidence, il ne m'en parle pas car j'en ai déjà gros sur le cœur. Même je suis sensible à cette attention, je n'aime pas l'idée que ma mère se soit une fois de plus immiscée entre mon mari et moi.

—Tu devrais le rappeler, lui dis-je. S'il appelle un dimanche, ce doit être important...

Je laisse les mots faire leur chemin, en espérant qu'il saisira la balle au bond, mais il se contente de secouer la tête.

—Ne t'inquiète pas pour ça, dit-il au moment où son téléphone indique la réception d'un texto.

Il s'en empare, mais j'ai le temps de voir le nom de Charles apparaître à nouveau sur l'écran, avec un seul mot cette fois : *Urgent*.

Damien rencontre mon regard. Pendant un instant, sa frustration est presque comique. Puis, il effleure le bouton de rappel et porte son téléphone à son oreille. Une seconde plus tard, il s'exclame :

—Bon sang, je vous ai dit que je ne voulais pas être dérangé pour ça.

Il écoute la réponse et je vois des rides se creuser entre ses sourcils. Enfin, il soupire. Ça fait bien longtemps que je ne l'ai pas vu aussi contrarié.

Une appréhension glaciale me submerge. Damien n'est pas homme à se laisser perturber par ses affaires. Au contraire, plus un problème présente de difficultés et de défis, plus il se réjouit.

Cela veut donc dire que c'est personnel.

—Je comprends bien, Charles, mais je ne vous paie pas pour vos conseils à ce sujet. Je vous paie pour ces ressources que vous aimez tant me vanter. Alors servez-vous-en, bon sang. Faites tout ce qui est en votre pouvoir et obtenez-moi des réponses avant mon retour à Los Angeles. Très bien, ajoute-t-il après une autre pause. Appelez-moi si vous avez quelque chose de concret. Sinon, je vous vois dans deux jours.

Il termine la communication et repose violemment son téléphone sur l'accoudoir. J'ouvre la bouche pour lui demander ce qui s'est passé, mais sans m'en laisser l'occasion, il m'attire brusquement dans ses bras et plaque sa bouche sur la mienne. Son baiser est rude, brutal, et je m'avance contre lui pour me perdre dans sa fougue. Pendant un moment, j'en oublie mes craintes et mes soucis. Il n'existe plus rien en dehors de nous deux. Notre passion est un brasier dévorant qui purifie nos vies de tous leurs résidus, nous dépouillant jusqu'à l'os pour ne laisser rien d'autre que nos deux êtres unis.

Je suis à bout de souffle quand nous nous séparons. J'ai les lèvres endolories et le corps en feu. J'ai envie de lui, de sentir son sexe en moi. J'ai envie de bestialité, d'ardeur, d'une douleur et d'un plaisir si intenses que je pourrais m'y perdre, d'une passion si violente qu'elle me briserait. Et de Damien – toujours Damien – prompt à me ramener à la vie.

J'en ai envie, mais c'est impossible. Pas tout de suite. Parce que, quoi qu'il arrive, je suis venue dans ce quartier avec un but bien précis et si je recule maintenant, je ne retrouverai peut-être plus la force de revenir.

Ainsi, pelotonnée contre Damien, je pose ma joue contre son épaule et soupire en laissant ce moment s'attarder. Enfin, j'incline la tête pour regarder son visage. Damien ne me cache aucun secret – plus maintenant – et j'attends qu'il m'explique sur quoi portait son coup de téléphone. Mais il ne dit rien et la tristesse me broie de l'intérieur. Je connais assez bien Damien pour savoir que s'il se tait, c'est uniquement pour mon bien. Et en ce moment, il fait de son mieux pour me protéger de l'enfer émotionnel que représente ce voyage.

—Damien ?

Il joint sa main à la mienne et embrasse nos doigts entrecroisés.

—Je suis désolé. Ce moment est le nôtre. Le tien. Je n'aurais pas rappelé si…

—Je comprends. C'est bon.

Et c'est la vérité. Je comprends pourquoi il a rappelé. Et je comprends que ses excuses sont un moyen de m'annoncer qu'il ne m'en touchera pas un mot. Pas pour l'instant. Pas tant que nous n'aurons pas vu ma mère.

—Nous ferions mieux d'y aller, dis-je.

Pendant un moment, il soutient mon regard en essayant de déterminer si je suis véritablement prête. Puis, il hoche la tête et baisse les yeux sur son téléphone.

—Tu es sûre que tu ne veux pas d'abord l'appeler ?

—Non. Allons-y.

Ce que je ne dis pas – mais je suis certaine que Damien le comprend –, c'est qu'il y a un certain avantage dans l'élément de surprise. Pour une fois, j'aurai peut-être le dessus. Et le fait que Damien prévoie d'être avec moi sur le seuil à ce moment-là est un atout. J'esquisse un sourire, faible mais sincère.

—Je crois que tu l'intimides, dis-je.

—Moi ? fait-il avec un grand sourire enfantin. Je ne vois pas pourquoi.

—Hmm, je réponds. Allez, en avant.

Par un geste royal, je lui fais signe de s'engager à nouveau sur la route. Il s'est arrêté devant une demeure cossue à quelques rues de Highland Park Village – l'une des zones commerciales les plus huppées du pays, un endroit que je ne connais que trop bien. Je suis presque certaine que ma mère a tout acheté dans les boutiques de ce centre, des couches de créateurs jusqu'aux robes de bal de ma sœur Ashley et moi.

Mais en dépit du vernis mondain de cette enclave de Dallas, une Phantom ne passe pas inaperçue. Surtout cette beauté intégralement restaurée.

—Les voisins sont jaloux, dis-je en désignant deux joggeuses bouche bée sur le passage de la voiture. Ils se demandent qui emménage dans le quartier avec plus d'argent qu'ils n'en ont.

Damien nuance ma remarque.

—Ce n'est pas le prix qui les intrigue, dit-il. C'est la beauté. Le savoir-faire. La restauration. Nous sommes dans un quartier qui se délecte des apparences, ajoute-t-il avec un signe de tête sur sa droite pour indiquer la rangée de maisons fastueuses devant lesquelles nous passons.

Puis, il jette un œil sur sa gauche et ses yeux m'enveloppent tendrement.

—Cette voiture et la femme à l'intérieur sont deux joyaux de pure beauté.

Mes joues rougissent.

—Je suis d'accord avec toi pour la voiture, dis-je en toute modestie, même si je ne peux nier que le compliment me fait plaisir. Mais je crois qu'ils sont surtout fascinés par l'homme derrière le volant, et le fait qu'il se trouve du côté droit.

En général, quand nous prenons une limousine, c'est le chauffeur personnel de Damien, Edward, qui prend le volant. Mais Edward ne nous a pas accompagnés, et quand bien même, je sais que Damien aurait insisté pour conduire son nouveau jouet.

Cela fait un drôle d'effet d'être passager du côté conducteur, mais cette limousine Phantom V de 1967 est plus britannique que nature. Autrefois, c'était la limousine officielle de la famille royale.

Pas étonnant que je me sente comme une princesse de conte de fées.

Nous sommes venus à Dallas pour mon travail, mais quand Damien a appris que nous ferions le déplacement, il a pris rendez-vous avec un ingénieur de l'aérospatiale à la retraite qu'il a rencontré dans une exposition de voitures classiques et qui a pour loisir, et désormais seconde carrière, la restauration minutieuse des Bentley et des Rolls Royce. Nous nous sommes directement rendus chez lui au nord de Dallas dès notre arrivée et Damien a passé deux heures en extase, à discuter de sa Phantom.

—Combien ? a demandé Damien après avoir soigneusement inspecté la limousine, vantant son style élégant et ses prouesses mécaniques avec une vénération que le commun des mortels réserve aux stars de cinéma.

Je ne peux pas nier qu'il avait raison au sujet de la beauté et de la singularité de la voiture. Sa peinture noire est classique, mais elle brille de telle sorte que chaque angle et chaque courbe est admirablement mis en valeur. Quant à l'intérieur, il est aussi chic qu'un palais, avec son bois sculpté et ciré à la perfection et ses sièges en cuir souples et confortables. Et puis, c'est une voiture très rare. Apparemment, il n'en existe que cinq cent seize de ce modèle.

L'ingénieur a mentionné un prix à six chiffres et Damien a sorti son chéquier sans la moindre hésitation. Moins d'une heure plus tard, nous conduisions sur la route à péage en direction du sud, à bord de la dernière acquisition de sa collection automobile. La mine guillerette de Damien me faisait penser à celle d'un petit garçon le matin de Noël.

À présent, la limousine traverse Highland Park, le luxueux quartier dans lequel j'ai grandi. Bien que la valeur nette de ma famille n'ait jamais égalé celle de Damien, nous vivions dans l'opulence. Mon grand-père s'est bâti une fortune dans le pétrole et même si l'essentiel est parti en fumée à cause de la récession – et plus tard, de la mauvaise gestion de ma mère –, j'ai connu une jeunesse de privilèges, comme tous les autres enfants qui vivent dans ces belles et riches demeures.

J'ai tourné le dos à tout cela quand je suis partie à Los Angeles avec la ferme intention de fuir mon passé. Je rêvais d'une nouvelle vie, d'une nouvelle Nikki. Et j'étais bien déterminée à réussir toute seule sans traîner le boulet maternel à mon pied.

Maintenant, je ne peux réprimer un sourire quand je regarde Damien et cette voiture qui vaut plus d'argent que ce que gagnent la plupart des gens en une année. C'est amusant comme les choses changent. J'étais riche à Dallas, mais malheureuse. Maintenant, je suis pleine aux as à Los Angeles et plus heureuse que je n'aurais jamais pu l'imaginer. Et ce n'est pas grâce à mes comptes bancaires, mais grâce à cet homme.

—Tu souris, dit-il.

Il a l'air content et, une fois encore, je suis frappée de constater qu'il est aussi nerveux que moi. Damien n'est pas inquiet à la perspective de rencontrer ma mère, c'est pour moi qu'il se fait du souci.

—Je me disais simplement que j'étais très heureuse, j'avoue avant de lui expliquer pourquoi.

—C'est parce que l'argent n'est pas au centre de notre relation, répond-il. Tu m'aimerais même si j'étais ruiné.

—C'est vrai, dis-je en lui adressant un sourire espiègle. Mais je ne peux pas nier que j'apprécie les à-côtés.

Je fais courir ma main sur le tableau de bord.

—Bien sûr, j'apprécierais encore plus *celui-ci* si Edward était là.

—Ça ne te suffit pas de me tenir la main, madame Stark ?

—Je suis très satisfaite de ma main dans la tienne pour l'instant, je réponds d'un air coquin. Mais plus tard, il me faudra un peu plus que ça. Plus tard, j'aurai envie de tes deux mains sur moi.

Le coup d'œil enflammé qu'il me lance est chargé de promesses.

—Je crois que ça peut s'organiser.

—Regarde la route, chauffeur, dis-je en tendant le doigt. Et tourne ici.

Il s'exécute et je sens aussitôt mon humeur dégringoler. Parce que nous nous trouvons dans ma rue. Maintenant, nous ne sommes plus qu'à quelques pâtés de maisons de l'endroit où j'ai grandi.

Je prends une inspiration.

—Nous y sommes presque. Et tout va bien, j'ajoute, devançant sa question.

En réalité, je ne vais pas bien – pas tout à fait –, mais j'espère qu'en le disant, je calmerai l'atroce douleur qui me comprime le ventre et la nausée qui commence déjà à monter.

—Dis-moi quand nous serons arrivés.

Je hoche la tête et, pendant un instant, je nous imagine passer sans nous arrêter et continuer jusqu'à sortir complètement du quartier et retourner au centre de Dallas, le plus loin possible des souvenirs qui me submergent comme autant de vagues successives allant s'écraser sur une plage sablonneuse. Je suis enfermée dans une chambre obscure parce que les petites filles ont besoin de beaucoup de sommeil si elles veulent être belles, et Ashley me parle à voix basse à travers la porte, me jurant qu'aucun monstre n'est tapi dans le noir pour me faire du mal. Une coiffeuse tire sans ménagement mes longs cheveux dorés, sourde à mes pleurs et mes cris de douleur, tandis que ma mère, impassible, me demande de me maîtriser parce que je lui fais honte. Je suis encore en maternelle et ma mère me cramponne le bras en m'entraînant sur le trottoir pour aller m'inscrire à mon premier concours de beauté. J'ai les yeux encore rouges après avoir reçu une fessée, parce que les reines de beauté ne se plaignent pas et ne pleurnichent pas.

Je me souviens d'un dîner avec, dans mon assiette, une minuscule portion de poulet et de légumes cuits à la vapeur, tandis que ma mère et ma sœur mangeaient des lasagnes au fromage. Ma mère me disait que, si je voulais remporter des concours de beauté, je devais surveiller les calories et fuir les glucides comme la peste. Et elle pinçait sévèrement les lèvres quand je lui répétais avec insistance que je n'avais aucune envie de gagner des concours, que je voulais juste ne plus avoir faim.

Je n'étais jamais assez bien. Trop grassouillette, trop avachie, trop terne. Et malgré toute ma collection de couronnes et de titres, je ne satisfaisais jamais ses attentes, et je n'ai aucun souvenir d'elle en tant que mère ou amie. Elle ressemblait à la méchante marâtre des contes de fées. La belle-mère stricte. La sorcière dans la maison en pain d'épices.

Ashley, ma sœur aînée, a échappé à ses griffes par le simple fait de ne pas remporter les concours de beauté auxquels elle était inscrite. Après plusieurs échecs, ma mère a baissé les bras. Quant à moi, j'avais beau essayer d'échouer aussi, je subissais la malédiction des trophées et des rubans.

Pendant des années, j'ai cru qu'Ashley s'en sortait mieux que moi. Ce n'est que lorsqu'elle s'est suicidée après que son mari l'a quittée que j'ai compris à quel point ses blessures étaient profondes. Les miennes étaient physiques, les scarifications d'une fille qui retournait une lame contre sa propre peau, d'abord pour relâcher la pression et faire preuve de maîtrise de soi, et plus tard pour abîmer ses jambes de compétition et mettre un terme à la folie de ces montagnes russes émotionnelles.

Si les blessures d'Ashley étaient dissimulées sous la surface, elles n'en étaient pas moins profondes. Et les cicatrices que ma sœur et moi portions en nous avaient été infligées par notre mère.

Mon cœur bat la chamade et je me force à prendre des inspirations régulières. À me calmer. Nous y sommes presque et si je veux rencontrer ma mère, je dois garder le contrôle. Il suffirait que je montre la moindre faille pour qu'elle la retourne contre moi.

Certes, j'ai déjà réussi à prendre le dessus en la renvoyant au Texas alors qu'elle essayait de régenter mes préparatifs de mariage, imposant sa propre vision sans tenir compte de mes désirs, mais à Dallas, elle a le net avantage de jouer à domicile.

—Neuf cent trente-sept ? me demande Damien au sujet de l'adresse.

—La première maison sur la gauche après le virage, dis-je en hochant la tête.

Je suis fière de lui parler sans chevroter. Je peux le faire.

Mieux, j'ai *envie* de le faire. Crever l'abcès. Balayer toutes les toiles d'araignée.

Cette confrontation, c'est un peu comme si je brûlais de la sauge pour purifier ma maison intérieure chargée de mauvais souvenirs.

Cette pensée m'amuse et je m'apprête à en parler à Damien quand la voiture emprunte le virage, éteignant aussitôt toute ma bonne humeur.

Quelques instants plus tard, la maison de mon enfance apparaît. Mais ce n'est pas la Cadillac de ma mère qui est garée dans l'allée. Au lieu de ça, je découvre deux Land Rover, une Mercedes décapotable et un fourgon de déménagement.

Bon sang, mais où est donc passée ma mère ?

CHAPITRE DEUX

UN FRISSON me traverse et j'ai des sueurs froides sur tout le corps. Damien arrête la limousine derrière le fourgon avant de couper le moteur.

Je me tourne vers lui, cherchant sur son visage les réponses dont j'ai besoin, mais naturellement, il ne les a pas. Pendant un terrible instant fugace, je suis envahie par la sensation d'avoir été jetée à la mer, loin du monde chaud et rassurant, pour me retrouver seule et glacée, à la dérive sans aucune planche de salut.

À l'extérieur, un petit garçon de quatre ans environ accourt vers nous sur la pelouse, les yeux écarquillés. Une femme, qui doit avoir cinq ou six ans de plus que moi, le suit au pas de course en lui demandant de ne pas s'approcher de la voiture.

Je regarde le garçon, aussi hypnotisée qu'il semble l'être devant la Phantom. Enfin, sa mère le rattrape et le soulève dans ses bras. Il éclate de rire et elle l'installe sur sa hanche, où il se blottit en mettant son pouce dans sa bouche.

Ce n'est qu'en expirant que je me rends compte que je retenais ma respiration.

—Viens, dit Damien d'une voix douce en tendant la main vers sa portière.

—Mais elle n'est pas là.

Il écarte une mèche de cheveux sur ma joue. Sa caresse est aussi tendre que sa voix.

—La maison, si.

Il a raison. Je me suis tellement concentrée sur mon projet de rencontrer ma mère que j'en ai oublié tous les autres souvenirs qui l'entourent. Des souvenirs créés entre les murs de cette maison. Je pense à Ashley, qui aurait maintenant le même âge que cette jeune mère, et soudain je n'ai plus qu'une idée en tête : voir la chambre qui lui appartenait autrefois.

—C'est juste.

Ma voix est chargée de larmes que je refuse de laisser couler.

—Tu crois que nous pouvons entrer ?

—Nous allons entrer, dit-il avec cette même voix ferme et assurée qu'il emploie dans la chambre à coucher comme en conseil d'administration.

Aussitôt, je me détends, car même si tout part à vau-l'eau aujourd'hui, je suis certaine que Damien trouvera un moyen de me faire entrer dans cette maison.

Il sort et contourne la voiture pour m'ouvrir la portière. C'est le début de l'été et la chaleur du Texas me percute de plein fouet, envahissant d'un seul coup la fraîcheur de l'habitacle climatisé. Damien m'aide à sortir. Lorsqu'il referme la portière derrière moi, la femme et son fils nous ont rejoints.

—Puis-je vous aider ? demande-t-elle avec l'accent clair et raffiné de quelqu'un élevé dans le nord-est.

—Je... je m'appelle Nikki Fairchild, dis-je en pensant, au vu des circonstances, qu'elle reconnaîtra mon nom de jeune fille. Je cherchais ma mère, j'ajoute piteusement en constatant que le nom ne lui évoque rien.

—Votre mère ?

Elle fronce le nez, manifestement perplexe.

—Elizabeth Fairchild, précise Damien. Elle possède – ou possédait – cette maison.

—Nous sommes arrivés hier.

Sur sa hanche, le garçonnet se trémousse et elle le laisse glisser le long de sa jambe. Une fois debout, il reste agrippé à elle comme si elle était le refuge le plus sûr au monde.

—Savez-vous depuis combien de temps la maison était sur le marché ? demande Damien tandis que le garçon s'avance vers la Phantom.

Elle plisse le front en dévisageant Damien.

—Attendez. Je vous connais. Vous êtes ce tennis...

—Nikki ?

Une autre femme l'interrompt et je sursaute en entendant mon prénom et cette voix que je reconnais. Je me tourne vers la maison et mon cœur bondit en l'apercevant. La femme sous le porche est dans la pénombre, mais le doute n'est pas permis.

—Madame McKee ?

J'entends les trémolos dans ma voix, mais ça m'est égal. Je me précipite. Le temps que je traverse la pelouse, elle est descendue du porche pour venir à ma rencontre. Je me jette dans ses bras et la laisse me serrer contre son cœur dans une étreinte pleine d'amour. Je m'imprègne de l'affection et du soutien que me témoigne cette femme que j'ai connue toute ma vie et dont, pendant des années, j'ai fait semblant qu'elle était ma propre mère. J'avais toujours rêvé que, tôt ou tard, j'apprendrais la vérité et qu'Ashley et moi irions vivre avec sa famille. Car il était impossible de croire qu'Elizabeth Fairchild puisse être la mère de qui que ce soit.

Quand nous nous séparons enfin, mes joues sont humides de larmes. Damien est à côté de moi et je tends la main. Il la saisit par automatisme et s'adresse à Mme McKee en hochant la tête.

—Vous devez être la mère d'Ollie, dit-il en faisant référence à mon voisin d'enfance et l'un de mes plus proches amis.

—Je vous en prie, appelez-moi Caroline. Et vous devez être Damien, bien sûr.

—Oh ! J'y suis ! Vous êtes Damien Stark !

—Voici Misty, dit Caroline en désignant la jeune mère surexcitée. Elle vient d'emménager avec son mari. Ils arrivent du New Hampshire. Je connais son père depuis des années.

—C'est un plaisir de faire votre connaissance, dit Damien devant une Misty bouche bée.

—Je ne saurais vous dire à quel point je suis heureuse de vous rencontrer, dit Caroline à Damien. Et ça faisait bien trop longtemps que je ne t'avais pas vue, jeune femme.

Elle me regarde en rayonnant, avec ce genre d'affection sincère que je n'ai jamais vue dans les yeux de ma propre mère.

—J'ignorais que tu étais en ville.

—Je n'ai pas pensé à vous le dire, j'avoue. Je n'ai même pas annoncé à Ollie que je venais au Texas. Je suis ici pour affaires. J'ai une réunion demain et… je m'interromps en fronçant les sourcils. À vrai dire, je suis venue voir ma mère. Savez-vous où elle est partie ?

Caroline secoue la tête.

—Nous ne sommes pas restées en contact une fois qu'Arthur et moi avons déménagé dans notre appartement d'University Park. Ce n'est qu'à quelques kilomètres, mais j'ai l'impression que le Grand Canyon nous sépare. Cela dit, j'ai entendu dire qu'elle cherchait un endroit plus petit, elle aussi, et quand j'ai appris que la maison était sur le marché, j'en ai fait part à Misty et son mari. C'était il y a environ deux mois, n'est-ce pas ?

À côté de moi, Misty opine du chef.

—Nous n'avons eu de contacts qu'avec notre agent immobilier. Et la maison était déjà vide quand nous l'avons visitée pour la première fois.

—Maman ! Maman !

Son petit garçon lui tire la main.

—Voiture ! S'il te plaît ! Veux voir la grosse voiture !

—Chut, Andy.

La voix de Misty est aussi douce que son sourire, mais

quand elle lève les yeux vers moi, j'y remarque une certaine perplexité.

—Votre mère ne vous a pas prévenue qu'elle déménageait ?

—Elle est sans doute dans un appartement de transition, en attendant que sa nouvelle maison soit prête. Elle ne voulait pas t'embêter avec une adresse provisoire.

L'explication improvisée de Caroline lui est venue facilement, mais à la tension qui crispe le contour de ses yeux, je me rends compte qu'elle comprend et compatit. À vrai dire, Caroline connaît très en détail la relation houleuse que j'entretiens avec ma mère. Je ne lui en ai jamais parlé – et elle non plus –, mais je suis sûre qu'Ollie partageait certaines de mes confessions avec elle. Je lui serai éternellement reconnaissante pour ces fois où elle me laissait passer la soirée chez elle au prétexte de m'aider à faire mes devoirs, ou quand elle me donnait une barre Hershey's pour le goûter et me faisait promettre de garder le secret sinon tous les gamins du quartier en voudraient.

En d'autres termes, je suis convaincue que Caroline sait très bien que l'idée de me tenir informée n'a jamais traversé l'esprit de ma mère. Pour Elizabeth Fairchild, je ne suis qu'un accessoire, pas une fille. Si elle a besoin de se servir de moi, elle m'appelle. Le reste du temps, loin des yeux loin du cœur.

Je sais que cela ne devrait pas me chagriner. Après tout, je ne veux pas de cette femme dans ma vie. Et pourtant, en voyant la tendresse de Misty quand elle embrasse son petit garçon sur le front, je ne peux nier le manque vertigineux qui me saisit.

Comment ce que je n'ai jamais connu pourrait-il me manquer ?

—Nous pouvons toujours appeler Elizabeth pour connaître sa nouvelle adresse, dit Damien négligemment, comme si nous appelions ma mère régulièrement. Pour être honnête, nous sommes surtout venus pour la maison. Je n'avais jamais vu la maison d'enfance de Nikki, ajoute-t-il.

J'éprouve une gratitude absurde envers lui pour ne pas

avoir dit la vérité à ces dames, à savoir que c'est moi, pas lui, qui suis à l'origine de cette initiative. Que j'ai envie – non, que j'ai *besoin* – de voir l'intérieur de la maison dans laquelle j'ai grandi. Une maison qui n'a jamais été pour moi un tendre foyer. Peut-être, je dis bien peut-être, si je la visite une dernière fois, pourrai-je enfin la laisser pour de bon dans le passé.

Damien adresse à Misty ce sourire qui me fait toujours chavirer.

—Puisque nous sommes ici, je me demande si nous pourrions entrer ?

En la voyant hésiter, il désigne la Phantom d'un geste de la tête.

—Pendant que nous serons à l'intérieur, sentez-vous libre de laisser ce petit gars visiter la Rolls.

—Oh !

Elle ouvre de grands yeux et sourit avant de regarder son fils, qui s'est laissé tomber dans l'herbe et joue à enfoncer un bâton dans la terre.

Damien s'accroupit pour se baisser au niveau du garçon.

—Qu'en dis-tu, Andy ? Veux-tu aller voir l'intérieur de la grande voiture ?

L'enfant écarquille les yeux en se tournant vers sa mère, puis vers Damien. Enfin, il hoche lentement la tête, craignant visiblement, s'il montre un peu trop d'enthousiasme, que nous éclations de rire en lui disant que ce n'était qu'une blague.

—Il est adorable, dis-je en souriant tandis que Damien se redresse à côté de moi. On dirait bien un sacré numéro.

Misty se met à rire.

—Vous n'avez pas idée. À moins que si ? ajoute-t-elle, son regard curieux alternant entre nous. Des enfants ?

—Pas encore.

J'arbore à présent le sourire courtois de la Nikki sociable.

—Mais nous avons une nièce de son âge et un neveu qui va sur ses deux ans.

Caroline pose une main sur sa hanche.

—Eh bien, je crois que vous devriez vous y mettre, dit-elle. J'adorerais être Tante Caroline. Dieu sait qu'Ollie n'est pas pressé de me donner des petits-enfants.

—Un jour, répond Damien en passant un bras autour de ma taille.

—Je l'espère.

Caroline nous sourit avec chaleur.

—Vous feriez de magnifiques bébés.

—Je ne peux pas vous contredire, ajoute Damien en m'attirant contre lui pour déposer un baiser sur ma tempe. Nikki sera une mère formidable.

Je me crispe et mon comportement bascule de la sociabilité avenante à la froide politesse. Ce n'est pas une conversation que j'ai envie d'avoir maintenant. Pas avec une inconnue. Pas avec Caroline. Pas même avec Damien, et je suis contrariée qu'il se soit glissé si aisément dans la peau du futur père impatient. Nous en avons longuement discuté et je croyais que nous étions sur la même longueur d'onde. Un jour, en effet, j'aimerais tenir notre enfant dans mes bras. Mais ni lui ni moi ne sommes encore prêts pour en avoir. Il y a trop de barrières, trop de défis. Et le fait qu'il parle si cavalièrement d'un sujet aussi important me retourne l'estomac. D'autant plus que je peux difficilement lui en faire la remarque ici, sur cette pelouse, à Dallas. Je suis déjà tellement vulnérable.

Merde.

Je me détache de ses bras et au même moment Damien rencontre mon regard. À son visage, je vois qu'il est désolé, mais je ne suis pas d'humeur. Je suis déjà assez déstabilisée et je me contente de fourrer mes mains dans les poches de ma jupe d'été. Pendant un moment, je crois qu'il s'apprête à ajouter quelque chose, mais il reporte son attention sur Misty pour lui dire que la voiture n'est pas fermée à clé.

Tandis qu'ils discutent, je me dirige vers la maison en compagnie de Caroline. À chaque pas, mes pieds sont plus lourds et mon pouls, plus rapide. C'est bête, je le sais – ce n'est pas comme si j'allais découvrir ma mère à l'affût –, mais je ne suis pas retournée dans cette maison depuis des années et maintenant que je suis sur le point d'y entrer, j'ai les nerfs à vif. J'aimerais que Damien soit à côté de moi, sa main dans la mienne. Je suis furieuse et vexée que ses malheureux petits mots aient dressé un mur entre nous. Furieuse contre lui. Et surtout, furieuse contre moi.

Derrière nous, je peux entendre Misty discuter avec Damien.

—Je vais lui essuyer les mains avant de le laisser monter. N'hésitez pas à prendre votre temps. C'est un vrai labyrinthe là-dedans. Nous n'avons encore rien déballé.

Caroline et moi nous arrêtons et je regarde Misty se ruer après Andy, qui détale aussi vite que le lui permettent ses petites jambes en direction de la Rolls Royce. Damien se retourne, mais il hésite avant de nous rejoindre, la mine indéchiffrable. Puis, il incline légèrement la tête et, quand ses sourcils remontent d'un air interrogateur sur son front, je comprends tout ce qu'il ne formule pas à haute voix. *Je suis désolé. Est-ce que ça va ?*

L'étau qui m'enserrait le cœur se détend et j'inspire. J'attends un instant, puis je lui tends la main et vois le soulagement dans ses yeux. Enfin, son expression se radoucit et il nous rattrape, refermant sa main autour de la mienne.

Caroline nous embrasse du regard et sourit si chaleureusement que je ne peux m'empêcher de me demander si elle a remarqué notre moment de tension. Je ne compte pas lui poser la question. Au lieu de ça, nous continuons en direction de la maison.

—Combien de fois t'ai-je ramenée ici quand Ollie et toi étiez petits ? demande Caroline alors que nous nous avançons sous le porche. Ou combien de fois suis-je venue chercher Ollie pour le traîner jusqu'à la maison quand vous passiez toute votre journée dans la piscine ?

—Souvent, je réponds en laissant ces souvenirs me distraire.

À vrai dire, Ollie venait rarement chez moi. Quand nous avions le droit de jouer ensemble, nous préférions rester chez lui. Il n'y avait qu'en plein été que nous profitions de la piscine, et encore, il fallait attendre que ma mère se soit assurée de m'enduire de crème solaire de la tête aux pieds. Il n'aurait pas fallu que la reine de beauté attrape un coup de soleil ou des taches de rousseur.

—Vas-y, ma chérie, me dit Caroline. Je vous attends tous les deux ici.

Je hoche la tête et, quand Damien me serre la main pour me signifier son soutien, je me rends compte que mes paumes sont moites. La porte est déjà entrouverte et je la pousse de ma main libre. Je déglutis une dernière fois et, avant de faire une crise de nerfs, je franchis le seuil.

J'hésite sans vraiment savoir ce que j'imaginais découvrir. Des fantômes en forme de souvenirs flottant jusqu'à moi depuis le plafond ? Le visage de ma mère qui me regarde dans le miroir du couloir ? Sa voix qui m'ordonne de filer me reposer dans ma chambre car il est presque vingt et une heures et que j'ai besoin de sommeil avant le concours du week-end ?

Mais il n'y a rien. Rien que des murs. Des carreaux et du bois, de la peinture et de la tapisserie. Je sens mon corps se détendre et, quand je croise le regard de Damien, un sourire compréhensif se dessine sur ses lèvres.

—Où était ta chambre ? demande-t-il tandis que nous traversons le hall d'entrée en direction du salon ajouré.

—Par ici.

Je désigne le long couloir qui s'éloigne sur la droite.

—Ma mère occupait la chambre principale, de l'autre côté de la maison, mais Ashley et moi dormions ici.

—Montre-moi.

—Je doute que ça ressemble à ce que j'ai connu, dis-je en prenant cette direction.

J'ai raison, évidemment. Les murs sont d'un blanc neutre uni, là où autrefois ils étaient rose clair. J'avais demandé citron vert. Quelque chose de branché, sympa et un brin criard. Pour prendre le contrepied des manières si parfaites qu'elles en devenaient prétentieuses et des vêtements impeccables que l'on m'avait imposés pendant toute ma vie.

Ma mère, bien sûr, s'y était opposée, car les petites filles qui remportent des concours de beauté sont le genre de filles à aimer le rose. Des filles qui suivent les règles, qui ne font pas de vagues ni ne causent d'ennuis.

Des filles qui n'ont aucune opinion personnelle.

Ou du moins, c'était ce que semblait sous-entendre chaque parole sortie de la bouche de ma mère. Depuis, j'ai appris qu'il n'en est rien et je connais plusieurs femmes que je respecte et qui ont fait du chemin dans le circuit des concours de beauté. Mais à l'époque, ma mère avait la mainmise sur mes pensées. Et chaque fois que je gagnais un concours, je devais me demander ce que cette victoire disait de moi. Étais-je vraiment aussi niaise et insipide ? N'étais-je bonne qu'à ça ?

Je me rappelle être allée voir Ashley, m'être roulée en boule sur le tas de coussins du lit de ma grande sœur et avoir chuchoté que je haïssais notre mère. Que je haïssais le rose. Que notre mère était méchante, que je voulais que mes murs soient mes murs, que ce n'était pas juste, que je ne comprenais pas pourquoi je ne pouvais jamais faire ce que je voulais, et ainsi de suite.

—Tu sais ce qu'elle a fait ? je demande à Damien après lui avoir raconté cette histoire. Elle est rentrée du lycée le lendemain avec un petit pot de peinture vert citron qu'elle avait piqué au département artistique de son école.

Je cligne des paupières pour chasser les larmes que ce souvenir a réveillées.

—Elle m'a dit que j'avais besoin de vert et nous avons peint un minuscule carré juste derrière ma table de chevet. Puis, nous avons pris une gomme et nous avons inscrit nos initiales dans la peinture. C'était juste là, dis-je en le conduisant à l'autre bout de la chambre pour lui montrer une pile de cartons.

Il se penche, écarte quelques boîtes et me fait signe de le rejoindre du bout du doigt. Je m'exécute et étouffe un cri en apercevant ce qu'il a découvert. Le mur a été recouvert, mais je distingue toujours nettement l'ombre d'un carré vert sous le blanc uni. Et au milieu – davantage une texture qu'une image – se devinent les initiales NF et AF.

Mes genoux se dérobent et je me laisse tomber par terre, ma chute amortie par les bras de Damien.

—Heureusement que tu es là, je murmure, le dos contre son torse.

—Je n'irai jamais nulle part ailleurs.

Je hoche la tête pour admettre cette simple vérité. Il est le miracle reluisant de ma vie et je reste adossée contre lui, reconnaissante pour sa chaleur et sa force.

—Je n'ai pas envie de m'en souvenir, j'avoue. Et pourtant, il me suffit d'être ici pour que tout me revienne. Le bien. Le mal. Tout me submerge comme la marée montante. Ces souvenirs que je n'ai pas la force d'arrêter.

—Alors, ne les arrête pas, dit-il. Laisse-les aller, bébé. Laisse le flot t'emporter. Je serai ton port d'attache, je te ramènerai toujours à la maison.

Je ferme vivement les yeux, perdue dans la magie de ses paroles, dans la promesse qu'il me protégera toujours. Qu'il m'aimera toujours.

Un frisson me traverse. Ce n'est ni le froid ni la peur, mais je viens de prendre conscience que j'aurais dû recevoir cet amour inconditionnel et universel de ma mère. Pourtant, c'est auprès de ma sœur qu'il m'a fallu le chercher. Auprès de mes amis.

Auprès de Damien.

—Ma mère n'avait pas la moindre notion, je chuchote. Pas même une vague intuition de la manière d'être mère.

Les larmes coulent librement maintenant que je me

rappelle le jour où j'ai reçu le coup de téléphone qui m'annonçait la mort d'Ashley. La voix monocorde de ma mère qui me disait qu'elle s'était tuée. Et si sa voix était monocorde, ce n'était pas à cause des regrets ni du chagrin, mais c'était de la désapprobation. Comme si Ashley ne s'était pas montrée à la hauteur de ses attentes.

L'ironie, évidemment, c'est que ce sont justement ces attentes-là et son manque de confiance en elle qui ont tué ma sœur. La certitude profondément ancrée qu'elle ne savait pas être une bonne épouse. Que si son mari l'avait quittée pour une autre femme, c'était la preuve qu'elle était une ratée – exactement comme ma mère l'avait toujours dit.

Elle s'est tuée parce qu'elle croyait qu'elle ne valait rien. Mais pour moi, Ashley représentait tout.

—Nous étions assises ici quand elle m'a annoncé qu'elle allait se marier. Par terre à côté de mon lit. Et elle m'a dit qu'elle aurait une belle vie et qu'elle serait une meilleure mère que la nôtre.

Mes paroles se bousculent aussi rapidement que mes larmes. J'adore Ronnie et Jeffery, ma nièce et mon neveu, mais l'enfant d'Ashley aurait dû arriver avant eux. J'avais tellement envie d'être Tante Nikki. D'être la meilleure tante du monde, comme Ashley l'avait dit.

—Elle n'en a jamais eu l'occasion.

Soudain, le deuil de ma sœur se change en douleur physique dans ma poitrine. Je me tourne dans les bras de Damien et enfouis mon visage contre son torse pour sangloter.

Je suis venue dans cette maison pour exorciser mes démons, mais on dirait bien que les fantômes sont partout.

Je prends une grande bouffée d'air et essaie de parler malgré ma gorge nouée par les pleurs.

—S'il te plaît, je le supplie. S'il te plaît, on peut s'en aller ?

—C'est comme si c'était fait.

Il m'embrasse tendrement, puis il me prend par le coude pour me raccompagner hors de la pièce. Pourtant, je reste debout à côté de lui pendant un moment. J'ai horreur de me sentir aussi vulnérable et fragile. J'essaie de retrouver ma contenance pour éviter que Caroline ou Misty n'aperçoivent sur mon visage les traces de mon affliction.

Mais je n'y arrive pas. Mes genoux sont faibles. Ma peau moite. Je fais un pas en direction de la porte, mais le monde me paraît tournoyer, m'emportant dans son tourbillon.

J'ai juste le temps de lever les yeux vers Damien – de voir l'inquiétude sur ses traits – avant que tout devienne gris, et je m'effondre dans les bras de mon mari.

CHAPITRE TROIS

—Nikki !

La voix de Damien, blanche et vibrante de peur, semble se couler autour de moi. C'est une chose tangible à laquelle je peux peut-être me raccrocher, que je peux utiliser pour refaire surface.

—Ma chérie ? Bébé. Allez. C'est bien. Tu peux le faire.

Je sens la chaleur de son corps autour de moi. Il me cajole. Ses mots sont tendres et encourageants, mais cette douceur cache une anxiété larvée. J'imagine son visage devant moi, qui oscille à la frontière des ténèbres.

Puis, je prends conscience que ce n'est pas mon imagination. Je bats des paupières pour ouvrir les yeux, mon corps essaie de retrouver une posture normale, même si mon esprit est encore perdu dans ces limbes étranges où le temps semble si douloureusement lent et les bras de Damien, si délicieusement chauds.

—C'est bien, bébé. Tout va bien se passer.

Je remarque les rides autour de sa bouche, creusées par l'anxiété. La couleur ambre de l'un de ses yeux est plus vive, tandis que l'onyx profond de l'autre se change en un abysse désespéré. Enfin, il se tourne pour parler à quelqu'un, d'une voix grave et nerveuse.

—Bon sang, où est cette foutue ambulance ?

—En chemin. Je crois entendre la sirène.

Caroline se tient à côté de lui. Elle a les sourcils froncés et elle se tord les mains. Derrière elle, Misty s'accroche à son petit garçon, le visage fermé, et je me demande si elle se fait du souci pour moi ou pour le qu'en-dira-t-on du voisinage.

J'entends moi aussi les sirènes approcher et, malgré la chaleur de l'été, j'ai la chair de poule. C'est de l'eau glacée qui coule brusquement dans mes veines, le froid me ramène jusqu'à la conscience. Vaguement étonnée, je me rends compte que nous sommes retournés sur la pelouse de devant, mais je ne sais absolument pas comment je suis arrivée ici.

—Que s'est-il passé ?

Ma voix est rauque, mais elle suffit à provoquer du soulagement sur les trois visages qui m'entourent.

Caroline s'avance et, même si elle pose sa main sur l'épaule de Damien, c'est moi qu'elle regarde.

—Nikki, ma belle, ça va aller. C'est probablement la chaleur. Il n'y a pas de quoi s'alarmer.

J'essaie de me redresser. C'est plus difficile que ça devrait l'être, j'ai la tête qui tourne et je ne suis pas stable. Quand je décèle un regain d'inquiétude sur le visage de Damien, j'abandonne mes efforts et le laisse me soutenir.

—Je me suis évanouie ?

Bien sûr, mais l'idée est si saugrenue que je ne peux m'empêcher de souligner l'évidence à la forme interrogative.

—Tu m'as fichu une trouille bleue, dit-il.

—Maintenant, ça va.

Je parle sur un ton assuré, comme si prononcer ces mots pouvait les rendre réels. Puis j'essaie de me mettre à genoux pour me relever progressivement, mais Damien me maintient au sol.

—Non, dit-il en me retenant fermement. Reste assise et repose-toi en attendant que l'ambulance arrive.

Je fais la grimace à la perspective d'être auscultée ici, dans le beau jardin paysager de Misty.

—Honnêtement, ce n'est pas comme si j'avais été mordue par un serpent à sonnettes ou si j'avais contracté le virus Ebola. J'ai seulement eu un vertige. Ce n'est pas la mort.

—Pour moi, si, réplique-t-il.

En l'entendant, je laisse mon objection s'éteindre sur ma langue. Je vais bien, je le sais, mais Damien a besoin d'en avoir le cœur net et je consens à faire tout ce qu'il faudra pour chasser la peur que je vois dans ses yeux.

Malheureusement, après avoir été inspectée, tâtée et contrôlée par deux ambulanciers efficaces, nous n'avons toujours pas d'explication claire quant à mon évanouissement, et les traits de Damien sont toujours tirés par l'inquiétude.

Le seul point positif, c'est qu'ils n'insistent pas pour m'emmener à l'hôpital, mais ils me recommandent de consulter mon médecin sans tarder, car ma pression sanguine est anormalement basse.

Damien les remercie et commence à pianoter sur son téléphone tandis que je les regarde remballer leurs affaires et retourner dans l'ambulance. Ils passent devant Misty, qui s'est avancée dans l'allée pour discuter avec trois voisins curieux, maudissant sans doute l'instant où Damien et moi sommes apparus sur le pas de sa porte.

—Veux-tu du jus de fruits ? me propose Caroline. Je parie que Misty a une glacière de boissons fraîches. Je peux aussi faire un saut au supermarché.

—Non, vraiment, tout va bien. Mais merci quand même. Je crois que vous avez raison. J'ai perdu l'habitude de la chaleur.

Cette fois, quand j'essaie de me lever, Damien m'aide, son téléphone à nouveau dans la poche.

—J'irai voir mon docteur quand nous rentrerons, par acquit de conscience, j'ajoute, certaine que Damien vient d'envoyer un texto à son assistante pour lui demander de prévoir ce rendez-vous dès notre retour à Los Angeles.

—En fait, nous y allons tout de suite, déclare Damien. Il y a une clinique sans rendez-vous à quelques kilomètres d'ici.

Je n'ai plus envie de jouer le rôle de Nikki la malade.

—Hors de question. Je me tiens debout. Je marche. Tu vois ?

Je fais quelques pas autour de lui pour lui prouver ce que j'avance et Caroline a la prévenance de rejoindre Misty, sans doute pour ne pas se retrouver au centre d'une bataille de pouvoir conjugale.

—Je dois juste avoir besoin de nourriture et d'air conditionné. Allons manger quelque part et rentrons à l'hôtel pour que je puisse préparer ma présentation de demain.

—Après la clinique. Non..., poursuit-il en interrompant mes protestations. Je veux m'assurer que tu vas bien.

—Bon sang, je te dis que ça va. J'ai eu un vertige, c'est tout. Combien de fois faudra-t-il que je te le répète ?

—Tu as passé toute une minute dans les pommes, bébé. Tu n'as même pas bougé quand je t'ai transportée dehors.

—Mais maintenant, je suis réveillée.

Je me force à prendre du recul. À respirer. Je n'aime pas les médecins. Je ne les ai jamais aimés. Mes souvenirs des professionnels de la santé sont associés aux subterfuges de ma mère pour me faire prescrire des coupe-faim au motif que « c'est une petite fille si jolie, mais ses hanches et ses cuisses ont tendance à se boudiner », ou à mes propres tentatives pour cacher mes scarifications, craignant toujours qu'un docteur les remarque et insiste pour me faire rencontrer un psychologue.

—Que dirais-tu d'un compromis ? je propose. L'hôtel d'abord, et si j'ai à nouveau la tête qui tourne, nous irons à la clinique.

Pendant un moment, il ne dit rien, et j'imagine le débat qui fait rage dans sa tête. Son désir de me faire plaisir contre son inquiétude et son besoin de réponses. Néanmoins, il finit par hocher la tête.

—Très bien, mademoiselle Fairchild, dit-il en employant mon nom de jeune fille en signe d'affection. Marché conclu.

Je lui rends son sourire, contente de moi. Puis, je fais un pas en direction de Caroline et Misty pour leur dire au revoir. C'est à ce moment précis que ma satisfaction disparaît.

C'est à ce moment que la nausée me terrasse.

C'est à ce moment que je me penche en avant dans un spasme aussi soudain qu'inattendu et vomis sur la pelouse impeccable de Misty.

CHAPITRE QUATRE

—Étant donné que je ne suis pas malade, tu me gâtes.

Nous sommes rentrés de la clinique où Damien m'a entraînée de force et je suis à présent pelotonnée sur le sofa moelleux de notre suite, les pieds sur ses genoux. Midi est à peine passé, mais les rideaux sont tirés et les lampes, tamisées. L'ambiance feutrée me fait somnoler.

Il ricane en me massant le gros orteil.

—Es-tu en train de dire que je ne devrais pas gâter ma propre femme ?

—En fait, je voulais plutôt dire : « je te l'avais bien dit ».

J'affiche un sourire victorieux.

—J'avais raison, alors tu me récompenses en me gâtant.

Il appuie ses pouces contre la plante de mon pied et je me cambre en gémissant de plaisir.

—Je suis toujours ravi de te récompenser, me dit-il. Mais ton pronostic est encore incertain.

—Je vais bien, j'insiste, refusant de croire qu'il puisse y avoir un problème. Le docteur a dit la même chose que moi, ça arrive à tout le monde d'éprouver des vertiges.

—Et moi, ça m'arrive de me faire du souci.

Il se lève en reposant mon pied sur le coussin, puis il se

rassoit au bord du canapé, juste à côté de moi, la paume sur ma joue. Lentement, il se penche et dépose un doux baiser sur mes lèvres.

Un frisson me traverse et je referme une main sur sa nuque, prête à l'attirer pour un baiser plus entreprenant.

—Tu n'as aucun souci à te faire, je murmure.

—Je te promets d'arrêter quand le médecin appellera avec les résultats des tests sanguins.

J'hésite. Le désir que je sens monter se heurte à une frustration persistante et je laisse retomber mes doigts en expirant.

Damien se redresse, les sourcils froncés.

—Qu'y a-t-il ?

—Rien, dis-je par automatisme.

Mais j'ai perdu toute ma bonne humeur et je poursuis :

—Je n'aime pas être sous un microscope. Mais tu insistes.

J'essaie de me redresser et lui donne un coup de coude au passage. Il me regarde d'un air préoccupé, la mine renfrognée, ce qui ne fait qu'exacerber ma mauvaise humeur.

—J'ai juste envie de m'asseoir, lui dis-je sèchement.

Il se lève.

—Je t'en prie, assieds-toi comme tu le souhaites.

Je sais que je me comporte comme une peste, et j'ouvre la bouche pour lui présenter des excuses, mais au lieu de ça, je lâche :

—Ma façon de m'asseoir t'agace ?

Mon estomac se noue. Nous nous disputons souvent – évidemment, nous sommes mariés –, mais en général, il y a toujours une raison. Cette fois, c'est entièrement de ma faute. Je suis pitoyable et je le sais. J'ai eu les émotions à fleur de peau toute la journée, et maintenant une colère sourde est en train de monter et j'ai l'impression de ne pas pouvoir la contrôler, pas plus que je ne contrôle mes paroles.

Damien passe les doigts dans ses cheveux. Son visage exprime un mélange de compassion et de contrariété.

—Bébé, je suis désolé. Cette ville. Ta mère. Et maintenant,

tu tombes malade. Tu as absolument le droit de ne pas être dans ton assiette.

—Je ne suis pas malade. Seigneur ! Damien, est-ce que tu m'écoutes au moins ?

C'est à mon tour de me lever. Je sais que je devrais partir, car j'ai les nerfs en pelote. Je suis fébrile et émotive, et quoi qu'il dise, ça ne me plaira pas, et ça ne se passe jamais ainsi avec Damien. Ce qui signifie qu'il a raison, évidemment. C'est à cause de ma mère. À cause de Dallas.

Et aussi parce que je me suis évanouie, puis que j'ai vomi sur la pelouse d'une parfaite inconnue.

Rien que ce souvenir me donne envie de me rouler en boule pour me cacher.

—Tu m'as mise sous les projecteurs, je l'accuse. Appeler une ambulance pour un simple évanouissement ? Tout le quartier a rappliqué.

—Bon sang, Nikki. Tu as perdu connaissance. J'étais terrorisé, merde. Je me fichais bien de la discrétion.

—Tu n'as pas été discret du tout.

Je m'étrangle un peu et cligne furieusement des paupières pour retenir mes larmes.

—Qu'est-il arrivé au Damien Stark si soucieux de sa vie privée ?

Il penche la tête et plisse les yeux en me dévisageant. Je croise son regard et je me prépare au flot d'accusations dont il va m'assaillir : je suis excessivement émotive, je suis fatiguée, je suis stressée, je suis une épave émotionnelle à cause de cette ville, et je devrais peut-être songer à postuler à d'autres contrats qui m'enverront dans des villes dont aucune ne sera Dallas. Mieux encore, dont aucune ne sera au Texas.

Mais il ne dit rien de tout cela et se rapproche de moi. Il ne me touche pas et, tandis que nous restons debout à quelques centimètres l'un de l'autre, je me rends compte que c'est tout ce dont j'ai besoin. J'ai envie qu'il m'enveloppe de ses bras. J'ai envie de m'accrocher à lui jusqu'à ce que le monde se remette à tourner dans le bon sens. Jusqu'à ce que *je* retrouve le bon sens.

Il se contente de me regarder, puis il dit :

—Ce n'est pas parce que tu t'es évanouie. Ce n'est pas parce que tu es malade.

—Ah bon ? Eh bien, je t'en prie, dis-moi ce qui me bouleverse puisque tu me connais mieux que je ne me connais moi-même.

—C'est à cause de ce que j'ai dit à Caroline. Au sujet des enfants que nous aurons un jour.

Sans le vouloir, je recule d'un pas. Parce qu'il a raison. Je n'en avais pas pris conscience avant qu'il le mentionne, mais il a tout à fait raison. Nous avons beaucoup parlé d'enfants ces derniers temps. Nous avons eu cette conversation avant de nous marier, évidemment, mais le sujet est revenu sur le tapis récemment. Et nous avons toujours été d'accord sur le fait que nous voulions attendre, qu'il était trop occupé à jouer les maîtres de l'univers et que je passais de longues journées au travail pour essayer de faire décoller mon entreprise. Et pour couronner le tout, ni lui ni moi n'avons eu de bons modèles parentaux. Nous avons convenu qu'il nous fallait du temps. Du temps pour nous, pour remettre nos vies en ordre, pour faire tourner ma société.

Mais dernièrement, je ne peux m'empêcher de me demander si la joie que je vois sur le visage de Damien quand il joue avec notre nièce et notre neveu ne comporte pas aussi une certaine impatience. Peut-être regrette-t-il d'attendre et souhaite-t-il que nous fondions notre propre famille, comme Sylvia et Jackson.

—Un jour, répète Damien comme s'il avait suivi le fil décousu de mes pensées. C'est tout ce que j'ai dit à Caroline. Pas aujourd'hui. Pas la semaine prochaine. Mais un jour.

Il me prend les mains.

—C'est vrai, n'est-ce pas ?

Je déglutis en regrettant de ne pas savoir lire dans son esprit aussi bien qu'il semble y réussir avec le mien.

—Oui, mais ce n'est pas parce que c'est vrai que ce n'est pas une question personnelle.

Je remarque une certaine dureté dans son regard et pendant un instant je crois l'avoir énervé, mais il peste tout bas et secoue la tête. Il a l'air plus sensible que jamais.

—Tu as raison, dit-il.

Je me rends compte que ce n'est pas à moi qu'il en veut, mais à lui-même.

—Bon sang, tu as tout à fait raison. Ma chérie, je suis désolé.

—Ça va.

Ses excuses sont comme une main tendue qu'il me suffit de saisir pour sortir de mon trou sombre et profond.

—Vraiment.

Je prends une inspiration, consciente que je n'ai plus envie de me battre, qu'il est parvenu à adoucir mon humeur massacrante.

—C'est juste que... je ne m'y attendais pas. Je veux dire, nous ne connaissons pas Misty. Et même si la mère d'Ollie est comme un membre de la famille...

—Je saisis, dit-il en me ramenant sur le canapé. Tu as raison. Et je t'aime. Et je suis désolé.

Il s'assoit et m'attire à côté de lui. Je soupire en savourant la sensation de ses bras autour de moi, le rythme confortable de sa respiration quand je suis contre lui.

—Moi aussi, je suis désolée, je murmure. Tu as raison au sujet de ma mère et du reste. Ça me met de très mauvaise humeur.

—Le contraire m'étonnerait. Bon, j'ai une question pour toi.

Sa voix est si sérieuse que je me tourne dans ses bras pour mieux distinguer son visage.

—Comédie ou drame ? Cinéma ou télévision ?

Je secoue la tête, amusée.

—Tu n'as pas des tableaux à réviser avant ta conférence téléphonique sur cette usine de production ?

Damien n'avait pas prévu de travailler ce week-end, mais le directeur des travaux de l'une de ses usines à l'étranger a appelé juste avant notre départ de Los Angeles. Il y a une sorte de crise qu'il doit gérer dès la première heure lundi matin, heure locale. Avec le décalage horaire, ça signifie dimanche après-midi au Texas.

—Et moi, je ne suis pas censée préparer ma réunion de demain ?

—J'ai encore deux heures avant mon coup de fil, dit-il. Et si tu te prépares encore, ta tête va exploser.

J'ouvre la bouche pour protester, mais il continue.

—Fais une pause. Détends-toi avec ton mari. Nous déjeunerons tard et tu pourras passer toute la soirée à relire tes notes. Ça te va ?

—Tant que je n'ai pas à choisir ce que nous regarderons.

Je bâille en me blottissant contre lui, certaine qu'il choisira un film formidable, comme toujours. Et en effet, j'apprécie pendant environ une heure les manigances d'Audrey Hepburn et de Cary Grant dans *Charade*. Quant au reste du film, je ne saurais le dire, car l'instant d'après, je me retrouve étendue sur le sofa, désorientée en me réveillant d'une sieste inattendue.

La voix de Damien se fait entendre dans la chambre et la télévision est éteinte. Je tends la main vers mon téléphone pour consulter l'heure et remarque que les notes de Damien ne sont plus sur la table basse. Voilà qui explique pourquoi je l'entends discuter – ce doit être sa conférence téléphonique.

Je me redresse et m'étire, à la fois frustrée et un brin soucieuse. Il est bien trop tôt pour que je sois aussi fatiguée, et pourtant ça fait plus d'une semaine que je me traîne. Avant notre départ de Los Angeles, j'avais déjà du mal à me concentrer sur mon écran au travail et le codage informatique me donnait souvent l'impression de patauger dans un marécage rempli de pudding. J'ai forcé sur le café, mais je crois que j'ai dû faire une overdose de mon remontant favori, car ces derniers temps il me suffit de penser à une tasse de café pour me sentir patraque.

En d'autres termes, je ne suis pas dans mon assiette et c'est à la fois troublant et un peu énervant. Je ne suis presque jamais malade, mais si j'avais vraiment un problème cette fois ? J'ai dit à Damien que j'allais bien, mais c'était plus pour m'en persuader que par réelle conviction. La clinique ne m'aurait pas laissée dans l'incertitude pour quelque chose d'aussi grave qu'un cancer. Ils m'auraient laissé rentrer chez moi, m'auraient appelée pour m'annoncer la mauvaise nouvelle et m'auraient conseillé de prendre tout de suite rendez-vous avec un médecin à Los Angeles.

Je me lève, propulsée du canapé par les forces contradictoires qui font rage à l'intérieur de moi. L'une me dit d'arrêter de me faire du souci et que j'avais parfaitement raison de répéter à Damien que j'allais bien. L'autre objecte que je me sens déphasée depuis quelques semaines, que de toute évidence quelque chose cloche et que je n'aurais pas dû me montrer aussi sèche avec Damien puisqu'il a manifestement raison.

Je regarde mon téléphone en fronçant les sourcils. Je ne sais pas si j'ai envie qu'il sonne pour apprendre tout de suite la mauvaise nouvelle, ou qu'il reste silencieux pour que je puisse me raccrocher un peu plus longtemps à l'illusion que tout va bien.

Ou alors, je pourrais aussi le jeter du balcon de l'hôtel. Je suis en train de me transformer en véritable hypocondriaque et ça n'augure rien de bon.

Comme aucune de ces options ne me satisfait, je m'apprête à entrer dans la cuisine pour inspecter le minibar. Chez moi, j'ai un stock d'urgence de Milky Way glacés, mais pour l'heure, même la version non congelée me conviendrait.

Je n'ai pas fait un pas que mon téléphone vibre sur la table, m'annonçant un appel. Je m'en empare d'un geste brusque et me laisse choir sur le canapé en entendant la voix du Dr Cray qui demande à me parler.

—C'est Nikki, dis-je. Est-ce que… je veux dire, il y a un problème ? Je suis malade ?

—En fait, madame Stark, vous êtes en parfaite santé.

Je prends une grande inspiration, soulagée, avant de me renfrogner à nouveau.

—Vous en êtes certain ? Les vertiges… Et je suis si fatiguée ces derniers temps. J'ai la nausée aussi.

—Vos vertiges ont été causés par la chute rapide de votre pression sanguine, comme je…

—Exactement, je renchéris. Mais pourquoi ma pression sanguine est-elle basse ? Je vous en prie. Si quelque chose ne va pas, dites-le-moi, qu'on en finisse.

—Du calme. Tous les symptômes que vous venez d'indiquer sont parfaitement normaux.

Je secoue la tête.

—Non. Non, ce n'est pas normal. Croyez-moi, docteur Cray, je sais comment je me sens en règle générale, et ce n'est pas bon. Je ne suis pas du genre à m'endormir devant la télévision avant vingt et une heures, et encore moins en début d'après-midi. Et les vertiges ? C'est bizarre. Je vous le dis, ce n'est pas normal. Je n'ai encore jamais éprouvé ça.

—J'imagine que c'est parce que vous n'avez encore jamais été enceinte.

J'entends le sourire dans sa voix.

—Félicitations, madame Stark. Vous allez avoir un bébé.

CHAPITRE CINQ

Vous allez avoir un bébé.

Les paroles du Dr Cray résonnent dans ma tête, des sons
aléatoires que je ne parviens pas vraiment à comprendre et qui
me laissent tremblante comme une feuille. Je tends la main
vers l'accoudoir du canapé et m'y cramponne pour essayer de
me stabiliser.

—Un bébé ?

Ce mot est lourd sur ma langue. Maladroit et inhabituel.

—Mais c'est impossible. Je ne peux pas être enceinte. J'utilise une contraception.

Je prends la pilule depuis mes quatorze ans, quand j'ai
commencé à souffrir de crampes insupportables.

—Je suis sûr que vous savez qu'aucune forme de contraception n'est efficace à cent pour cent. Vous en êtes la preuve
vivante, madame Stark, car je vous assure que pilule ou non,
vous êtes véritablement enceinte.

—Depuis combien de temps ?

—Neuf, peut-être dix semaines étant donné le taux de HCG
dans votre sang.

—HG... quoi ?

—C'est une hormone. Après des ultrasons, votre obstétricien pourra vous donner une idée plus précise du nombre de semaines. Puisque vous m'en avez donné l'autorisation, j'en ai parlé à votre médecin traitant et il vous mettra en relation avec un spécialiste lundi prochain.

Je cligne des yeux en hochant la tête, peinant à digérer cette information. Je suis pratiquement certaine que ce n'est pas la procédure habituelle et je suppose que c'est encore l'influence de Damien qui me vaut ce traitement de faveur de la part du corps médical.

—Euh. D'accord. Qui...

—Son infirmière vous enverra un courriel avec toutes les informations nécessaires. En attendant...

Il continue de parler, mais ce n'est que du bruit. *Enceinte ? Comment puis-je être enceinte ?* J'essaie de penser à la dernière fois que j'ai eu mes règles, mais pour être honnête, je n'y ai jamais vraiment prêté attention. Je me suis toujours contentée d'y parer le moment venu.

Maintenant, je regrette de ne pas avoir scrupuleusement tenu le compte des jours.

Enceinte.

Ce mot continue à gronder sous mon crâne.

Vais-je vraiment avoir un bébé ? Comment est-ce possible ? Je ne peux pas être mère. Je n'ai pas la moindre idée de ce qu'il faut faire.

—Madame Stark ?

La voix du Dr Cray interrompt le vacarme dans ma tête.

—Je comprends que c'est une surprise. Avez-vous d'autres questions à me poser ?

—Je...

Je passe la langue sur mes lèvres soudain desséchées.

—Non. Non, merci.

Nous terminons notre communication et je jette mon téléphone sur le canapé, puis je me lève pour fixer le coussin tout en prenant de grandes inspirations. J'essaie de bien saisir la signification encombrante de cette nouvelle réalité.

—Nikki.

La voix de Damien est douce, presque inaudible, mais elle ne vacille pas et je m'y accroche en levant la tête. Je me tourne vers lui.

Il se tient dans l'encadrement de la porte, entre le salon et le couloir donnant sur les trois chambres de la suite. Son visage est inexpressif et je ne sais pas depuis combien de temps il est là ni ce qu'il a entendu.

—Que se passe-t-il ? C'était la clinique ?

Il s'avance vers moi. L'inquiétude perce à nouveau son masque de façade.

—Tu vas bien ?

Si je vais bien ? Très honnêtement, je n'en sais rien. Je dis simplement :

—Je suis enceinte.

Pendant un moment, il demeure complètement immobile, le regard indéchiffrable. Puis, une folle joie lui colore les joues quand il fait un pas de plus.

—Un bébé, dit-il, la voix pleine d'admiration et d'émerveillement.

Un autre pas, puis un autre le rapprochent de moi. Je m'attends à ce qu'il m'attire dans ses bras, qu'il m'embrasse le visage, les lèvres, qu'il me serre si fort qu'il ne resterait plus aucune place pour les craintes ou les doutes.

Mais il n'en fait rien.

Au lieu de ça, il tombe à genoux devant moi et me plante un baiser sur le ventre. Ses épaules se soulèvent et s'affaissent lorsqu'il prend de grandes inspirations, sans doute pour essayer de se contrôler.

Il reste longuement dans cette position, puis il penche la tête en arrière pour me regarder.

—Un bébé ? Vraiment ?

Sa voix est tellement chargée d'émotion qu'elle me tire de la torpeur qui s'est saisie de moi.

—Nous allons vraiment avoir un bébé ?

Je force mes lèvres à esquisser un sourire.

—On dirait bien.

Je me félicite de paraître sereine, car la vérité, c'est que je ne me sens pas du tout dans mon état normal. Au contraire, je suis nerveuse, tendue, irritée, et j'ai horreur de ça. Parce que je devrais rayonner. Je devrais être perdue dans les bras de Damien, perdue dans ce moment qui n'arrive qu'une fois dans une vie.

Au lieu de quoi, je suis engourdie.

Au lieu de quoi, je suis terrorisée.

—Nikki ?

—Ça va.

Des larmes brûlantes me montent aux yeux.

—Vraiment, je...

Je ne parviens pas à en dire plus avant que le sanglot m'échappe et que de grosses larmes se mettent à dévaler le long de mes joues. Je ne touche même plus terre en cet instant. Je suis un imbroglio d'émotions enchevêtrées qui tournoient à une telle vitesse que je suis incapable de les analyser. La stupéfaction. La joie. La peur. L'excitation. La surprise. La terreur. Le bonheur. Tout s'abat sur moi et me submerge, me laissant hébétée, doutant presque que tout cela soit réel.

—Ma chérie. Oh, Nikki, ma chérie.

Damien s'est tout de suite redressé et il me serre contre lui tout en me caressant les cheveux.

—Là, là, parle-moi.

J'en ai envie – juste ciel, j'en ai très envie –, mais mes mots restent coincés derrière un rideau de larmes. Je hoquette en essayant de me calmer tandis que Damien passe sa main dans mon dos en produisant des sons apaisants.

—Je... je suis désolée, je parviens à articuler. C'est juste que... je ne sais pas. Les hormones, peut-être. Je suis en vrac.

—Ma chérie.

Le mot se termine sur un baiser. Si tendre et si doux que j'ai l'impression de fondre. Quand il se détache enfin, il a l'air si amoureux que les larmes menacent de couler à nouveau.

Il s'assoit sur le canapé et m'installe sur ses genoux. Je me recroqueville, avide de sa force et de la sécurité de ses bras. J'ai envie qu'il me serre fort contre lui. J'ai envie qu'il me déshabille, qu'il me touche et m'attise.

J'ai envie qu'il me fasse l'amour. Plus que tout au monde, j'ai envie d'enfouir le bourbier de pensées et de craintes qui gargouille dans ma tête sous une couverture de passion.

—Je t'aime, dit-il.

Lorsqu'il écrase une larme sous son pouce, je me rends compte que j'ai recommencé à pleurer.

—Ça va, dis-je en reniflant. Satanées hormones.

Je porte toujours la jupe que j'ai enfilée ce matin et il caresse délicatement ma jambe nue du bout des doigts, avant de poser les lèvres sur mon épaule. Je frissonne. Je désire un échange plus intime et l'oubli que procure l'abandon.

Sauf que je n'ai pas envie de sombrer dans l'oubli. Je ne veux pas me cacher. Pas devant Damien – jamais devant Damien.

Et pourtant, je ne peux nier que c'est exactement ce que je fais. Je me referme, me replie sur moi-même.

Ce n'est pas d'une célébration que j'ai envie, et je déteste mes émotions traîtresses qui détruisent ce qui devrait être un moment d'amour et de joie.

J'avale ma salive et me lève brusquement de ses genoux.

—Toilettes, dis-je avant de me précipiter à l'autre bout de la suite, vers la salle de bains principale.

Je referme la porte, m'assois sur le bord de la baignoire aux dimensions olympiques et prends le temps de respirer.

Un instant plus tard, Damien me rejoint. Je lève la tête, clignant des paupières en le regardant à travers un brouillard de larmes.

—Je suis tellement désolée, je chuchote.

Il ne me répond pas. Au lieu de ça, il s'agenouille sur l'épais tapis de bain étendu devant la baignoire. Il pose une main sur ma cuisse et l'autre contre ma joue. Pendant un moment, nous nous regardons en silence et je regrette que nous ne puissions pas rester ainsi pour toujours. J'aimerais que nous n'ayons pas besoin de parler, de penser, ni de communiquer.

—Tu es bouleversée, dit-il. Tes émotions fusent dans tous les sens. Tu es heureuse. Tu as peur. Tu es troublée.

J'acquiesce tout en clignant des yeux avec l'espoir de ne pas me remettre à pleurer.

—Mais surtout, tu es blessée. Et peut-être un peu en colère contre moi. Mais, ma chérie, tu portes mon enfant – *notre* enfant –, alors comment pourrais-je éprouver autre chose que de la joie ?

—Non. Non, ce n'est pas ça.

Alors même que je prononce ces mots, je sais que c'est un mensonge. Et merde, il a raison. Il a foutrement raison. Je voulais qu'il soit déboussolé comme moi, qu'il soit confus et dépassé.

J'en avais envie, car je ne supporte pas de savoir que, malgré la présence de Damien à mes côtés, je suis totalement seule.

—C'est exactement ça, au contraire, affirme-t-il. Crois-tu que je ne le vois pas ? Nikki, ma chérie, tu fais partie de moi depuis l'instant où nous nous sommes rencontrés. Comment n'aurais-je pas pu voir cet abîme qui s'est ouvert entre nous ?

Ces fichues larmes ruissellent à nouveau et je me lève, me détachant de ses mains tout en essuyant brutalement mes joues.

—Nous en avons discuté, je bredouille en lui tournant le dos. Nous avions un plan. Une ligne directrice.

Je prends une inspiration et tamponne mon nez qui coule, puis je me tourne vers lui. Je m'attends à lire de l'accusation dans ses yeux, mais à la place, c'est de l'amour que j'y vois.

Je pince les lèvres en essayant de réprimer une autre déferlante de larmes.

—Nous ne sommes pas prêts et nous étions d'accord, dis-je. Ni l'un ni l'autre. Nous savions qu'il était important pour moi de consolider mon entreprise, d'embaucher des employés pour qu'elle continue de tourner même si je prends un temps de repos. Du temps, je souligne. Plus de temps pour...

Je redresse mes épaules et affronte son regard.

—Je ne suis pas assez forte et nous le savons tous les deux.

—Tu l'es, dit-il simplement.

—Pas du tout.

Je soulève ma jupe pour révéler les cicatrices qui zèbrent mes hanches et mes cuisses. La preuve tangible de ma faiblesse, de tout ce qui est brisé et fragile en moi.

—Bon sang, Nikki, n'accuse pas ton passé pour la simple raison que tu as peur de ton avenir.

—Mais j'*ai* peur.

Je m'avance, fortifiée par une colère soudaine.

—C'est en partie pour ça que nous devions attendre, tu te rappelles ? Ou toutes ces conversations n'étaient que des broutilles pour toi ? Tu disais ça pour m'endormir ? Ou pire, est-ce que tu me mentais ? Faisais-tu semblant d'accepter d'attendre alors que tu rêvais de bâtir une famille depuis le début ?

—Nikki, non...

—Je t'ai vu avec Ronnie et Jeffery. Je sais à quel point tu les adores.

Il passe les doigts dans ses cheveux, manifestement aussi triste que moi.

—Oui, comme j'adorerai nos enfants. Mais je ne t'ai jamais menti. Je te le jure, bébé, j'étais d'accord à cent pour cent avec nos projets. Mais la vie ne se déroule pas toujours comme on l'attend. Toi et moi, nous le savons mieux que quiconque.

Je me tiens droite, tellement malmenée par les émotions que je crains d'être sur le point d'imploser.

—Parfois, c'est un drame quand un projet ne se passe pas comme on le souhaitait. Mais parfois, c'est merveilleux.

Lentement – avec les précautions qu'il emploierait pour

approcher un animal sauvage – il me rejoint et pose sa main sur mon ventre.

—Ça, dit-il avec sincérité. C'est merveilleux.

Je déglutis en essayant de digérer ses paroles. Il a les yeux rivés sur moi, comme s'il cherchait à lire notre avenir dans les lignes de mon visage. Au bout d'un moment, il fronce les sourcils et je décèle une incertitude fugace dans son regard.

—Es-tu... Nikki, je conçois que tu aies peur, que cette annonce t'ait prise au dépourvu, mais y a-t-il autre chose ? Envisagerais-tu de... enfin, est-ce que tu n'en veux pas ?

D'abord, je ne comprends pas vraiment ce qu'il me demande. Puis, le sens de ses propos – si terribles dans leur erreur – me fait l'effet d'une gifle.

—Ne pas le vouloir ? Ne pas vouloir ton enfant ? Non, Damien, non. Comment peux-tu me poser cette question ? Tu sais que je...

Je ferme les yeux de toutes mes forces et me masse les tempes du bout des doigts. Évidemment, après tout ce que j'ai dit, le malentendu est compréhensible.

—Non. *Non.* C'est juste que...

—Quoi ? insiste-t-il.

—Je ne sais pas comment l'expliquer, mais avoir un bébé avec toi... fonder une famille avec toi, c'est ce que je souhaite plus que tout.

—Je te crois, dit-il.

Je sens le soulagement m'envahir devant la simplicité pure et l'amour qui teintent ses paroles.

—Mais je suis encore un peu sonnée, lui dis-je en m'assoyant sur le rebord de la baignoire. Et je ne sais pas pourquoi.

Mes yeux se remplissent à nouveau et Damien vient s'asseoir à côté de moi.

—Bien sûr que si, tu sais pourquoi. C'est parce que tu es surprise. Tu n'es pas préparée. Et, ajoute-t-il en passant un bras autour de moi, parce que tu n'es pas sûre de pouvoir gérer ça. Mais tu en es capable, bébé. Je te le promets.

Il prend ma main et la porte à ses lèvres pour déposer un baiser sur ma paume.

—Ma chérie, tu n'es pas ta mère.

Un nœud épais me comprime le ventre, car Damien a mis le doigt sur un point crucial.

—Qu'est-ce que tu en sais ?

Ma voix me paraît aussi incertaine que moi.

—Je le sais, c'est tout. Et je suis brillant, tu t'en souviens ? Tous les articles le disent.

J'éclate de rire et sens mon ventre se décrisper légèrement.

—C'est vrai que tu te défends, je concède.

Il se penche alors pour m'embrasser avec tendresse.

Au bout d'un moment, il se lève et me tend la main. Je la saisis et il me ramène dans le salon avant de me faire signe de m'asseoir sur le sofa. C'est ce que je fais et il prend place à côté de moi, puis se penche en avant et ouvre le tiroir de la table basse.

—Je comptais te montrer ça pendant le dîner, dit-il sans que je parvienne à comprendre la logique de son raisonnement. Je l'ai retirée de mes dossiers avant que nous quittions Los Angeles.

Il me donne une photo et je la prends automatiquement pour produire un petit « oh » de surprise – c'est moi en maillot de bain sur une scène du Dallas Convention Center.

—Tu l'as vraiment gardée ?

—Comment cela peut-il t'étonner ?

Il a raison. Autrefois, j'aurais trouvé ça bizarre. Maintenant, je sais que Damien chérit même les souvenirs les plus anodins de notre vie commune.

Je passe mon doigt sur l'image. Nous nous sommes rencontrés quand je participais au concours de beauté Miss Tri-County du Texas. Le joueur de tennis professionnel Damien Stark était l'une des célébrités qui constituaient le jury de la compétition. Je ne m'en rendais pas compte sur le moment, mais ce jour-là allait changer ma vie à jamais.

—Tu me faisais peur, j'avoue.

Il arque un sourcil.

—Vraiment ?

—À cause de ce que je ressentais en ta présence. Je ne te connaissais pas – et d'ailleurs, je t'ai à peine parlé –, mais ces dix minutes dans la pièce verte avec toi ont été si vivaces que je savais déjà qu'elles resteraient gravées dans ma mémoire.

—J'ai ressenti la même chose.

Je souris. Maintenant je le sais, évidemment, mais à l'époque j'ignorais que Damien ne me voyait pas comme une simple candidate.

—J'ai été submergée par ton intensité. Tu m'as captivée. Et je jure que si tu me l'avais demandé, je me serais enfuie avec toi, comme cette fille à la fin du *Lauréat*.

—Ça m'a fortement tenté, je t'assure.

Il passe son pouce sur ma lèvre inférieure.

—Sais-tu ce que je voulais à l'époque ? J'avais une terrible envie de t'enlever à cette réception pour trouver un endroit sombre et toucher chaque partie de ta peau. Je voulais te faire chavirer, Nikki. Je voulais te sentir exploser dans mes bras. Et même si j'étais là, debout à côté de ces foutus mini-*cheesecakes* carrés, je ne pensais qu'à toi en train de crier mon nom quand tu jouirais dans mes bras.

—Oh, oui.

Je frissonne rien qu'en y pensant.

—Moi aussi, c'était ce que je voulais. Mais ça n'aurait jamais pu se passer. Je me serais éloignée, je t'aurais même giflé. J'étais encore sous la coupe de ma mère. Trop habituée à me voir à travers ses yeux. Je n'avais pas le courage de m'enfuir.

Je ne parle plus de cette soirée-là et Damien l'a compris. Je parle de la vie dans laquelle j'étais prise au piège. Le monde où j'étais une poupée Barbie qui marche et qui parle, et où ma mère était la fillette qui joue avec son joli jouet sans cervelle.

—Mais tu en as trouvé le courage, me dit-il doucement.

Je déglutis en songeant aux cicatrices qui me marquent le corps.

—Une lame, ce n'est pas du courage.

—Non, en effet. C'était un outil – la force a toujours été là. Et maintenant, tu n'as plus besoin de cet outil. Tu es forte, bébé. Tu sais que j'en suis convaincu.

Je renifle en hochant la tête. C'est la vérité. Quand il me regarde, il voit de la force. Il croit en moi, même quand moi-même je n'y crois plus.

—J'ai de la force grâce à toi, dis-je.

Il secoue la tête.

—Ce n'est pas vrai. Et quand bien même, quelle importance ? Je suis avec toi et je te promets, ma chérie, que je n'irai nulle part.

CHAPITRE SIX

—*Tu es si belle*, je murmure au bébé dans le berceau.

Je tends la main vers elle pour la soulever délicatement dans mes bras et elle cligne ses grands yeux bleus en me regardant, avec une telle expression d'amour semblable à celle de son père que j'en ai le cœur qui chante de joie.

J'ai envie de la tenir tout contre moi sans jamais m'en séparer.

J'ai envie d'applaudir ses premiers pas, d'entendre ses premiers mots.

Par-dessus tout, j'ai envie de la protéger.

C'est ce que j'ai de plus précieux au monde – notre enfant. Le mien et celui de Damien.

Des larmes de joie dévalent mes joues. Parce qu'elle est enfin ici avec nous, c'est beau et bon, c'est réel et parfait.

Je me demande comment j'ai pu en douter. Comment j'ai pu éprouver de la peur.

—Tu ne peux pas faire ça.

La voix rude et familière de ma mère détourne mon attention et je détache les yeux de ma fille. Mon sang ne fait qu'un tour quand je vois la femme debout au milieu de la chambre d'enfant, les bras croisés et la mine si sévère que de profonds sillons sont creusés sur son visage habituellement beau.

—*Mère ?*

—*Tu ne peux pas faire ça, répète-t-elle en dardant son regard vers ma fille que je suis en train de cajoler.*

Et quand je baisse les yeux, le bébé n'est plus là. Mon bras est toujours plié, mais j'aperçois une profonde plaie à vif qui court sur toute la longueur de mon avant-bras. J'ai du sang qui suinte du poignet jusqu'au coude.

Terrorisée, je lève à nouveau les yeux et découvre ma mère qui fait claquer sa langue.

—*Non ! je hurle. Je n'ai rien fait.*

—*Tu en es sûre ? demande-t-elle.*

Je me rends compte que je ne sais pas. Je ne suis plus sûre de rien.

Je jette un regard circulaire désespéré pour trouver des réponses. Pour trouver de l'aide.

Mais nous ne nous trouvons plus dans la chambre d'enfant. Nous sommes dans la cuisine. Et dans mon autre main, je tiens un couvercle de boîte de conserve en aluminium. Son pourtour tranchant est taché de sang.

—*Tu vois ? dit ma mère.*

Je suis incapable de parler. Je ne peux que secouer la tête en inspectant la pièce, tout en me demandant ce que j'ai perdu.

—*Le bébé ! finis-je par hurler tandis que mon sang coule en formant des gouttes rouges sur le sol blanc immaculé. Où est le bébé ?*

Je suis debout devant l'évier et je regarde par la fenêtre, mais ce n'est plus une fenêtre et nous ne sommes plus dans la cuisine. À présent, je me trouve sur un balcon, penchée sur une rambarde métallique, et nous sommes si hautes que le monde en contrebas ressemble à un dessin. Je n'ai pas la moindre idée de là où nous sommes, car le paysage est trop éloigné et trop étranger pour que je le reconnaisse.

C'est alors que je vois le bébé tomber en chute libre en direction du sol.

—*Ashley ! je hurle en tendant désespérément les bras vers mon enfant.*

—Je te l'avais dit, intervient ma mère. C'était évident qu'elle allait tomber. C'était évident que tu ne pourrais pas la sauver.

—Non !

Je plonge du balcon après le bébé, mais je suis trop loin derrière elle. Au terme d'une chute interminable, elle va finir par s'écraser contre ce monde terrible et dur, et je ne peux rien faire. Je ne peux pas l'atteindre. Je ne peux pas la sauver.

C'est alors que je vois Damien debout sur le sol en dessous. Il tend les bras. Il la rattrape et la serre contre lui.

Il la sauve et je commence à trembler lorsqu'un soulagement infini me traverse.

Au même moment, je prends conscience de l'affreuse réalité : il ne peut pas me rattraper. Pas s'il tient le bébé dans ses bras.

J'ai tout gâché. J'ai perdu notre enfant.

Dieu merci, Damien était là pour la rattraper, mais il ne peut pas me sauver aussi.

Alors que le sol se rapproche de plus en plus, je hurle sans pouvoir m'arrêter.

—Nikki ! Nikki, bébé, réveille-toi !

Je cligne des yeux et sanglote toujours quand je reviens à moi dans les bras de Damien.

—Damien.

Ma voix se brise en prononçant son prénom, épuisée par le poids de mes émotions.

—Tu veux en parler ?

Non. Je ne veux même pas y penser, mais je frotte le dos de ma main sous mon nez humide avant de prendre une grande inspiration.

—Elle était là, je murmure. Ma mère. Et je tenais le bébé – et, oh, Damien. Elle était parfaite.

C'est stupide, car je sais que ce n'était qu'un rêve, mais mon souffle s'accélère quand je lui raconte la suite. La chute du bébé. La terreur qui remonte dans ma gorge, tellement vive que je peux encore entendre le cri qui m'a été arraché dans ces derniers instants. Puis, le soulagement quand Damien rattrape notre enfant, même si je tombe tout droit vers le sol.

—Ce n'était qu'un cauchemar, dit-il en m'étreignant.

Je hoche la tête, car je sais que c'est la vérité, et pourtant ça m'a paru encore plus réel que l'annonce de ma grossesse.

En fronçant les sourcils, je me roule en boule contre lui. Nous sommes au lit et la dernière fois qu'il était étendu près de moi, nous regardions un nouveau film d'espionnage que Damien a loué via le système de l'hôtel. Je me souviens du début et de la course poursuite, mais après, plus rien, et je me rends compte que j'ai dû sombrer, aspirée une fois de plus dans le vortex de la grossesse, avant de dériver dans un profond sommeil parsemé de rêves.

Maintenant, ce sont les actualités qui passent à la télévision. Le son est coupé. Le film est terminé ou Damien a fini par s'en lasser. Comme il porte toujours son jean et son t-shirt bleu clair, je ne pense pas qu'il se soit écoulé très longtemps. Vrai-semblablement, ce n'est pas encore le matin.

Je ne dors pas bien pendant la sieste – je me réveille toujours désorientée et en ce moment, j'essaie encore de retrouver mes esprits. Je jette un œil vers la fenêtre et je vois les lumières de la ville briller dans le noir.

—Il est tard ?

Damien secoue la tête.

—Pas vraiment. Tu as dormi pendant le film, mais je te promets que tu n'as pas raté grand-chose.

Un léger sourire effleure mes lèvres.

—Désolée, je ne voulais pas m'endormir.

Je me redresse et recule pour venir m'adosser contre la tête de lit rembourrée. J'ai envie de me secouer, mais le rêve s'at-tarde toujours et je serre le drap sur mes genoux, le tordant dans mes mains.

—Ça me semblait tellement réel, je murmure.

—Mais ça ne l'était pas, bébé. Ce ne sont que des pensées. Rien que ton esprit qui s'adapte doucement.

Il se tourne vers moi et prend mon menton pour m'incliner la tête, si bien que je n'ai pas d'autre choix que de le regarder dans les yeux.

—Mais tu n'es pas ta mère. Et je te rattraperai toujours – *toujours*.

Je prends une inspiration et esquisse un sourire faible.

—Je sais, dis-je avec sincérité. Je crois que je me suis juste réveillée trop tôt.

—Ou juste à temps. Je suis là, non ? Et tu t'es réveillée dans mes bras.

J'éclate de rire et hoche la tête, tandis que mes yeux se remplissent à nouveau de larmes. Je cligne furieusement des paupières pour les retenir, puis je glisse mes doigts dans ses cheveux et l'attire contre moi. Ma bouche se referme sur la sienne. Notre baiser est intense et vibrant, mais j'en veux plus. J'ai envie d'une connexion physique et émotionnelle. J'ai envie de sa force.

Par-dessus tout, j'ai envie de toujours éprouver le bien-être que procurent les bras de Damien. Me sentir confiante. Aimée. Assez forte pour affronter le monde.

—Nous pouvons y arriver, dis-je en interrompant notre baiser. Ce n'est peut-être pas le moment le plus propice, mais tu as raison. C'est notre enfant et nous pouvons réussir. N'est-ce pas ?

—Bien sûr ! dit-il avant de m'embrasser vigoureusement, le visage rayonnant de triomphe. Tu le sais. Il n'y a rien que nous ne serions capables de faire quand nous sommes ensemble.

À présent, je pleure ouvertement. Pas de peur, cette fois, mais de soulagement. Et de joie, aussi.

—Je t'aime, je chuchote.

—Tant mieux, fait-il, les yeux illuminés par son sourire. Parce que nous allons avoir un bébé.

—Ashley.

Je lève la tête pour rencontrer les yeux de Damien.

—Dans mon rêve, elle s'appelait Ashley.

Lentement, il pose sa main sur mon ventre.

—Ashley, répète-t-il. C'est parfait.

J'ai enfilé un débardeur et un pantalon de yoga dès l'instant où nous sommes rentrés à l'hôtel. Maintenant, sa main glisse sous mon haut et la sensation de sa paume contre ma peau nue m'envoie des frissons dans tout le corps. Lentement il remonte, suivant la courbe de ma taille et m'effleurant les côtes avant de prendre mes seins dans ses mains. Son pouce trouve mon téton et entame une caresse délicate, mais soutenue. Je me mords la lèvre inférieure tandis que des flammes involontaires se propagent dans tous mes membres, embrasant mes sens et me faisant soupirer de désir.

—Nikki.

Son regard croise le mien et j'y perçois de la tension. Une hésitation inconnue que je ne comprends pas, car Damien n'a jamais hésité avec moi. Il s'est toujours montré audacieux et n'a jamais hésité à prendre ce qu'il voulait – ce que je lui ai toujours donné très volontiers.

Je me renfrogne. J'ai envie de lui demander ce qui ne va pas, mais avant que j'en aie l'occasion, sa main abandonne mon sein pour descendre se poser au-dessus de mon nombril.

—Ça te va ?

D'abord, je ne comprends pas ses mots, prononcés avec une infinie tendresse. Puis, je me rends compte qu'il parle du bébé et je souris, sous le charme. Je pose ma main sur la sienne et je commence à la repousser en direction de l'élastique souple de mon pantalon de yoga.

—Oui, je t'en prie, dis-je avec sincérité, sentant une envie brûlante s'emparer de moi. Ça me va tout à fait.

—Tu en es sûre ?

Je ne saurais dire s'il me taquine ou s'il doute vraiment.

—Plus que certaine, je lui promets. Toi. Les hormones. Je ne sais pas. Je m'en fiche. Mais s'il te plaît, Damien. S'il te plaît.

J'ai besoin de te sentir en moi. Tout de suite. J'en ai aussi désespérément besoin que de respirer.

—Vraiment ? fait-il avec une lueur délicieusement sauvage dans les yeux. Je crois que nous pouvons faire quelque chose, dans ce cas.

Je gémis un peu, car l'instant d'après, il retire sa main de la ceinture de mon pantalon. Ce n'est pas l'évolution que j'imaginais. Mais il se déplace pour venir se mettre à califourchon sur moi. Sa main se trouve sous l'ourlet de mon débardeur et sa paume chaude est plaquée contre la courbe de ma taille.

Avec une lenteur qui me tue, il me caresse la peau. La friction et la chaleur sont en train de me rendre folle. Je me cambre, les tétons tendus contre le tissu fin de mon haut minuscule.

—S'il te plaît, je le supplie.

—S'il te plaît ? S'il te plaît, quoi ?

Ses paumes effleurent ma cage thoracique jusqu'à rejoindre le renflement de ma poitrine. Je gémis, la peau désormais si sensible que le moindre souffle serait capable de me faire vibrer et de me tordre de désir.

—S'il te plaît, oui, dis-je. S'il te plaît, vite.

Il hausse les sourcils.

—Vite ? Tu en es sûre ?

Son pouce joue paresseusement avec mon téton tandis que son autre main soulève mon débardeur jusqu'à exposer mes seins à sa vue.

—Pourtant, la lenteur a ses avantages.

Il se baisse et sa langue effleure mon mamelon. La sensation est incroyable et je me mords la lèvre pour me retenir de gémir. Damien, en revanche, semble bien déterminé à me faire perdre la raison et pendant que sa bouche sème le chaos au-dessus de ma ceinture, ses doigts descendent lentement pour se glisser dans mon pantalon et se refermer contre mon sexe.

Je suis particulièrement mouillée et il me caresse doucement, par des gestes tendres sans jamais me pénétrer, sans jouer avec mon clitoris. Il fait monter la pression pour me rendre avide, pour provoquer mon désir.

Il me rend folle. Je me cambre une fois de plus et imprime un mouvement à mes hanches – une invitation tacite à dépasser le stade des caresses, sur ma poitrine et entre mes jambes. J'ai envie de sentir ses dents sur mon téton et son doigt contre mon clitoris. Et surtout, je veux sa queue à l'intérieur de moi.

—S'il te plaît, je l'implore, incapable de le supporter plus longtemps.

Mon corps tout entier est en feu et s'il ne me baise pas tout de suite, je finirai en un tas de cendres fumantes.

—S'il te plaît, je répète.

Cette fois, je tends la main et manipule le bouton de son jean. Je parviens à le détacher et glisse ma main sur son *boxer*. Je le caresse à travers le coton souple, satisfaite en entendant monter un gémissement sourd dans sa gorge et en sentant ses doigts s'aventurer en moi, juste assez pour m'exciter, pour me donner envie d'aller plus loin.

Je passe ma main à l'intérieur pour le découvrir, chaud et dur. Il ondule les hanches et son mouvement m'aide à le libérer de son *boxer* et de son jean. Tandis que je caresse lentement sa queue, il referme sa bouche sur mon sein et se met à le sucer, tirant si fort que j'éprouve une sensation similaire entre mes jambes. Mes muscles se contractent de désir.

—Dis-le, bébé, murmure-t-il. Dis-le-moi. Tu veux que je te baise.

—Oui, dis-je. S'il te plaît, Damien. S'il te plaît, baise-moi. Fort, je supplie. Vite, j'insiste.

Il ne se fait pas prier. D'un mouvement brusque, il me retourne avec une telle rapidité que j'en ai le souffle coupé.

—À genoux, ordonne-t-il en baissant mon pantalon de yoga pour me dénuder les fesses.

J'ai la tête basse, le débardeur enroulé au-dessus de mes seins. Je suis plaquée contre le drap de coton. J'ai les fesses en l'air et il me caresse doucement. J'écarte alors les jambes, limitée par le pantalon qui m'arrive toujours à mi-cuisse. Je suis toute mouillée et quand il enfonce deux doigts en moi, j'enfouis ma tête contre le matelas pour pousser un gémissement.

—C'est ce que tu veux ? demande-t-il en se penchant.

Je sens son poids contre moi et son érection qui me taquine lorsqu'il chuchote à mon oreille.

—Oui, je réponds.

Ma voix est tendue et mes pensées réduites à *désir* et *envie*.

—S'il te plaît, je supplie. S'il te plaît, Damien.

Sa langue joue avec mon lobe d'oreille et je geins quand il murmure :

—Oui, bébé. Oh, oui.

Il porte toujours son jean lorsqu'il me pénètre. D'abord, ce sont de légers coups aguichants pour m'affrioler, puis plus forts. Il vient se plaquer violemment contre moi. Le frottement de son jean sur ma peau est délicieusement érotique tandis qu'il me prend brutalement, me remplissant au point de me faire haleter. Je froisse le drap dans mes poings, perdue dans cette impression d'absolue connexion avec lui.

Il donne de grands coups répétés et mes tétons sensibles effleurent le tissu, augmentant la sensation de chaleur qui se propage dans tout mon corps. Je suis perdue dans une fournaise dont seul Damien a le secret.

Sa respiration change et je sais qu'il touche au but quand l'une de ses mains quitte mes hanches pour venir titiller mon clitoris.

—Maintenant, bébé, dit-il lorsqu'un courant électrique me traverse, affluant vers le centre névralgique pour atteindre son point culminant.

Je me laisse aller et abdique dans ses bras. Je lui fais confiance pour m'emmener n'importe où. Au moment où je m'abandonne, le crescendo monte en flèche et j'entends Damien répéter :

—Maintenant.

Tout explose dans un feu d'artifice de couleurs et de lumières. Je tremble sous le choc avant de m'effondrer dans l'étreinte de Damien. Il serre ses bras autour de moi pour me ramener doucement sur terre.

—Je t'aime, murmure-t-il en m'embrassant la tempe.

Je me blottis à côté de lui, nos vêtements encore épars et nos souffles pantelants.

Nous restons ainsi pendant une éternité et mes paupières commencent à se fermer quand son téléphone sonne à côté de nous.

—Ignore-le, dis-je en me pelotonnant contre lui.

Ma joue est posée contre le t-shirt qu'il porte encore et je le sens s'étirer quand il tend la main vers la table de chevet.

—Désolé, dit-il avant de soupirer. J'ai des urgences à gérer, sinon j'éteindrais ce foutu machin. Mieux, je le jetterais à la poubelle.

Je parviens à rire paresseusement, mais quand il se détache de moi pour se lever, je suis vaguement inquiète. Il boutonne son jean et répond :

—Bon, Charles. Dites-moi ce que vous avez appris.

Il se tourne vers moi et sourit, mais j'ai l'impression que le cœur n'y est pas. Quand il sort de la pièce, je me redresse en fronçant les sourcils, songeant au précédent appel de Charles. Un appel qui me semble lointain, mais qui ne date que de quelques heures.

Je sors du lit et enfile une robe de chambre pour suivre Damien dans le salon. Debout devant le comptoir du petit déjeuner, il me tourne le dos. À présent, il porte un jogging et il a posé le coude sur le plan de travail, la tête sur sa main, son téléphone à côté de lui. Même de dos, il me paraît fragile et mon cœur se serre. *Fragile* n'est pas un mot qui figure habituellement dans le lexique de Damien Stark.

—Que se passe-t-il ? je demande d'une voix douce.

Il se retourne, mais son visage n'exprime rien.

—Des affaires qui traînent, au boulot, dit-il.

Je m'approche de lui et lui tends solennellement la main comme pour le saluer. Il fronce les sourcils, mais il la saisit par automatisme.

—Je m'appelle Nikki Stark, dis-je pour faire les présentations. Nous nous sommes déjà rencontrés. Je suis la femme qui te connaît suffisamment bien pour savoir quand tu me caches des choses.

—Nikki…

—Non.

Je lâche sa main et recule, les bras croisés sur ma poitrine.

—Je ne sais pas ce qui se passe, mais c'est personnel. Et tu essaies de me protéger. D'abord à cause de ma mère. Et maintenant, peut-être, à cause du bébé. Tu ne comprends pas, Damien ? Il y aura toujours quelque chose. Et ce n'est pas à toi de le décider. Tu es mon mari, bon sang, et je veux être là pour toi. J'ai même *besoin* d'être là.

Il me dévisage et son expression est un tel mélange de frustration, de douleur et d'amour qu'elle en serait presque comique si elle n'était pas si vive.

—Damien, j'insiste. S'il te plaît.

Enfin, il hoche la tête.

—C'est Sofia, dit-il.

J'ai l'impression qu'il vient de me donner un coup de poing en pleine poitrine. Je recule d'un pas et porte vainement ma main à mon cœur pour me protéger.

—Qu'est-ce qu'elle a ?

J'ai parlé d'une voix stable et j'en suis très fière. Sofia Richter est la plus vieille amie de Damien et elle me déteste cordialement. Tout bien considéré, je ne l'aime pas beaucoup non plus. Et c'est un euphémisme. Il me suffit d'entendre son prénom pour avoir envie de me prendre moi-même dans les bras et me câliner.

—J'ai des nouvelles de son évaluation la plus récente, dit-il.

Il prononce soigneusement ses mots en guettant ma réaction, mais je suis bien décidée à ne lui témoigner que mon soutien.

—Oh.

Peu de temps avant notre mariage, Sofia a complètement perdu l'esprit. Sa folie avait un catalyseur – moi –, mais elle avait aussi une cause. Damien et elle ont tous les deux subi des attouchements de la part de son professeur de tennis, un homme du nom de Merle Richter, qui n'était autre que le père de la jeune femme. Damien a été assez fort pour surmonter ça, mais Sofia s'est laissé entraîner dans la spirale de la maladie mentale toujours présente au fond d'elle, dans les tréfonds de son être.

Damien s'est occupé d'elle depuis la mort de Richter quand ils étaient adolescents. Et à présent, elle est dans une institution psychiatrique à la périphérie de Londres, où elle reçoit le meilleur traitement que sa fortune puisse financer.

Je me racle la gorge.

—Comment va-t-elle ?

—Elle va bien, dit-il. Exceptionnellement bien, à vrai dire.

—Oh. Tant mieux, c'est une bonne chose. Mais qu'est-ce que Charles vient faire dans cette histoire ? C'est pour cette raison qu'il a appelé tout à l'heure, non ?

Il hoche la tête, mais le geste est lent et je vois bien que toute cette conversation est difficile. Pourtant, je ne recule pas. J'ai trop envie de savoir.

—Alors ? j'insiste.

—Je voulais d'autres informations que celles que l'institution voulait bien nous transmettre, que les évaluations officielles. Alors Charles a organisé une enquête pour moi. Il a utilisé ses ressources pour parler au personnel et à tous ceux qui ont interagi avec elle en ville lors de ses jours de sortie. Il a même obtenu des témoignages d'autres patients.

—Et ?

—Et tout confirme les rapports. Elle est en excellente forme.

Il y a dans ses propos un poids qui m'étonne.

—Ça te dérange ? je demande.

Il secoue la tête.

—Non. Non, bien sûr que non. C'est juste que…

Il s'interrompt et me regarde avant de se détourner en se massant les tempes comme s'il luttait contre une migraine carabinée.

—Elle est comme une sœur pour toi, dis-je d'une voix douce. Mais elle a essayé de me faire du mal. Je comprends que tu sois content pour elle, et à la fois troublé.

Dire que Sofia a essayé de me faire du mal, c'est un peu comme comparer le Pacifique avec un grand lac. Parce que c'est bien plus que ça. Elle s'est liée d'amitié avec moi et a fait semblant d'être quelqu'un de complètement différent. Elle s'est rapprochée, puis elle s'est montrée sous son vrai jour en essayant de me convaincre de me taillader la peau, ou pire.

Elle voulait Damien – et pour elle, je me dressais en travers de son chemin.

Nous avons vécu un cauchemar et, bien que Damien ait continué de payer ses soins après son internement, il a coupé tout contact. Mais je sais qu'il n'a jamais cessé de se faire du souci pour elle.

À présent, un sourire ironique flotte sur ses lèvres.

—Oui, dit-il. On peut dire ça.

—Tout va bien, je lui promets. Je sais que tu l'aimes. C'est normal que tu sois content de l'amélioration de son état.

Il ferme les yeux et hoche la tête. Son corps est comme un fil sous haute tension.

Je me rapproche, passe mes bras autour de lui et il m'attire soudain pour me serrer si fort que je n'arrive plus à respirer. Au bout d'un moment, il me libère.

—Merci, dit-il simplement.

Je recule et le dévisage, mais sa vulnérabilité semble s'être envolée. Tout ce que je vois à présent, c'est le chef d'entreprise. Un homme habitué à cacher ses émotions. À ne rien trahir.

Je me renfrogne.

—Il y a autre chose ? J'ai l'impression que tu ne me dis pas tout.

—Non. Non, bébé, bien sûr que non.

Je hoche la tête, mais j'ai l'estomac noué. Parce qu'à dire vrai, je ne le crois pas. Et ça m'inquiète. Pire encore, ça m'effraie.

À présent, il y a un fossé entre nous. Petit, certes, mais bien présent. Et j'ignore comment le traverser. Pourtant, j'en ai besoin.

Je peux le faire, me dis-je en posant ma main sur mon ventre. *Je le sais.*

Mais uniquement avec Damien à mes côtés.

CHAPITRE SEPT

JE SUIS RÉVEILLÉE avant le soleil – mais pas avant Damien. Je pense ne m'être jamais réveillée avant Damien un jour de semaine. En me glissant hors du lit, je me demande si ça changera une fois que le bébé sera dans nos vies. Quand je me lèverai à quatre heures du matin avec les couches et les tétées, et que mon emploi du temps en sera bouleversé.

Je m'assois au bord du lit et presse légèrement les mains sur mon ventre, toujours un peu perturbée. Je suis encore nerveuse au sujet du bébé, mais la peur s'est estompée, laissant derrière elle ce genre d'insécurité et d'impatience bien normales quand on fait face à l'inconnu. Même cette angoisse est tempérée par la certitude que, où que mène ce chemin, je l'emprunterai avec Damien.

Ce n'est donc pas le bébé qui pèse sur moi, c'est le secret persistant. Ou plutôt, c'est ma peur qu'il puisse y avoir un secret. Damien m'a peut-être tout dit au sujet de Charles, des appels et de Sofia. Peut-être. Mais j'ai l'impression qu'il me cache quelque chose. Et j'espère qu'il me le dira bientôt, qu'il essaie juste de me tranquilliser tant que nous sommes à Dallas.

Je me lève et tends la main vers ma robe de chambre en me disant que c'est forcément ça – il sait à quel point ma présence dans cette ville me stresse. Je suis nerveuse à la perspective de l'entretien d'aujourd'hui. Et maintenant, avec cette nouvelle du bébé et le mystère de ma mère disparue, c'est évident. Il essaie de me protéger. C'est tout. Bien sûr, c'est tout.

Quand Damien entre dans la chambre avec une tasse de café à la main et de la tendresse dans les yeux, je me force à croire que j'ai raison.

—Bonjour, ma belle, dit-il avant de me tendre le café, suivi par un baiser.

—Le baiser, j'apprécie, mais je ne suis pas sûre de ça.

Je regarde tristement la tasse.

—C'est du décaféiné, dit Damien. Tout l'arôme, sans le frisson.

Je fais la moue.

—J'aime le frisson.

Je lève la tasse, hume son contenu et, dégoûtée, la repose sur la table de chevet.

—Oui, mais non. Qui aurait cru que j'en viendrais au point où je refuserais un café ?

Damien m'attire vers lui et referme une main sur ma fesse.

—Nous allons juste devoir trouver d'autres moyens de te stimuler en attendant la naissance du bébé, murmure-t-il avant de me mordiller l'oreille, me faisant sursauter.

—Du calme, dis-je en riant. Tu vas me mettre en retard et ensuite, si je ne décroche pas le contrat, je te le reprocherai.

—Impossible.

Il m'embrasse le nez en reculant.

—Comment te sens-tu ? Des nausées matinales ?

—Rien du tout.

C'est étonnant, car hier j'étais tellement submergée par les hormones et l'envie de vomir que je me suis évanouie. Qu'est-ce qui a changé, ce matin ?

—Tu ne penses pas que c'est mauvais signe, si ? Je me suis renseignée en ligne hier soir et tous les articles disent que les nausées matinales sont saines et...

—Tu vas très bien, dit-il. Si ça peut te rassurer, je suis sûr qu'elles reviendront. Les nausées matinales, ça va et ça vient, non ? Et d'ailleurs, ce n'est pas toujours le matin. Alors considère aujourd'hui comme un cadeau, puisque tu as ton entretien.

Je prends une profonde inspiration. Bien sûr, il a raison. Je ne dois pas paniquer pour la moindre douleur – ou leur absence en l'occurrence.

—En parlant de ça, ta voiture sera là dans une heure. Tu devrais aller t'habiller, je commanderai le petit déjeuner.

—Des crêpes, je déclare avec assurance.

—Pas d'œufs ?

D'habitude, je m'autorise des œufs au plat et du bacon quand nous sommes à l'hôtel, mais je secoue la tête et souris joyeusement.

—J'y ai pensé, mais cette seule idée m'a retourné l'estomac.

Damien éclate de rire.

—Tu vois ? Maintenant, va t'habiller.

Je m'éloigne, mais je marque une pause devant la porte et me tourne pour le regarder.

—Pourquoi tu ne m'accompagnerais pas ? Tu pourrais m'attendre dans le hall. Nous irions manger une glace ensuite. Pour fêter mon exploit.

—Ce n'est pas une mauvaise idée, mais je préférerais autre chose qu'une crème glacée pour faire la fête.

—Oh, dis-je.

Mes hormones déjà en ébullition s'agitent encore plus.

—Dans ce cas, souhaite-moi bonne chance aujourd'hui, parce que j'ai vraiment hâte de fêter ça avec toi.

Je m'arrête et penche la tête.

—Mais si tu pensais mélanger les cornichons et la crème glacée, dis-toi que je n'ai pas encore franchi cette ligne-là. Je serais très déçue si c'était ce que tu sous-entendais.

—Bien noté, dit-il en réprimant un sourire. Mais quand tu

franchiras cette ligne, sache que je t'aiderai à satisfaire tes moindres envies.

Ses paroles si passionnées et chaleureuses me réchauffent.

—Tu le fais déjà, je murmure. Comme toujours.

J'ai encore le sourire aux lèvres une heure plus tard quand je suis habillée, mon petit déjeuner avalé, et que je me penche sur mes notes à l'arrière de la voiture que Damien a louée pour me conduire aujourd'hui. J'ai mon ordinateur ouvert sur le siège à côté de moi, un carnet jaune sur les genoux, et je relis l'appel à candidatures de la société afin de m'assurer d'avoir une proposition adéquate pour chaque point mentionné.

Je sais que mon argumentaire est au point – j'ai passé des jours à le relire et plusieurs semaines avant cela à formuler la proposition sur papier pour être certaine de ne pas faire de promesses que je ne pourrai pas tenir, tant en matière d'avancée technologique que de main-d'œuvre.

Pour l'instant, Fairchild Development n'emploie qu'une seule personne – moi. Et si j'obtiens ce contrat, je suis sûre d'être à la hauteur. Mais Greystone-Branch est un cabinet de conseil multinational et si je travaillais avec eux, non seulement je gagnerais suffisamment pour embaucher au moins deux développeurs, mais ma petite société se ferait une place sur le marché. Ce qui attirerait plus de clients, ce qui signifierait plus d'employés et de meilleurs revenus. Et ainsi de suite.

Comme prévoir l'éventualité d'une croissance rapide me rend nerveuse, toutes mes projections sur le papier sont encore prudentes. Mais j'ai épluché les comptes et passé chaque décision en revue avec mon mari, et si un homme de la trempe de Damien Stark me dit que mon plan général de développement professionnel lui paraît parfaitement réalisable, alors je serais stupide de ne pas être un minimum optimiste sur les chances de ma petite entreprise.

Je suis en train de griffonner quelques éléments sur les ajustements éventuels de l'interface utilisateur que j'ai conçue quand mon téléphone se met à diffuser à plein volume le classique de The Dixie Cups, *Going to the Chapel*.

—Tu es une vraie peste, dis-je à ma meilleure amie Jamie après avoir extrait mon téléphone de la pile de documents qui jonchent la banquette arrière. Je t'avais dit de supprimer cette sonnerie.

—Et pourquoi le ferais-je ? Ça fonctionne, non ? Tu savais que c'était moi.

Je lève les yeux au ciel. Elle était complètement ivre quand elle a pris mon téléphone pour jouer avec mes sonneries peu de temps avant son mariage avec Ryan.

—Quoi de neuf ? je demande en me promettant de changer la musique moi-même.

—Rien du tout.

Sa voix est joyeuse. Un peu trop joyeuse.

Je m'effondre contre le revêtement en cuir et croise les bras sur ma poitrine.

—Laisse tomber, James, je lui ordonne en employant son surnom familier. Je te connais trop bien.

Elle expire.

—C'est juste que tu es à Dallas.

Ses paroles sont presque hésitantes.

—Je voulais m'assurer que tu vas bien.

—Je vais bien. Merci.

—Oh, je t'en prie, dit-elle. C'est à ça que servent les meilleures amies.

Et pourtant, je remarque toujours quelque chose d'étrange dans sa voix.

—Jamie ?

Elle soupire.

—D'accord. C'est juste une mauvaise journée. Mais tu es sûre que tu vas bien ? Ce n'est pas bizarre d'être chez toi ? Tu es tellement obsédée par ta mère ces derniers temps.

—Je ne suis pas obsédée, je proteste.

Jamie était avec moi un jour où j'ai vu ma mère à Los

Angeles. Sauf que ce n'était que le produit de mon imagination, car il n'y aurait aucune raison pour que ma mère soit à Los Angeles sans avoir quelque chose à me demander. Même quand elle a débarqué sans prévenir soi-disant pour m'aider à préparer mon mariage, ce qu'elle voulait en réalité, c'était un bout de la fortune de Damien. Alors je sais parfaitement qu'elle ne peut pas venir à Los Angeles juste pour m'observer de loin.

J'en ai parlé à Damien, la première fois. À l'époque, je travaillais d'arrache-pied sur ma candidature pour Greystone-Branch et il a estimé que je craignais simplement de devoir venir à Dallas si je décrochais le contrat. Une théorie raisonnable, que j'ai estimée plausible quand plusieurs semaines se sont écoulées sans que je la revoie.

La fois suivante, cependant, je ne pouvais plus rejeter la faute sur la candidature.

—Eh bien, a dit Jamie quand je l'ai retrouvée pour un café et un peu de réconfort. Je sais exactement pourquoi tu la vois partout.

J'ai failli m'étouffer avec mon café au lait.

—Ah bon ? Et pourquoi ?

—Parce que tu as des problèmes avec la maternité.

—Ne sois pas ridicule.

—Oh, allez. Damien et toi, vous êtes ensemble depuis plus longtemps que Sylvia et Jackson. Ils ont deux enfants, alors que Damien et toi, vous avez un chat. Tu adores Ronnie, c'est évident. Mais quand tu tiens le petit Jeffery, tu rayonnes tellement que c'est aveuglant. Damien est pareil. On dirait que vous êtes mûrs pour procréer.

—C'est notre neveu et il est adorable, ai-je dit sur la défensive.

Les enfants n'étaient pas au programme pour nous. Pas à ce moment-là. Pas encore.

Mais elle avait raison. Sur toute la ligne, à vrai dire. Et maintenant, je suis assise à l'arrière d'une voiture de location avec la main sur mon ventre, à me demander si ma mère était à Los Angeles pendant tout ce temps et pourquoi je suis si nerveuse à l'idée d'avoir un bébé alors que, de toute évidence, Damien et moi sommes plus que prêts pour l'assumer.

—… comment ça s'est passé, au fait ?

Je me redresse en prenant conscience que j'ai laissé mes pensées dériver.

—Désolée. Quoi ?

—Ta mère, dit-elle.

—Oh.

J'expire bruyamment.

—Je crois que j'avais raison depuis le début.

—Tu es allée la voir, n'est-ce pas ? Comment…

Elle parle sans m'écouter, puis elle s'interrompt brusquement.

—Attends. Quoi ?

—Ma mère n'est pas là. Elle a vendu sa maison. Elle est partie, Jamie.

—Alors, tu crois vraiment qu'elle a passé tout ce temps à Los Angeles ?

Je soupire.

—Je ne sais pas. Mais au moins, ça voudrait dire que je n'avais pas des hallucinations.

—Merde.

—Oui, dis-je, estimant que ce mot résume parfaitement la situation.

—Est-ce que ça va ?

J'hésite. Je ne sais absolument pas quoi lui dire. Maintenant, la surprise du départ de ma mère est mêlée à celle de l'arrivée du bébé, et même si j'ai désespérément besoin de partager cette nouvelle avec Jamie, je n'ai pas envie de la lui annoncer à deux mille cinq cents kilomètres de distance.

—Nicholas ?

Sa voix est sévère et elle utilise le surnom masculin qu'elle m'a donné pour plus d'emphase.

—Est-ce que ça va ?

—Oui. Oui, je répète avec plus de conviction. Très honnêtement, James, je vais très bien. Damien est là et... et tout va bien.
Ça va. Je te raconterai mon séjour quand je rentrerai. Au fait,
j'ajoute gaiement en changeant radicalement de sujet, tu m'appelais pour une raison précise ?

—Je... quoi ?

—Tu avais l'air bizarre quand tu as appelé. Comme si tu
avais quelque chose en tête.

—Oh ! Eh bien, oui, en réalité. Euh... tu viens toujours à
l'avant-première vendredi, n'est-ce pas ?

Le livre de notre amie Jane a été adapté au cinéma et
l'avant-première avec tapis rouge a lieu vendredi au Chinese
Theater.

—Tu plaisantes ? Bien sûr. Pourquoi m'en priverais-je ?

—Je ne sais pas, dit-elle vaguement. Je voulais juste en avoir
le cœur net.

Je me renfrogne.

—Tu as toujours une drôle de voix. Est-ce que quelque
chose ne va pas ? Il n'y a pas de soucis entre Ryan et toi, si ?

—Tu es sérieuse ? Je baigne dans le bonheur conjugal.
Apparemment, pour mon mari, une alliance est un aphrodi-
siaque. Tout le monde s'accorde à dire que la phase de la lune
de miel ne dure pas longtemps, mais c'est faux. Franchement,
je me trouvais déjà comblée sexuellement avant qu'on se passe
la corde au cou, mais là, je...

—J'ai compris, dis-je pour l'interrompre avant de visualiser
une image qu'il me serait impossible d'effacer. Ryan part plus
tôt pour superviser la sécurité, non ? Tu veux partager une
limousine avec nous ?

—En temps normal, je sauterais sur l'occasion. Mais cette
fois, je dois refuser.

—Vraiment ?

Je ne peux m'empêcher de rire en entendant le ton de sa
voix.

—Pourquoi ?

—Parce que cette fille à qui tu parles sera sur le tapis rouge en train d'interroger les célébrités qui entreront dans le cinéma. En direct à la télé dans une robe fantastique.

—Jamie ! C'est formidable !

Jamie travaille comme présentatrice du week-end sur une chaîne d'actualités locale, mais depuis quelque temps, elle insistait auprès de sa direction pour être envoyée sur le terrain afin de couvrir les événements artistiques. Être sur le tapis rouge et interviewer des stars de premier plan, c'est la concrétisation d'un rêve pour elle.

Jamie a le physique idéal que les caméras adorent. Si le milieu du cinéma ne l'avait pas broyée et laissé tomber, je crois vraiment qu'elle aurait pu réussir en tant qu'actrice. Heureusement, elle s'en est vite remise et elle s'est découvert une passion pour le journalisme. Surtout si cela implique des reportages sur le Tout-Hollywood. Elle aime tellement ce qu'elle fait que je crains ce qui se passerait si ça ne marchait pas pour elle.

—N'est-ce pas ? fait-elle. C'est génial. Et je ne l'ai même pas demandé. Je me suis dit que je n'avais aucune chance – c'est vrai, qui commence directement par les tapis rouges ? Mais ils m'ont repêchée sur mon tas de désespoir, de rêves et de sueur.

J'éclate de rire.

—Je crois surtout qu'ils t'ont repêchée sur un tas de talent.

—Pff. Tu dis ça parce que tu es ma meilleure amie.

—Tout à fait, je rétorque du tac au tac. Tu es vraiment minable dans ton travail et je te mens juste pour t'encourager.

—Pétasse.

—Je t'aime aussi. Au fait, James ? Félicitations.

—Merci.

J'entends pratiquement le sourire dans sa voix.

—Bon, je devrais te laisser te préparer. Quand passes-tu cet entretien, déjà ?

—Je suis dans la voiture en ce moment, je suis en chemin.

—Oh, zut. Je ne voulais pas te déranger. Bonne chance. Tu

es remontée à bloc ? Parce que je peux te remonter, si tu veux. C'est vrai, quoi. Major de ta promotion au lycée. Double diplôme universitaire en ingénierie électrique et science informatique. Quatre fois détentrice de la bourse Stark International Science. Directrice générale de Fairchild Development. Conceptrice et ingénieure de plus de deux dizaines d'applications Web et mobiles. Photographe amateur, excellente joueuse de poker, et surtout meilleure amie d'enfer.

Elle a tout débité à la vitesse de la lumière, et maintenant elle doit prendre une grande inspiration.

—Pfiou ! J'ai oublié quelque chose ?

J'ai du mal à parler tant je ris aux éclats.

—Tu es folle. Tu as mon CV sous les yeux ou quoi ?

—Ne sois pas bête.

Sa voix a un accent haut perché qui n'est pas naturel et j'en déduis qu'elle me taquine toujours.

—Pourquoi aurais-je ton CV devant moi ? Tu es ma meilleure amie, dit-elle en retrouvant sa voix normale. Évidemment que je connais ton CV. Il est sur ma table de chevet quand je dors et je lui rends hommage chaque fois que je me rappelle à quel point tes notes à l'université étaient meilleures que les miennes.

—Je t'aime, James.

—Moi aussi, Nicholas. Bonne chance, d'accord ?

—Merci.

Je fronce les sourcils, toujours intriguée par les intonations inhabituelles de sa voix.

—Au fait, James ?

—Oui ?

—Tu es sûre qu'il n'y a rien d'autre ?

—Rien du tout. Pourquoi ? Tu as quelque chose à me dire, toi ?

Je pose une main sur mon ventre. *Beaucoup*, je pense. Mais rien que je sois disposée à lui annoncer par téléphone.

CHAPITRE HUIT

Après deux heures d'entretiens et de réunions, je suis épuisée, mais euphorique. Épuisée, parce que je suis à peu près sûre d'avoir rencontré tous les employés de Greystone-Branch, depuis la salle du courrier jusqu'aux étages supérieurs. Euphorique, car je sais d'après la politique menée par Damien que seuls les candidats que la société envisage sérieusement de recruter ont droit au tour des bureaux. Le temps est une denrée trop rare pour gâcher les précieuses minutes du personnel en faisant passer des entretiens à des candidats sans intérêt.

Dans mon cas, je ne postule pas à un emploi. Je serai prestataire indépendante. Mais la nature du projet – la création d'un logiciel Web et mobile propriétaire pour faire le lien entre les communications et les ressources de la société à travers le monde – me demandera d'accéder non seulement au réseau de la boîte, mais aussi aux employés. J'ai besoin de comprendre comment ils travaillent actuellement afin de faire en sorte d'augmenter leur productivité, et non de lui nuire.

En d'autres termes, si j'obtiens ce contrat, je serai souvent ici. Dans ce bureau. Et à Dallas.

Le souvenir de la maison de ma mère détourne un instant

mon attention et je rate quelque chose que disait M. « Je-vous-en-prie-appelez-moi-John » Greystone.

—Pardon ? Mon esprit divaguait. Je pensais à l'architecture de votre site Web.

—Je vous demandais juste si vous vouliez du café. Je me suis dit que nous pourrions discuter quelques minutes dans mon bureau, avant que je vous raccompagne à l'extérieur.

—De l'eau, merci.

L'assistante de M. Greystone entre bientôt avec une bouteille d'eau, suivie par le vice-président aux opérations, Bijan Kamali. Nous prenons place dans le petit salon, un coin du vaste bureau meublé d'un canapé, de deux fauteuils en cuir et d'une table basse en verre et chrome. Cet espace me fait penser à une section similaire dans le bureau de Damien et je m'autorise à me détendre un peu, laissant l'espoir s'installer. Après tout, ils m'ont consacré beaucoup de temps et m'ont accordé une grande attention. Ce doit être bon signe, non ?

—Je vais être honnête avec vous, Nikki, dit John. Bijan et moi sommes très impressionnés, comme tous ceux avec qui vous avez parlé aujourd'hui.

—Je suis heureuse de l'apprendre.

Je garde une voix neutre, mais à l'intérieur, j'ai le cœur qui fait la roue.

—Je suis impressionnée, moi aussi. Vous avez un fonctionnement incroyable. J'aimerais beaucoup apporter ma pierre à l'édifice en vous aidant à rationaliser vos processus de communication.

Ce n'est pas exagéré. Travailler avec Greystone-Branch serait une immense opportunité pour moi. Non seulement pour asseoir la réputation de mon entreprise, mais aussi pour apprendre à organiser et exploiter une société. Certes, j'ai Stark International comme modèle, mais je n'envisage pas de gérer un jour une affaire constituée de si nombreuses ramifications. Greystone-Branch est beaucoup plus petit, et pourtant c'est une société internationale. Du point de vue de la structure de l'entreprise, j'aurais beaucoup à apprendre auprès de cette équipe.

John jette un œil à Bijan, qui hoche légèrement la tête, puis il se racle la gorge et me sourit. Cette fois, il a l'air plus tendu.

—Pour être franc, nous avons réduit les candidats potentiels au nombre de trois et vous êtes tous extrêmement qualifiés. À ce stade, nous évaluons les facteurs annexes.

—Bien sûr, dis-je, même si mon cœur bat la chamade.

Que veut-il dire par « facteurs annexes » ?

—Nous espérions que vous pourriez nous éclairer sur la question de la proximité. Nous savons que vous vivez à Los Angeles…

Il laisse sa phrase en suspens et j'enchaîne avec empressement. Si leurs seules inquiétudes reposent sur cette question, alors j'ai de la chance.

—Comme vous le savez, j'ai grandi à Dallas. Ce n'est donc pas un problème pour moi de revenir fréquemment.

Bien sûr, c'est une exagération, mais comme je suis déterminée à exorciser les fantômes de mon passé, si je décroche ce contrat, je l'honorerai.

—Le voyage, ce n'est pas un problème non plus. J'ai la chance d'avoir accès au jet et au pilote personnels de mon mari. Je peux être à Dallas en quelques heures. Et les autres déplacements seront tout aussi simples. Bien sûr, si j'obtiens ce poste, j'achèterai ou louerai un appartement à proximité pour la durée du projet.

En règle générale, je ne fais pas étalage de l'argent de Damien – *notre* argent comme il me le rappelle constamment –, mais dans ce cas, je veux que John et Bijan comprennent que ma présence dans leurs différents bureaux ne sera pas soumise aux horaires des lignes aériennes. J'aurais raisonnablement pu demander le remboursement de mes frais de déplacement en plus de ma proposition, mais au vu des bénéfices qu'en retirerait Fairchild Development si l'on me confiait ce projet, j'ai déjà décidé avec Damien de m'abstenir, tout simplement car cela risquerait de rendre mon offre moins attrayante.

—C'est bon à savoir. Et vous savez que nous envisageons des délais assez courts. Vous travaillerez avec une équipe ?

—Oui, dis-je sans me départir de mon sourire.

J'hésitais à embaucher de l'aide supplémentaire avant d'entendre parler de ce poste. Malheureusement, j'ai maintenant l'impression qu'il me faut garantir une équipe pour m'assurer de le décrocher.

—Je pensais à une équipe de trois, dont moi.

J'espère qu'ils ne vont pas me demander les CV de mes deux associés. J'ai effectué quelques entretiens préliminaires et j'ai trouvé plusieurs candidats prometteurs, mais je ne leur ai pas encore fait de proposition concrète.

—Et vous êtes confiante pour les délais ? La nouvelle récente ne risque pas de changer la donne ?

Je fronce les sourcils, perplexe.

—La nouvelle ?

Il jette un œil à Bijan qui lui remet un dossier en papier kraft. John l'ouvre et en sort une feuille de papier, qu'il me tend.

C'est l'impression d'une page Web. Dès l'instant où j'aperçois le gros titre et la photographie, je me fige.

—Oh, dis-je bêtement quand je parviens à retrouver l'usage de ma voix. C'est...

Je déglutis et essaie encore, mais les mots ne viennent pas. Ma tête est trop accaparée par ce qui se trouve sur le papier que je regarde.

Le titre est absurde – *Bientôt un héritier Stark !* –, mais la photo est encore pire. C'est moi, évanouie sur la pelouse devant la maison de Misty, la tête sur les genoux de Damien.

Soudain, tout mon corps s'enflamme comme si la honte était un brasier incandescent qui me brûle vive.

Mais bon sang, de quoi devrais-je avoir honte ? Je m'y connais suffisamment en photographie pour savoir que quelqu'un, de l'autre côté de la rue, a pris une photo avec un long objectif. C'est *cette* personne qui devrait avoir honte – venir fouiner et vendre des images privées.

Les seules personnes qui savent que je suis enceinte sont Damien et le personnel de la clinique. Je suis certaine que le Dr Cray n'est pas la « source anonyme » identifiée dans l'article, mais je parie que la réceptionniste qui a évité de croiser mon regard en me tendant un stylo pour me faire signer l'autorisation de sortie hier a trouvé le moyen d'arrondir sa paye.

Quelle garce.

Je déglutis, inspire et croise le regard de John, puis celui de Bijan.

—Je ne savais pas que cette information avait filtré dans les journaux.

—Alors, c'est vrai.

Les deux hommes échangent un coup d'œil.

—Nous craignons que votre grossesse ait un impact sur notre calendrier. Pas sur la qualité de votre travail, s'empresse-t-il d'ajouter. Mais je suis sûr que vous comprenez que notre planification est très serrée. Et avec une grossesse, rien n'est jamais certain. Vous pourriez vous retrouver en repos forcé.

—Je ne serai pas en repos forcé, j'insiste.

Je le vois baisser les yeux vers l'article. Sur l'image me représentant allongée par terre. *Vous ne vous attendiez pas non plus à vous évanouir*, semble-t-il me dire. *Alors comment pouvez-vous garantir que ça ne se reproduira pas ?*

Je me lève, malgré mes jambes flageolantes. Me sentir ainsi déstabilisée ne fait que m'énerver davantage. D'autant plus qu'en entrant dans ce bureau, je croyais presque avoir décroché le poste.

Soudain, je regrette de ne pas postuler pour un véritable emploi. Car, dans ce cas, ils n'auraient pas eu le droit de m'interroger au sujet de ma grossesse. Mais le titre VII des droits civils ne s'applique pas à mon cas et si ces hommes veulent engager un autre candidat car ma grossesse affecte la confiance qu'ils me portent, alors c'est leur prérogative.

—Messieurs, dis-je en redressant le menton. Vous avez vu mon travail. Vous avez évalué mon offre. Je n'ai pas le moindre doute quant au fait que Fairchild Development peut mener ce projet à terme, conformément au calendrier et au budget établis, avec une qualité exceptionnelle. J'espère avoir très vite de vos nouvelles.

Je hoche la tête, récupère ma sacoche et sors à grandes enjambées du bureau. Dans le pire des cas, j'aurai au moins eu le dernier mot.

Et surtout, je veux sortir du bâtiment avant que les larmes ne jaillissent. Parce que je les sens, insistantes contre mes yeux, et j'appuie sur le bouton de l'ascenseur tout en retenant mon souffle, priant pour que ni Bijan ni John ne me suivent à l'extérieur.

Ce n'est qu'une fois en sécurité dans l'ascenseur que je laisse tout mon corps s'affaisser et la frustration prendre le dessus. Je pleure depuis le trentième étage jusqu'au hall d'accueil. En sortant, je sèche mes larmes, relève la tête et m'en vais retrouver mon chauffeur.

S'il remarque que j'ai pleuré, il n'en laisse rien paraître. Au lieu de ça, il m'ouvre la porte et dit simplement :

—À l'hôtel, madame Stark ?

—Oui, je réponds, avant de rectifier aussitôt : Non, en fait. J'aimerais passer quelque part d'abord.

Je me sens nerveuse tandis que le chauffeur me conduit dans les rues de Dallas, et ce n'est pas uniquement à cause de la possibilité de perdre le contrat. Non, ceci n'est qu'un infime point clignotant sur un radar beaucoup plus vaste.

La vérité, c'est que même si je fais les gros titres de la presse depuis que je fréquente Damien, je n'arrive toujours pas à deviner ce qui est susceptible de réveiller l'intérêt des tabloïds. Et il ne m'est pas venu à l'idée une seule fois que cette grossesse puisse représenter une information croustillante.

Ou plutôt, non pas une information, mais un potin. Le genre de potin qui fait vendre les magazines, alimente les réseaux sociaux et rassemble des paparazzis excessivement zélés devant mon bureau, en filature derrière ma voiture ou en planque près du portail de notre propriété de Malibu.

J'en ai pris mon parti quand j'ai épousé Damien et je suis passée pro dans l'art de manipuler la presse. La majeure partie du temps, elle ne nous gêne même plus. Nous avons passé un moment sous les projecteurs quand la rumeur a couru que Damien avait déboursé un million pour que je pose nue pour un portrait, évidemment. Et une fois de plus, quand il a été arrêté pour meurtre – et quand les accusations ont été abandonnées.

Plus tard, ils se sont à nouveau intéressés à nous quand Damien a décidé de révéler publiquement l'histoire des attouchements que son entraîneur de tennis lui avait infligés pendant de nombreuses années. C'est à ce moment que Damien a renversé la situation et s'est servi de l'intérêt des tabloïds pour susciter de la compassion au profit de sa fondation Stark Children, un organisme caritatif qu'il a fondé pour aider les enfants maltraités et traumatisés à travers la thérapie sportive et ludique.

Nous attirons toujours la presse depuis notre mariage, évidemment. Notre union a fait les gros titres, ainsi que la publicité et les crises autour du Resort à Cortez, l'île hôtelière que Jackson a conçue pour la société immobilière Stark Development – projet au cours duquel le principal intéressé a appris en même temps que la presse que Jackson Steele était son demi-frère.

Nous avons également subi des tentatives de chantage. Des abrutis qui vous disent que si vous voulez éviter que des photos osées, par exemple, soient dévoilées au grand public, il vous faut mettre la main au portefeuille. Damien n'a encore jamais cédé, préférant faire appel à ses ressources pour riposter. Jusqu'à présent, il a réussi à contrecarrer les menaces. Mais un jour, cela ne suffira peut-être pas.

Un jour, ce sera peut-être notre enfant qui se retrouvera au centre du circuit de chantage. Notre enfant que les paparazzis suivront constamment. Notre enfant qui sera en permanence sous surveillance. Toujours jugé. Détesté à cause de sa fortune. Accusé d'être gâté et inaccessible.

Comme Damien et moi...

Nos moindres décisions seront scrutées, et nos choix, décortiqués publiquement. Et si notre enfant commet un jour une quelconque folie, Dieu nous en préserve, les tabloïds n'en feront qu'une bouchée.

Je prends une inspiration et soupire en essuyant à nouveau mes yeux.

La presse a braqué ses projecteurs sur Damien depuis qu'il a remporté le Grand Prix Junior à quinze ans. Il était trop jeune, trop talentueux et trop beau. Les médias s'en seraient peut-être désintéressés quand il s'est retiré de la compétition, mais ensuite, il y a eu le scandale. Et après, l'argent et l'empire qu'il a bâti. Chaque étape dans la vie de Damien a attiré l'attention et je n'imagine pas que ça puisse cesser de sitôt.

La richesse de Damien est une bénédiction à de nombreux égards. Une manifestation concrète de son talent incroyable et de son intellect. Et c'est affreusement injuste que ce qui aurait dû représenter un avantage – la capacité de combler les besoins d'un enfant à tous les égards – me donne l'impression d'être une malédiction.

Mon téléphone émet un signal qui m'indique l'arrivée d'un texto. Je fouille dans ma sacoche en cuir pour le retrouver en espérant qu'il s'agisse de Damien, mais je constate aussitôt en lisant le message qui s'affiche sur l'écran que ce n'est pas lui – *Qu'est-ce qui te fait croire que tu peux assumer ?*

Je fixe les mots froids et secs, et mon estomac se noue. Je

sens la bile remonter dans ma gorge. J'hésite. Mon instinct me dicte de jeter ce fichu machin dans mon sac. Mais je ne le fais pas. J'ouvre l'application pour voir qui l'a envoyé. Mais le numéro est masqué et il ne me reste que cet affreux message.

J'ignore qui l'a écrit. Je n'ai jamais été particulièrement pointilleuse avec mon numéro de téléphone. Généralement, je ne le donne qu'à mes amis, mais je m'en sers aussi fréquemment pour des contacts professionnels en dehors des heures de travail ou avec des relations importantes.

En d'autres termes, ça pourrait être n'importe qui. C'est peut-être une garce quelconque qui m'en veut d'avoir épousé Damien. D'être enceinte de son enfant. À moins que ce soit l'un des candidats au poste de Greystone-Branch, furieux d'avoir appris que je faisais partie des derniers en lice.

C'est peut-être Sofia, qui ne va pas aussi bien que tout le monde semble le penser.

Je ne sais pas et je m'en fiche.

Sauf que c'est un mensonge. Je ne m'en fiche pas. Je ne m'en fiche absolument pas. Et alors que je lutte contre les larmes, les mots du message tournent en boucle dans ma tête, rebondissant contre mes propres pensées négatives. *Toi, une mère ? Toi, jongler avec le travail et une famille ? Qu'est-ce qui te fait croire que tu peux assumer, Nikki ? Qu'est-ce qui te fait croire que tu es, ne serait-ce qu'un tant soit peu, prête pour ça ? Pour tout ça ?*

—Madame Stark ?

Je sursaute, tellement surprise par la voix du chauffeur qu'un cri m'échappe.

—Quoi ? Qu'y a-t-il ?

Il s'est retourné sur son siège pour me regarder, et bien qu'il redouble d'efforts pour conserver un comportement professionnel, je vois bien qu'il est inquiet. Toutefois, il se garde de tout commentaire au sujet de ma détresse et je lui en suis reconnaissante.

—Nous sommes arrivés, dit-il en désignant le cimetière à

l'extérieur de la voiture. Si vous avez besoin de moi pour quoi que ce soit, je vous attends ici.

Je souris en guise de remerciement, consciente de son offre tacite. Puis, je prends une inspiration, m'empare de ma sacoche et sors de la voiture dans la chaleur de Dallas.

Le cimetière court sur plusieurs hectares, mais je sais où je vais et je presse le pas le long de l'allée pavée, entre les pelouses parfaitement entretenues, avec une détermination proche du désespoir. Je ne sais pas ce qui m'a poussée à venir. Tout ce que je sais en cet instant, c'est que j'ai besoin d'être auprès de ma sœur.

Je ne me rends pas compte que je suis en train de pleurer avant d'atteindre enfin sa tombe pour découvrir que je ne peux pas lire la stèle à cause des larmes qui brouillent ma vision. Je les essuie avec brutalité et m'effondre sur l'herbe humide devant sa tombe. *Ashley Anne Fairchild, À ma fille bien-aimée.*

J'effleure les mots du bout des doigts et sens monter une frustration familière. Je voulais qu'il soit également gravé *À ma sœur bien-aimée* sur la pierre tombale, mais ma mère a froidement refusé en objectant que c'était inapproprié. Ainsi, même après la mort de ma sœur, ma mère se dresse encore entre nous.

—Tu me manques, Ash, dis-je tandis que des larmes brûlantes dévalent mes joues. Tu me manques tellement.

Je me redresse en essayant de maîtriser ma respiration.

—Je suis enceinte, lui dis-je. Damien et moi, nous allons avoir un bébé. Et tu aurais dû être là, Ash. Tu aurais dû être avec moi à sa naissance. Tu aurais dû être là pour m'aider à décorer la chambre d'enfant et à choisir mes tenues de grossesse, et ses petits habits de bébé.

J'étouffe un sanglot.

—Tu aurais dû être là, je répète, la gorge gonflée de larmes.

Je me détourne de la stèle pour essuyer mes joues, comme si je ne voulais pas qu'elle soit témoin de mon profond malheur. Au même moment, j'aperçois Damien qui s'avance entre les tombes dans ma direction, d'une démarche ample et déterminée. Je ne dis rien. Je reste assise, émerveillée et soulagée, jusqu'à ce qu'il ne soit plus qu'à quelques centimètres et s'agenouille sur l'herbe devant moi. Je sais que c'est le chauffeur qui a dû le contacter, mais malgré tout, sa présence me semble un miracle.

—Tu es ici, dis-je.

—Où voudrais-tu que je sois ?

Il essuie mes larmes de son pouce.

—Veux-tu me dire ce qui s'est passé ?

—Oui. Non. Je ne sais pas.

Je m'appuie contre lui, soutenue par son torse. Ses bras autour de moi me donnent de la force et mon regard sur la tombe de ma sœur me remplit d'assurance. Alors, en soupirant, je lui raconte ce qui s'est passé lors de l'entretien.

—C'était super, je conclus. Ou du moins, c'était super jusqu'à ce qu'ils commencent à me poser des questions sur le bébé.

—Ma chérie, je suis désolé.

Il dépose un baiser sur le sommet de ma tête et je m'écarte de ses bras. J'ai envie de voir son visage quand j'essaierai de lui expliquer toutes les pensées et toutes les émotions qui se succèdent en moi.

—Le problème, c'est qu'en sortant de leur bureau, je me sentais toute retournée. Comme si j'étais exactement devenue ce que ma mère voulait que je sois.

Je songe alors au texto qui m'accuse de ne pas être capable de gérer quoi que ce soit maintenant que je suis enceinte. Je n'en ai pas encore parlé à Damien, notamment parce que je n'ai pas envie de lui causer du souci, mais surtout parce que je veux l'oublier au plus vite. Pourtant, le message ressemble bien au style de ma mère.

—Désœuvrée et enceinte, je murmure. C'est tout ce qu'elle voulait pour moi. Tout ce qu'elle voulait pour Ashley aussi. Aucune carrière. Juste un mari à choyer, deux enfants et un chien. Tant que tout représente une image parfaite vue de l'extérieur, pour elle, l'intérieur ne compte pas. Tout ce dont ma mère se souciait, c'étaient les apparences.

—Au risque de passer pour un disque rayé, je te répète que tu n'es pas ta mère.

—Non, j'acquiesce farouchement. Certainement pas. Et surtout, je me fiche complètement de ce qu'elle pense.

—Mais Ashley ne s'en fichait pas.

Je garde les yeux rivés sur la tombe en hochant la tête.

—Je l'aimais, je chuchote. Et je l'admirais. Mais elle a laissé la voix dans sa tête prendre le dessus. Elle n'avait pas la force de lutter.

Je me tourne vers lui.

—Je vais me battre, Damien, dis-je fermement en posant une main sur mon ventre. Je vais me battre pour nous.

—Bébé, je t'aime, dit-il en m'attirant contre lui.

Je soupire, heureuse de m'abandonner dans son étreinte rassurante.

—Tu n'as pas à t'inquiéter pour moi, je murmure contre son torse. Je ne sais pas ce que tu me caches, mais je veux que tu saches que je peux encaisser.

Je sens son corps se crisper et sa réaction vient confirmer mes soupçons. Il ne m'a pas tout raconté au sujet de Sofia.

—Damien, s'il te plaît.

Mais il se contente de me sourire tendrement.

—Il n'y a rien d'autre, ma chérie. Vraiment.

La déception forme un étau qui me broie l'estomac. Je sais que ce n'est pas vrai. Et j'ai envie de crier, de le traiter d'hypocrite. Comment peut-il dire que je suis forte alors qu'il se démène toujours pour me protéger ? Alors qu'il ne me laisse pas partager ma force avec lui ?

Mais je me retiens. *Un peu de temps*, me dis-je. Je dois juste lui laisser un peu de temps. Et j'ai besoin de m'en aller.

—Peut-on partir aujourd'hui ? je demande. J'aimerais

rentrer à la maison. Il y a beaucoup trop de fantômes dans cette ville.

—Bien sûr, dit-il sans croiser mon regard. Mais il y a des fantômes partout. Et nous allons devoir nous habituer à les combattre, tous les deux.

CHAPITRE NEUF

Je me réveille en entendant l'eau couler et je roule sur le côté, encore somnolente. La place de Damien est froide et je me redresse lentement tandis que mon esprit embrumé se remet en marche.

Nous nous trouvons dans l'appartement de la Tour Stark, l'une de nos deux principales résidences. Nous sommes arrivés hier soir, à temps pour le souper, et malgré mon intention d'aider dans la cuisine, j'ai terminé sur le canapé pendant que Damien nous préparait une omelette tout en passant en revue son agenda du week-end en compagnie de son assistante, Rachel, perchée sur un tabouret de bar.

Damien est un homme aux multiples talents, mais je crois que ce qui m'a le plus étonnée à son sujet, ce sont ses exploits en cuisine. Hier soir, il a réussi à faire d'une simple omelette aux champignons et au fromage un vrai délice gastronomique.

—Je serais plus dynamique si je pouvais boire du café, ai-je ronchonné, mais il s'est contenté de rire en me proposant du jus d'orange.

Après le départ de Rachel, nous nous sommes étendus sur le sofa, mes pieds sur ses genoux. Avec d'anciens épisodes de *New York district, La loi et l'ordre* en fond sonore, Damien a relu ses notes pour ses réunions de la matinée et j'ai travaillé sur mon ordinateur portable. J'avais décidé de venir à bout de tous mes courriels professionnels accumulés au cours des derniers jours, mais je ne cessais de me laisser distraire par des sites consacrés à la grossesse. Et pourquoi pas ? Tant que je n'aurai pas eu mon premier rendez-vous digne de ce nom chez le médecin lundi prochain, autant faire moi-même ma propre éducation. J'ai tout de même réussi à trier une cinquantaine de messages – et à me commander un exemplaire de *Ce qui vous attend si vous attendez un enfant*.

En somme, nous avons passé une merveilleuse soirée confortable dans la douceur du foyer. Ces moments simples avec Damien me donnent toujours le sourire et, blottie sur le canapé, je me sens bien, en sécurité et aimée.

C'est le genre de soirée qui nous conduit généralement à faire l'amour tendrement avant de nous endormir dans les bras l'un de l'autre.

Pourtant, pas hier soir. Parce que quelque part entre les parties *loi* et *ordre* de notre programme télévisuel, je me suis assoupie, de cette fatigue insurmontable propre à la grossesse qui vous fait couler à pic comme une pierre au fond d'une mer abyssale.

Je me souviens des bras de Damien qui m'ont soulevée lorsqu'il m'a délicatement emmenée au lit. Je me suis pelotonnée, tiraillée entre mon désir de me rendormir et mon désir pour cet homme.

—Fais-moi l'amour, ai-je murmuré d'une voix traînante à cause de l'épuisement.

—Dors, bébé, a-t-il chuchoté à son tour. Je te retrouverai dans mes rêves.

Je me suis roulée en boule avec mon oreiller, satisfaite de sa réponse. Sur le moment, elle me paraissait parfaitement logique. Je somnolais, comblée par ces rêves cotonneux, et j'imaginais que Damien m'y rejoignait.

Maintenant, pourtant, j'ai l'impression d'avoir été dupée. Je suis réveillée, toute seule, et ce qui était un vague désir hier soir s'est mué en un besoin ardent et féroce. J'ai envie de sentir ses mains sur moi. Sa bouche plaquée contre la mienne. Je veux qu'il déchire ma fine chemise de nuit pour me prendre violemment sur le sol.

J'ai besoin de sentir le poids de son corps quand il va et vient en moi, m'emmenant de plus en plus haut, jusqu'à ce que j'explose dans ses bras, d'un orgasme si fougueux et si violent qu'il me réduirait en pièces.

J'ai besoin de ça – besoin de *lui*. Je me demande si c'est parce qu'il ne se passe pas un instant sans que j'aie envie de sentir les caresses de Damien, ou si ce sont mes hormones qui me rendent chaude comme la braise, prête à éclater s'il ne me baise pas sur-le-champ.

Je n'en sais rien et ça m'est égal. Tout ce que je sais, c'est qu'il n'est pas à côté de moi. Et tout ce que je veux, c'est Damien.

Je rejette le drap et sors du lit avant de rejoindre la salle de bains, pieds nus.

La cabine de douche est sans doute l'endroit que je préfère dans tout cet appartement. D'abord, elle est immense. Mais elle reste chaude et embuée car les parois transparentes montent jusqu'au plafond. En ce moment, Damien est à l'intérieur, mais le verre est couvert de vapeur et je distingue juste sa silhouette.

Je reste debout un moment pour profiter de la vue et laisse mon imagination faire le reste. Mais mon imagination ne me suffit pas et je me déleste de ma chemise de nuit, que je laisse tomber par terre. En général, je n'en porte pas, sauf s'il y a des invités dans la maison, mais je l'avais sur le canapé hier soir et Damien ne m'a pas déshabillée quand il m'a mise au lit.

Maintenant, je suis nue et je regarde les contours de son corps bouger dans la vapeur. J'étais déjà excitée avant d'entrer dans cette pièce, rien qu'en pensant à lui, mais maintenant, en le voyant dans cette chaleur humide, mon corps est en surchauffe. Mes tétons sont durs et mon sexe palpite d'envie. Je veux qu'il me touche – et il va le faire.

Quand j'ouvre la porte, il me tourne le dos, son visage sous le jet d'eau. Comme j'ai laissé entrer un petit air frais, il se retourne pour me regarder. J'aperçois alors la chaleur embraser son regard. Encore plus intéressant, je vois sa queue se durcir et l'immédiateté de sa réaction ne laisse aucun doute : Damien ne voit pas d'objection à ce que je le rejoigne ce matin.

Il ouvre la bouche pour dire quelque chose, mais je pose un doigt sur ses lèvres et m'approche. Comme il a presque terminé sa douche, son corps n'est plus enduit de savon. C'est une bonne chose, car lorsque j'embrasse son torse, il sent le frais et le propre.

Je descends lentement en léchant sa peau, jouant avec la fine toison de son torse. Ma langue caresse son téton et je suis récompensée quand il m'attrape par les cheveux. Je sens son corps se tendre sous mes mains, qui glissent elles aussi le long de sa peau au rythme de mes baisers.

Je me baisse et mes genoux se posent sur le sol quand j'atteins son nombril. Ses abdominaux sont durs comme le roc et ses muscles frémissent sous mes lèvres. Je sens bien que je le rends fou. Il resserre la main dans mes cheveux tout en se retenant à la paroi de la cabine pour ne pas perdre l'équilibre.

De plus en plus bas, mes lèvres dansent sur sa peau, suivant cette ligne magique de poils qui conduit de son nombril jusqu'à sa queue. Et quand j'y parviens, elle est épaisse et mouillée. Je fais courir ma langue sur son velours d'acier, tandis que Damien gémit sous mes soins attentionnés.

Avec une lenteur délibérée, j'en suce l'extrémité avant d'y passer ma langue pour un avant-goût de sa substance. Enfin, je le mets tout entier dans ma bouche et la main que Damien a passée dans mes cheveux descend le long de ma nuque. D'abord, il se contente de me maintenir en place, mais quand mes coups de langue se font plus vigoureux, il gémit de satisfaction et d'envie tout en resserrant sa poigne.

Pour l'instant, c'est moi qui dirige les opérations, mais je sens ce contrôle m'échapper. Ou plutôt non, il ne m'échappe pas, Damien s'en empare en s'emparant de moi – en me retenant par les cheveux pour me plaquer contre lui tout en me baisant la bouche, renversant totalement les pouvoirs.

Mais ça m'est égal. Je suis trop excitée pour m'en soucier et, alors que sa queue me remplit la bouche et que l'eau ruisselle sur nos corps, je glisse ma main entre mes jambes pour me toucher. Bientôt, je gémis doucement. Je suis lisse, gonflée et tellement excitée que c'en est presque douloureux. Tout en suçant la queue de mon mari, je me caresse à la recherche de l'extase.

Maintenant, je touche au but, à tel point que je sens l'électricité parcourir mon corps comme un orage imminent. Je sens aussi la tension de Damien monter et je sais que l'explosion est proche.

Qu'à cela ne tienne. Il se retire brusquement, me laissant bouche bée. Puis, il me relève et me retourne tout en caressant ma peau humide.

—Les mains contre le mur, exige-t-il.

J'obtempère volontiers. Ses doigts glissent sur mes fesses en direction de mon sexe et je reçois sa queue tout entière. Il se met à cogner à l'intérieur de moi, ses mains pressées contre mes seins, et m'ordonne :

—Termine ce que tu as commencé, bébé. Touche-toi. Je veux te sentir jouir en même temps que moi.

Je n'hésite pas et, alors que le corps mouillé de Damien vient marteler le mien – comme ses coups redoublent, plus forts et plus profonds –, je joue avec mon clitoris. Je sens les ondes de choc déferler en moi, prêtes pour l'explosion.

Quand le corps de Damien se raidit – quand il s'enfonce violemment une dernière fois –, quand il s'abandonne en moi, je bascule à mon tour. Je pousse un cri de plaisir assorti au sien lorsque nos deux corps sont parcourus de spasmes et de frissons, sous la force de notre orgasme simultané.

Quand le séisme est passé, il me retourne doucement dans ses bras et me rince avant de couper le jet d'eau chaude. Il ouvre la porte et la vapeur s'engouffre dans la salle de bains.

Il me conduit sur le tapis moelleux et me sèche à l'aide d'une épaisse serviette en coton.

Je penche alors la tête en arrière, souris et lui parle, pour la première fois de la journée.

—Bonjour, monsieur Stark.

—Oui, dit-il en souriant à son tour. C'est un bon jour, en effet.

—Comme je ne pouvais pas me réveiller avec du café, je me suis dit que c'était le meilleur moyen.

Je lui fais un clin d'œil et il ricane.

—Content de vous rendre service, madame Stark.

—Je m'en souviendrai.

—J'ai lu que les hormones de grossesse excitaient follement les femmes, ajoute-t-il sur le ton de la conversation. Alors, je précise que je suis toujours content de t'aider en quoi que ce soit. Crème glacée. Un coup rapide sur ton bureau.

—Des biscuits Thin Mints glacés ? je propose.

—Je crois que c'est la première fois qu'on me remplace par des friandises. Quel dommage que ce ne soit pas la bonne période de l'année pour les biscuits vendus au porte-à-porte par les scouts. Et puis, je croyais que ton plaisir coupable préféré, c'étaient les Milky Way glacés ?

Je hausse une épaule.

—Qui peut comprendre les envies ? Mais ne t'inquiète pas. Je ne cesserai pas d'avoir envie de toi.

Il m'attire pour un long et langoureux baiser avant de reculer pour me regarder attentivement.

—Ça, madame Stark, c'est quelque chose que je suis très content d'entendre.

—Quand devrons-nous l'annoncer à tout le monde ? je demande une fois que nous nous sommes habillés et que Damien m'accompagne dans le vestibule. D'un côté, j'ai envie d'attendre lundi après le rendez-vous avec mon médecin, mais je veux aussi qu'ils l'apprennent de notre bouche, et pas sur les réseaux sociaux.

—La plupart des gens ne croient pas ce qu'ils voient en ligne. Même chez Greystone-Branch, ils t'ont posé la question. Ils ne sont pas restés sur de simples suppositions.

—C'est vrai. Et je crois que les ragots seront contenus. Cet article que m'a montré John vient d'un site Web de Dallas. Et Jamie n'en a pas touché un mot. Et pourtant, elle absorbe les potins par intraveineuse.

Damien m'attire à lui pour un rapide baiser.

—Alors, il vaut sûrement mieux attendre, dit-il. Pourquoi n'organiserait-on pas un brunch dimanche ? Des mimosas pour eux, du jus de fruits pour toi. À moins que le sujet soit abordé plus tôt, nous l'annoncerons à tous au même moment.

—D'accord. Dimanche, ça me paraît bien. Avant, j'aurais l'impression de voler la vedette à Jane. Je voudrais qu'elle soit traitée comme une princesse à l'avant-première de vendredi.

—Dimanche, c'est décidé.

J'hésite.

—Doit-on attendre pour l'annoncer à Jackson et à Syl ? Après tout, c'est ton frère.

—Il comprendra si nous attendons. Bébé, tout le monde comprendra.

Il a raison. Aucun de nos amis ou des membres de la famille ne se sentira lésé par la manière dont nous choisirons de leur annoncer la nouvelle. J'espère seulement que nous serons les premiers à la leur apprendre.

—Très bien, je déclare. Dimanche.

J'enfonce le bouton de notre ascenseur privé qui s'ouvre immédiatement. Je m'avance, étonnée que Damien me suive. Je croyais qu'il allait remonter le couloir jusqu'à son bureau.

—Tu as des rendez-vous à l'extérieur ?

Il appuie sur l'interrupteur qui commande l'ouverture des portes.

—Je voulais juste dire au revoir à ma femme comme il se doit, dit-il avant de m'attirer pour un baiser plein de chaleur et de désir.

Je sens déjà qu'il va me falloir toute la descente en ascenseur pour m'en remettre.

—Hmm, je gémis quand il détache ses lèvres des miennes. J'ai une conférence téléphonique à dix heures. Je pourrais envoyer un texto à Marge pour lui dire que je ne serai pas là avant neuf heures, en fin de compte. Je suis sûre que ça ne la dérangera pas de remettre à plus tard la révision de mon agenda de la semaine.

Marge est la réceptionniste de l'étage où mon bureau est installé, mais récemment je l'ai également engagée comme assistante à temps partiel.

—C'est tentant, dit-il avant d'effleurer mon oreille du bout des lèvres. Mais je ne voudrais pas perturber Marge. On se voit ce soir, dit-il. Nous pourrons terminer ce que nous avons commencé sous la douche.

—Je croyais que nous avions très bien terminé, je réponds pour le taquiner.

—Crois-moi, ma chérie.

Ses dents mordillent mon lobe d'oreille.

—Ce n'était qu'une mise en bouche.

—Oh.

Je me cramponne à la rampe, car je me sens brusquement un peu engourdie.

—Je vous retrouve tous les deux ce soir, dit-il en activant l'interrupteur pour libérer l'ascenseur.

Je ris et lui envoie un baiser quand les portes coulissent. La dernière chose que j'aperçois avant qu'il disparaisse complètement, c'est son sourire satisfait, rempli de promesses.

Je suis déjà impatiente de le revoir.

Je souris toujours lorsque les portes de l'ascenseur s'ouvrent dans le hall d'entrée.

En temps normal, je prendrais l'ascenseur jusqu'au stationnement, mais j'ai commencé à avoir la nausée pendant la descente et je me suis dit qu'un muffin pourrait chasser mes nausées matinales. Je me dirige donc vers Java B, le petit café dans le hall de la Tour Stark.

Malheureusement, la file d'attente doit faire un kilomètre de long. Comme c'est une matinée splendide d'été, j'opte pour le kiosque extérieur du café. Je m'y dirige en saluant brièvement Joe, au bureau de sécurité, avant d'emprunter les portes-tambours.

—Content de vous revoir, madame Stark, dit-il.

—Merci, Joe.

Je m'apprête à lui demander s'il aimerait que je lui apporte un café, mais je m'étrangle avec mes propres paroles. Car de l'autre côté de la paroi de verre, j'aperçois les cheveux noirs familiers, la silhouette svelte et les pommettes saillantes d'une femme qui ressemble tellement à Audrey Hepburn que les passants se retournent souvent sur son passage.

Giselle Reynard.

Immédiatement, mon estomac se contracte et je suis contente de ne pas avoir mangé ce muffin.

Bon sang, mais que fait-elle ici ? Non seulement à Los Angeles, mais à la Tour Stark ?

Damien l'a envoyée paître avant même notre mariage. C'est cette garce qui a annoncé à la presse que Damien avait payé un million de dollars pour mon portrait dénudé, et elle a aussi éventé toutes sortes de mensonges dans les médias, y compris cette rumeur ridicule selon laquelle Damien, Jamie et moi, nous faisions ménage à trois. Certes, elle était en plein divorce, désespérée et en mal d'argent, mais ce qu'elle a fait est impardonnable.

Damien a racheté ses galeries d'art et a accepté de ne pas la poursuivre pour diffamation si elle fichait le camp de Los

Angeles et ne revenait jamais. Aux dernières nouvelles, elle était en Floride.

Apparemment, elle a décidé de tenter le diable.

Je ne me rends pas compte que je me suis arrêtée net avant d'entendre la voix mécanique de la porte-tambour me sermonner : « Veuillez avancer. »

Je fais un pas, puis un autre. J'envisage presque de faire un tour complet pour retourner dans le hall quand Giselle lève les yeux, m'aperçoit et m'adresse un sourire hésitant.

Oh, merde.

Je quitte la sécurité de la porte et sors dans le bourdonnement de la ville qui s'éveille. Les employés se hâtent à l'intérieur, les klaxons retentissent, il y a même un hélicoptère de télévision dans le ciel.

Et Giselle, qui s'empresse de me rejoindre, avec un sourire un peu trop éclatant.

—Nikki, dit-elle. Félicitations.

—Pardon ?

Ma voix est blanche, sèche.

Elle déglutit et son sourire frémit.

—J'ai appris que tu étais enceinte, dit-elle, me confirmant que la nouvelle s'est répandue depuis Dallas. À moins que ce ne soit qu'une rumeur ?

J'arque un sourcil.

—Une rumeur ? Qui serait assez minable pour lancer des rumeurs à mon sujet ? Surtout sur quelque chose d'aussi personnel.

Ses épaules s'effondrent.

—Veux-tu que je te répète encore une fois que je suis désolée ? C'est vrai. J'étais une épave à l'époque. Je croulais sous les dettes et j'avais peur que tout me retombe sur le dos.

Sa grimace exprime une ironie amère.

—Et en effet, tout est retombé, mais j'ai survécu. Et je me suis rendu compte que je devais vivre avec toutes les horreurs que j'ai commises durant cette mauvaise période. Alors si tu me détestes, c'est bien normal. Je l'ai mérité.

J'expire lentement.

—Je ne te déteste pas, Giselle. Autrefois, oui, j'avoue. Mais maintenant, je ne pense même plus à toi.

Mes paroles sont mordantes et je m'attends à voir leur sévérité l'accabler. Au lieu de ça, elle se contente de hocher la tête, comme si elle comprenait parfaitement. Peut-être est-ce réellement le cas, après tout. Son repentir paraît sincère.

Je n'en sais rien.

Et très honnêtement, ça m'est égal. Tout ce que je sais, c'est qu'elle s'est évertuée à me faire souffrir, non seulement moi, mais aussi ma relation avec Damien. Et ce n'était même pas par dépit ou jalousie, mais simplement pour servir ses propres intérêts égoïstes.

Même si elle a de meilleures dispositions aujourd'hui, ça ne signifie pas que je suis prête à lui pardonner.

—Pourquoi es-tu ici, Giselle ? je demande.

—J'ai un rendez-vous. Avec Damien.

—Tu as prévu un rendez-vous avec Damien ?

Je ne peux pas croire qu'il ne m'ait pas dit qu'il avait une entrevue avec Giselle.

—Pas avec lui. Je suis passée par son assistante.

Je hoche la tête, soulagée. Rachel ne travaillait que les week-ends quand je fréquentais Damien. Il est peu probable qu'elle se souvienne des mélodrames que Giselle a causés à l'époque.

Elle consulte sa montre.

—Je ferais mieux d'y aller. Elle m'a trouvé une place à huit heures trente. Je lui ai dit que je n'étais en ville que ce matin et je n'ai pas envie d'être en retard.

Je remarque un tic nerveux au coin de ses lèvres.

—J'ai le sentiment que Damien sera aussi enthousiaste que toi en me voyant.

Sa voix est aiguë et pleine d'autodérision.

—Bon, je n'ai pas envie de jeter de l'huile sur le feu en arrivant en retard. Mais vraiment, ajoute-t-elle sur un ton chaleureux, toutes mes félicitations ! Je suis contente pour vous deux. Sincèrement.

Avec un dernier sourire contrit, elle détale à l'intérieur. Je reste debout une minute en essayant de me rappeler pourquoi je suis sortie sur la place. *Un muffin*, je me rappelle en m'avançant vers le kiosque.

—Un café au lait, madame Stark ? me demande la serveuse, mais je secoue la tête.

En ce moment, l'idée de sentir de la nourriture peser sur mon estomac me semble la pire option possible.

—Non, je réponds. En fin de compte, ce ne sera pas nécessaire.

Mais ça ne va pas et je n'aime pas ça. Je ne peux nier que voir Giselle a jeté un voile gris sur une journée qui s'annonçait pourtant radieuse.

CHAPITRE DIX

As-tu jamais appris quelque chose par toi-même ?

Ces mots acerbes apparaissent sur l'écran de mon téléphone quand j'entre dans mon immeuble de bureaux. Un autre message anonyme. Un autre coup de poing dans le ventre.

J'avais fini par décider que le premier message reçu à Dallas provenait d'un autre postulant pour la mission de Greystone-Branch. Peut-être quelqu'un qui essayait de me faire peur. Quelqu'un qui ignorait que j'avais déjà terminé l'entretien. Je l'avais chassé de mon esprit et, comme je n'en avais pas reçu de second, j'avais oublié d'en parler à Damien. Je m'en serais peut-être souvenu si je n'étais pas enceinte, sous les projecteurs, ou en pleurs sur la tombe de ma sœur, mais toutes ces émotions ont relégué cet unique message désagréable au fond de ma tête.

Maintenant, voilà qu'il revient sur le devant de la scène, accompagné qui plus est.

Et je sais que j'ai besoin d'en parler à Damien.

Je m'apprête à l'appeler, mais je me rappelle qu'il a dû rencontrer Giselle ce matin. Étant donné l'impact négatif qu'elle a eu sur mon humeur, j'imagine que Damien sera tout aussi remonté. Et apprendre que j'ai un nouveau correspondant n'arrangera rien.

Je range mon téléphone dans mon sac et me promets de lui en parler ce soir.

Je suis déjà en train de me dire qu'il faudrait vraiment que je l'appelle quand l'ascenseur s'arrête à mon étage. Je sors, prête à sourire à Marge, mais au lieu de Marge derrière le bureau d'accueil, je découvre une minuscule fillette aux grands yeux bleus et aux cheveux noir charbon. Elle se redresse en me voyant, prend un crayon et me dit d'une voix très claire :

—Puis-je vous aider ?

—Eh bien, oui, dis-je. Je cherche Nikki Stark. J'ai rendez-vous avec elle.

Du coin de l'œil, je vois ma belle-sœur, Sylvia, qui réprime un sourire. Elle est assise sur le sofa de la salle d'attente, avec le bébé Jeffery sur les genoux.

Ronnie glousse et se met à soupirer.

—Non, non, tante Nikki. Ce n'est pas bien. Tu ne peux pas te *chercher* toi.

J'ouvre de grands yeux ronds.

—Tu as raison ! Depuis quand es-tu aussi intelligente ?

Elle se laisse glisser au bas de la chaise et contourne le bureau en trottinant pour se jeter dans mes bras.

—Je ne sais pas, c'est comme ça.

—C'est comme ça ? je répète. C'est comme ça ?

Je prends une voix taquine et me précipite vers elle pour la soulever dans mes bras et la faire tourner. Elle pousse un cri de joie.

—Plus vite, tante Nikki ! Plus vite !

Mais plus vite n'est pas au programme du jour, car ma nausée permanente a décidé de me rendre visite. Je nous laisse tomber toutes les deux sur le canapé à côté de Syl. Aussitôt, Ronnie descend de mes genoux et retourne au bureau de Marge en lançant :

—Je dois surveiller avant qu'elle revienne.

Je croise le regard de Syl et je vois qu'elle s'efforce de ne pas rire.

—Marge est dans le bureau de Peter, explique-t-elle en parlant du graphiste indépendant qui occupe le plus petit bureau de l'étage. Elle a demandé à Ronnie de surveiller l'accueil pendant qu'elle rassemble des documents qu'elle lui enverra dans le Maryland.

—Sa mère lui a demandé de rentrer pour l'aider à déménager, je remarque. La mienne ne m'a même pas envoyé de carte pour m'indiquer son changement d'adresse.

Syl fronce les sourcils.

—Quoi ?

Je lui réponds d'un geste vague de la main avant de poser l'un de mes pieds sur le canapé. Mes chevilles me font souffrir depuis ce matin.

—Rien, ça n'a pas d'importance. Je suis beaucoup plus intéressée par ce petit gars.

Je tends les bras vers Jeffery tandis que Syl le hisse sur ses pieds. Il trottine vers les coussins du sofa pour se laisser tomber sur mes genoux.

—Ni-Ni ! dit-il avec un grand sourire.

Je l'attire contre moi et le câline, avant de faire pleuvoir des baisers sur ses adorables joues de bébé.

—Alors, qu'est-ce qui t'amène ? je demande.

—Oh, rien. Ronnie a un camp d'été de deux semaines à Burbank et Stella a rendez-vous chez le médecin, dit-elle en faisant référence à sa nounou. J'ai pris la matinée pour emmener Ronnie et, comme nous ne sommes pas loin...

Elle laisse sa phrase en suspens et je vois ses joues rosir.

Je me redresse en comprenant brusquement. Jeffery se blottit dans mes bras. Je lui fais un grand sourire et hausse une épaule.

—Nous allions vous inviter pour le brunch dimanche et vous l'annoncer à ce moment-là. Je ne voulais pas voler la vedette à Jane pour son avant-première.

Syl semble sur le point de dire quelque chose, mais Marge revient au même moment dans la pièce et Ronnie contourne le bureau pour s'agripper aux jambes de sa mère.

—Allez, dis-je en me levant, équilibrant Jeffery sur ma hanche. Allons dans mon bureau.

J'ai un panier de crayons, de livres de coloriage et de Lego Duplo que je garde pour les enfants, et Ronnie s'y précipite aussitôt. Je dépose Jeffery à côté d'elle. Quand je me retourne, Syl m'enlace.

—Félicitations, dit-elle en m'étreignant avant de reculer, un large sourire aux lèvres. Je suis si heureuse pour vous !

—Et moi, je suis une affreuse belle-sœur, dis-je, faisant rire Syl aux éclats. Nous aurions dû vous appeler en premier, Jackson et toi.

—Tu n'as rien à te reprocher, je suis juste curieuse.

Je ris tandis qu'elle prend place sur l'un des fauteuils que je réserve aux visiteurs.

—Curieuse, répète-t-elle, et peut-être un peu inquiète.

Elle fronce le nez d'un air désolé, mais je comprends où elle veut en venir. La mère de Syl n'est pas un cauchemar comme la mienne, mais il est juste de dire que nous avons toutes les deux connu notre lot de problèmes parentaux. Elle ne connaît pas tous les détails de mon enfance, mais elle était aux premières loges pendant mes préparatifs de mariage. Elle en sait donc suffisamment pour comprendre que j'ai quelques soucis avec ma mère – et pour savoir que l'idée de devenir moi-même parent me rend nerveuse.

—Merci, dis-je avec honnêteté. Mais ça va. Vraiment, j'ajoute en voyant qu'elle me regarde d'un air qui semble mettre en doute ma sincérité. D'abord, j'ai eu peur – c'était complètement inattendu –, mais maintenant on peut dire que je flotte.

Le sourire de Sylvia illumine la pièce.

—Je sais ce que tu veux dire, les nôtres aussi étaient inattendus, même si c'est très différent.

Je ris. Ronnie est la fille biologique de Jackson, et quand Sylvia et Jackson ont commencé à se fréquenter, Syl ne se doutait pas de l'existence de la fillette. Quant à Jeffery, il a ce point commun avec ma petite cacahuète d'avoir été conçu malgré la contraception.

—Je t'aurais bien appelée hier, mais je ne m'étais pas rendu compte que la nouvelle s'était déjà répandue en dehors de Dallas. Jamie m'a appelée avant mon entretien et elle n'a rien dit, alors j'en ai conclu que c'était une information encore très localisée.

Je me renfrogne, car Jamie est la personne la plus informée que je connaisse. Elle est accro aux réseaux sociaux et à Internet depuis des années, mais récemment, elle est encore plus obsessionnelle et consulte en permanence la presse *people*. Elle appelle ça de la « recherche professionnelle », pour rester « à la pointe des connaissances ».

Elle devrait avoir eu vent de la nouvelle. Après tout, les probabilités que Sylvia l'apprenne alors que Jamie l'ignore encore sont quasi nulles.

Ainsi, elle était forcément au courant. Mais bon sang, pourquoi ne m'a-t-elle pas parlé du bébé ?

—C'est encore confidentiel, dit Syl en interrompant le fil de mes pensées. En fait, c'est pour ça que je n'en étais pas certaine. J'ai lu ici et là que tu t'étais évanouie sur la pelouse de ta maison familiale, c'est vrai ?

Je lève les yeux au ciel.

—Oui et non. Autrefois, c'était ma maison familiale, mais apparemment ma mère a déménagé.

Syl ouvre la bouche, manifestement pour me poser des questions, mais je la devance d'un geste de la main, car je ne suis vraiment pas d'humeur à penser à cette femme.

—Ils ne parlent que de mon évanouissement ? J'aurais dû me renseigner moi-même en ligne, mais je n'en ai pas eu le courage.

—Pour l'essentiel, dit-elle. Mais j'ai vu un ou deux sites qui annoncent que tu es enceinte. Rien de fiable, cela dit. D'après Jackson, ce n'étaient que des bêtises, mais il faut croire que j'ai eu un pressentiment. Je t'ai vu traverser des périodes plutôt difficiles, tu sais, et tu n'es franchement pas du genre à perdre connaissance pour un rien.

Je ris si fort que Ronnie lève les yeux, étonnée. Mais Syl a raison. Comme elle était la secrétaire de Damien avant notre mariage, elle a assisté à tous les rebondissements de notre relation tumultueuse – et à la couverture médiatique affreusement intrusive dont nous avons fait l'objet.

—Oh, là, là, dit-elle en regardant sa montre. Je dois emmener la princesse à son cours d'art.

De l'autre côté de la pièce, Ronnie se lève et plaque les mains sur ses petites hanches.

—Mamaaan. Je ne suis pas une princesse ! Je suis une sirène !

—Je croyais que tu étais une princesse sirène, dit Syl.

Ronnie lève les yeux au ciel. Je ne perds rien du spectacle et m'imagine un jour en train de taquiner à mon tour ma propre fille. Je me demande si j'en serai capable, car Dieu sait qu'il n'y a jamais eu un brin d'humour entre ma mère et moi.

—Les jouets dans le seau, ordonne Syl. On se dépêche.

—Je peux le faire, dis-je.

—Crois-moi, répond-elle. Mieux vaut les habituer tôt.

Elle se baisse et rassemble quelques crayons tout en soulevant Jeffery en un seul geste bien maîtrisé. Une fois qu'il est installé sur sa hanche, elle tend la main vers Ronnie, qui s'empresse de prendre la main de sa mère. J'ai les yeux qui piquent et je cligne des paupières pour retenir mes larmes. Même si c'est sans doute la faute des hormones, je ne peux nier que devant cette connexion simple et naturelle entre la mère et la fille, mon cœur se serre, d'impatience et de regret.

—Tu as parlé d'un brunch dimanche ? fait Syl en entraînant sa tribu vers la porte.

—Tout à fait, je réponds au moment où mon téléphone se

met à sonner. En petit comité. Je t'enverrai l'heure par texto. Vous serez libres ?

—Tu peux compter sur nous, dit Syl avant de désigner mon téléphone. Au travail, et préviens-moi si tu veux que j'apporte quelque chose.

Elle m'envoie un baiser avant de disparaître de l'autre côté de la porte.

Je m'empare du téléphone en supposant qu'il s'agit de mon rendez-vous téléphonique avec un client de Seattle.

Au lieu de quoi, c'est Damien.

—Salut, toi, lui dis-je. J'allais justement t'envoyer un texto. Syl vient de...

—Nikki, m'interrompt-il d'une voix ferme. Je suis vraiment désolé.

—À quel sujet ? je demande. Oh ! Giselle.

Après avoir vu Sylvia et les enfants, ça m'était complète-ment sorti de l'esprit.

—J'ignorais qu'elle était de retour en ville. Et surtout qu'elle avait pris rendez-vous pour me voir.

—Je sais. Elle m'a dit qu'elle était passée par Rachel.

—J'étais à deux doigts de chasser cette garce de mon bureau...

—Elle t'a dit ce qu'elle voulait ?

Nous nous coupons sans cesse la parole. Moi pour essayer de minimiser les choses, lui avec une colère contenue dans la voix. Il connaît Giselle depuis des années – ils sont même sortis ensemble pendant à peu près cinq minutes avant qu'elle se marie. Et il a fait preuve de compassion lors de son divorce d'avec Bruce. Après tout, elle a presque tout perdu dans leur séparation. Mais ensuite, Damien a appris qu'elle se fichait de moi – de nous –, et il a déployé les grands moyens pour chasser cette peste de la ville, la queue entre les pattes.

Je l'entends expirer d'un air abattu.

—Oui, dit-il. Elle veut faire un don aux enchères silen-cieuses, dit-il en faisant référence à la collecte de fonds pour la fondation Stark Children, qui fait partie intégrante de l'avant-première de vendredi.

—Oh.

Ses paroles me surprennent. J'aurais cru... je ne sais pas, autre chose. Qu'elle lui demanderait un prêt, qu'elle le supplierait de lui revendre l'une de ses galeries ou simplement de lui pardonner.

Au lieu de ça, elle a renversé la situation. Elle ne lui demande pas de l'aide, mais elle lui en offre.

—Oh, je répète. Eh bien, je pense que tu devrais accepter. Enfin, ce serait stupide de refuser.

Damien se racle la gorge.

—C'est déjà fait.

Je m'apprête à dire « oh » une fois de plus, mais je me ravise et garde les lèvres scellées. Il a fait exactement ce que je viens de lui conseiller, ce serait ridicule d'être agacée qu'il ait accepté sans même me consulter.

Pourtant, ridicule ou pas, je suis vexée.

En fait, je suis même carrément fâchée.

—Je ne m'étais pas rendu compte qu'elle avait réussi à garder des œuvres de valeur.

Mes paroles sonnent faux, comme si je faisais la conversation avec un inconnu dans un bar.

—Elle s'est remariée, m'explique Damien. Non seulement son mari est riche, mais il connaît les parents de l'un des enfants qui étaient dans ce bus.

Aussitôt, ma colère s'atténue.

—C'est terrible. Ces pauvres gamins.

L'avant-première est celle du film *Le prix de la rançon*, l'adaptation cinématographique de l'ouvrage à succès qui relate l'histoire vraie de ces cinq élèves de troisième année du primaire qui ont été enlevés et séquestrés contre une demande de rançon, avant de frôler la mort quand la tentative de sauvetage a lamentablement échoué.

L'avant-première – et toutes les activités annexes – est une collecte de fonds pour la fondation Stark Children. Les billets commencent à cinq cents dollars et montent jusqu'à dix fois cette valeur.

—Son mari et elle nous font don d'un Glencarrie, dit-il, faisant référence à un artiste dont les œuvres ont dernièrement atteint les six chiffres dans diverses ventes aux enchères. Je lui ai dit que nous sommes reconnaissants de leur don et qu'ils sont les bienvenus à l'avant-première. Je suis désolé, répète-t-il avant que je puisse répondre. J'aurais dû d'abord te le demander.

—Non. Évidemment, ça ne me dérange pas.

Cette fois, je le pense sincèrement. Après tout, elle a présenté ses excuses. Et elle donne une fortune pour la fondation.

—Et puis, il y aura beaucoup de monde là-bas. Je ne serai peut-être pas obligée de la revoir.

Damien ricane.

—Je t'aime.

—Heureusement, étant donné que je porte ton bébé.

—Comment te sens-tu ? demande-t-il en changeant de ton.

La seule mention du bébé nous a remonté le moral à tous les deux.

—Bien, pour tout dire. Je me sens très bien. Syl est passée, au fait. La nouvelle s'est répandue. Tu devrais appeler Jackson et nous pourrions commencer à en parler à nos amis.

—D'accord. C'est nous qui devrions le leur annoncer. Nous pouvons le leur dire quand nous les appellerons pour les inviter au brunch.

—Et le brunch sera une fête à cette occasion.

Je jette un œil à l'horloge.

—Je dois te laisser. Mon client devrait appeler d'une minute à l'autre et ensuite je retrouve Jamie pour le déjeuner. Je vais essayer de travailler tard pour tout rattraper, mais il se peut que je rentre tôt à la maison.

—Épuisement de grossesse ?

—Les hormones, plutôt, lui dis-je. Et à voir comment elles se déchaînent, je risque bien de te sauter dessus ce soir.

—Comme je te l'ai dit, je suis toujours ravi de t'aider si tu as besoin de quoi que ce soit pendant ta grossesse.

—C'est très altruiste de ta part.

—Tu me remercieras plus tard, madame Stark. J'attends avec impatience nos activités sportives thérapeutiques de ce soir.

Je mets un terme à la communication et feuillette mon agenda pour retrouver mes notes. J'ai encore le sourire aux lèvres quand mon téléphone retentit pour indiquer l'arrivée d'un texto. Je fais la grimace, supposant que c'est mon client qui m'annonce ce que j'ai déjà constaté – qu'il est extrêmement en retard.

Mais quand je consulte mon téléphone, je me rends compte que ce n'est pas mon client.

Ce n'est pas non plus Damien.

Il s'agit de mon nouveau persécuteur. Et le message me fait frissonner :

Qu'est-ce qui te fait croire que tu le mérites ?

CHAPITRE ONZE

JE FIXE l'écran de téléphone et je sens la bile tournoyer dans mon ventre. J'ai horreur de me sentir ainsi – faible et exposée – et, pendant un moment insensé, je m'imagine jeter mon téléphone de l'autre côté de la pièce pour l'envoyer se briser contre le mur du fond.

Je pense aux morceaux de plastique rigide, aux bords aussi tranchants qu'un couteau.

Et je me demande comment contrôler cette sensation malsaine et désagréable. Comment me calmer. Comment me concentrer.

Comment pourrais-je utiliser ces éclats de plastique comme planche de salut pour me rassurer ?

Non, non, mille fois non.

Ce n'est *pas* ce que je veux. Si je m'entaille, la personne qui m'y pousse aura gagné.

Si je m'entaille, je détruirai tout ce que j'ai accompli avec Damien à mes côtés.

Et surtout, si je m'entaille, quel genre de modèle serai-je pour mon enfant ?

Je jette le téléphone sur le bureau et pose mes mains sur

mon ventre avant de me forcer à prendre de grandes inspirations.

Je le mérite, me dis-je. *Absolument. Absolument. Absolument.*

Mais mériter quoi ?

Le travail ? Mon bébé ? Mon mariage ?

—Oh, merde, je chuchote lorsque mes synapses se mettent en place.

Giselle. Ça ne peut pas être une coïncidence si elle est arrivée pile au moment où j'ai reçu le premier texto. N'est-ce pas ?

Je me retourne pour prendre mon téléphone. J'ai peut-être hésité à en parler à Damien jusqu'à présent, mais je ne peux plus attendre. Pas si Giselle est derrière tout ça. Giselle, qui se fait une place dans la collecte de fonds. Dans nos vies.

Mais j'y songe et Sofia me semble tout aussi suspecte. Si ce n'est qu'elle est en Grande-Bretagne. Ce détail la met probablement hors course.

Quoi qu'il en soit, je dois le dire à Damien.

Je m'empare du téléphone et lâche un cri quand il se met à sonner dans ma main.

Pendant un moment, je suis certaine que c'est elle, qui appelle pour me torturer. Pour m'avertir de garder le silence, me dire qu'elle a des projets pour moi et que si je ne fais pas attention, elle annoncera mon secret au monde entier.

Je constate alors l'identité de mon interlocuteur : *Ollie.*

Je prends la communication d'un geste fébrile, mais au même moment, Marge fait sonner l'interphone.

—Ollie, attends. Oui, Marge ?

—Votre rendez-vous de dix heures vient d'appeler pour annuler. Apparemment, il a un déplacement de dernière minute.

—Remerciez-le de m'en avoir informée et demandez-lui de m'envoyer ses disponibilités par courriel.

—Très bien.

Elle raccroche. Je contourne alors le bureau et me laisse tomber sur mon fauteuil. Il s'allonge vers l'arrière pour me permettre de poser les pieds sur mon bureau, le genre de position qui aurait complètement mortifié ma mère, mais que j'adore.

—Écoute-toi, Madame, dit Ollie. En train de donner des ordres à ton assistante.

—Quel idiot, dis-je sur un ton affectueux. Au fait, j'ai vu ta mère. Elle est en pleine forme.

—Ah bon ? Où ça ?

—J'étais à Dallas. Elle ne te l'a pas dit ?

—Je suis en procès à New York. Je perds mon heure précieuse du déjeuner à t'appeler pour te féliciter. Et m'assurer que tu n'es pas trop terrifiée.

J'éclate de rire et mets le téléphone sur haut-parleur pour que bébé Ashley puisse entendre la voix de son oncle Ollie. Nous avons eu quelques mauvaises passes au fil des ans, mais au fond, c'est toujours l'un de mes meilleurs et de mes plus vieux amis. Et même s'il lui a fallu un moment pour se ranger du côté de Damien, je sais que non seulement il me soutient, mais qu'il comprend aussi que c'est le cas de mon mari.

—J'apprécie les félicitations. Et honnêtement, j'étais sous le choc au début, mais maintenant je suis impatiente de vivre chaque étape de l'aventure.

—Plutôt rapide, cela dit, non ? Je veux dire, ce sera terminé avant même que tu le saches.

—Eh bien, oui.

Je fronce les sourcils. Décidément, il faut un chromosome Y pour poser cette drôle de question.

—Mais ça ne veut pas dire que je n'ai pas envie de savourer l'expérience. Et puis, neuf mois, ça fait presque un an. Ça ne me semble pas si rapide.

—Neuf ? Je croyais que c'était l'affaire de six mois.

—Six ? Mais...

J'ôte mes pieds du bureau et me redresse.

—Attends une seconde, de quoi parles-tu ?

—Moi ? réplique-t-il. De quoi *toi* tu parles ?

—Le bébé, dis-je sur le ton de l'évidence.

—Le bébé ? demande-t-il.

Je peux presque entendre les rouages cliqueter dans sa tête.

—Tu vas avoir un bébé ?

—Je... oui. Attends. Tu ne le savais pas ?

—Je n'en avais aucune idée. Je te l'ai dit, je suis accaparé par ce procès. Mais Nikki ! C'est formidable. Félicitations !

Je prends une inspiration avant de me rendre compte que j'appréhendais sa réaction. Après tout, j'ai grandi avec Ollie et personne ne connaît mes problèmes de famille mieux que lui.

—Merci. Je suis nerveuse, j'avoue. Mais surtout, je suis très enthousiaste.

—Tu seras formidable.

Sa voix douce est celle du Ollie de mon enfance. Celui qui était toujours mon champion. Mon meilleur ami avant l'arrivée de Damien. J'éprouve un léger pincement au cœur. Tout va bien entre nous maintenant, mais ce ne sera jamais plus comme avant. Je ne le regrette pas, même si parfois, ça me manque.

—Et tu feras un oncle merveilleux, je réponds.

—Oh, compte sur moi.

J'éclate de rire.

—Alors, pourquoi voulais-tu me féliciter ? Il n'y a rien d'autre en ce moment.

—Pour avoir décroché ce contrat avec Greystone-Branch, s'exclame-t-il d'un air étonné.

Mon cœur se met à cogner et j'écarte mon fauteuil du bureau.

—Répète.

—Le boulot avec Greystone-Branch. Tu m'as dit que tu étais nerveuse à ce sujet. Alors je pensais t'appeler pour te féliciter.

—Je n'ai pas le poste, dis-je. Enfin, je ne l'ai pas encore. Et honnêtement, je ne suis pas sûre de le décrocher. Ils semblaient douter de ma capacité à accomplir le boulot maintenant que je suis enceinte.

—Si, tu l'as eu, dit Ollie. L'annonce est dans la lettre d'information qu'ils ont envoyée il y a vingt minutes.

—Attends. Quoi ?

Je fouille dans ma sacoche pour en sortir mon iPad, avant de me rendre compte que je l'ai laissé sur le plan de travail à l'appartement. Comme je n'ai pas encore allumé mon ordinateur, j'ouvre ma messagerie en laissant mon téléphone sur haut-parleur. Évidemment, il y a une lettre d'information de Greystone-Branch dans ma boîte de réception.

Et trois paragraphes y sont consacrés à l'annonce de leur nouvelle collaboration pour développement logiciel avec l'équipe exceptionnelle de Fairchild Development.

—Oh, bon sang, dis-je.

—Tu ne le savais pas ?

—Absolument pas. Pourquoi ne m'ont-ils pas appelée ? Et d'abord, pourquoi reçois-tu la lettre d'information de Greystone-Branch ?

—Pour ta première question, je n'en sais rien, dit Ollie. Quant à la lettre de diffusion, je représente l'un de leurs concurrents, alors j'y suis inscrit depuis un an.

—Quelle chance, dis-je en me renfrognant. Voilà qui explique beaucoup de choses, j'ajoute avant de lui parler des messages que j'ai reçus, plus agaçants que menaçants. Instinctivement, j'ai pensé qu'ils venaient d'un concurrent. Mais j'ai reçu le dernier juste avant que tu appelles et j'ai commencé à croire que c'était quelqu'un qui était jaloux de Damien. Ou du bébé. Tout sauf le contrat. C'est vrai, pourquoi se donner cette peine avant que le poste me soit acquis ?

—Mais maintenant, tu penses que c'est quelqu'un qui a lu cette lettre d'information.

—Peut-être. Je l'espère, dis-je en faisant la grimace. Si je dois être harcelée par messages, ce serait agréable que ce soit pour mon travail et non pour mon mariage, pour une fois.

Ollie éclate de rire.

—Vous avez tendance à faire les gros titres, tous les deux.

Malheureusement, il a raison.

—Que pense Damien des textos ?

—Je ne lui en ai pas encore parlé, j'avoue.

—Oh, il sera content.

Je lève les yeux au ciel. Ollie et Damien ont peut-être établi une trêve amicale, ça ne veut pas dire pour autant qu'ils sont les meilleurs amis du monde.

Dans ce cas, toutefois, Ollie a sans doute raison.

—Je vais le lui dire tout de suite. Je comptais justement le faire quand tu m'as appelée.

—Alors je devrais te laisser, dit Ollie. De toute façon, je dois y aller, moi aussi. Il me faut dix minutes avec mon témoin avant de l'appeler à la barre.

—Bonne chance, lui dis-je. Au fait, pour combien de temps es-tu à New York ?

—À moins que nous trouvions un accord, sans doute une semaine de plus, au moins. Ensuite, ça dépendra du temps que mettra le jury à délibérer.

—Nous boirons un verre quand tu reviendras, dis-je. Ou tu boiras et je regarderai ton scotch avec envie.

—Ça me va. Je t'aime.

—Moi aussi, je réponds.

Quand je raccroche, je me rends compte que j'ai un message vocal de Bijan. Je le rappelle aussitôt et il m'annonce qu'il est désolé que leur département des relations presse ait envoyé la lettre d'information avant qu'il ait pu me parler. Je lui assure que ce n'est pas un problème, nous programmons une conférence téléphonique pour mercredi afin de revoir ensemble les spécifications et de prévoir les premières réunions à Dallas, et je réussis à réprimer mes cris de joie jusqu'à la fin de notre échange.

Ensuite, bien sûr, j'appelle Damien – pour lui donner à la fois la bonne et la mauvaise nouvelle.

—Il vient juste de partir en réunion, me dit Rachel. Mais toutes mes félicitations !

—Twitter ?

—Instagram, en réalité. Cette photo de vous sur la pelouse de votre ancienne maison. Mais la légende annonçait une bonne nouvelle, alors j'ai posé la question à Damien et...

—Tout va bien, dis-je en l'interrompant. Pendant combien de temps pensez-vous qu'il sera absent du bureau ?

—Il ne l'a pas dit. Je ne sais même pas avec qui il a rendez-vous. Il était en haut, à l'appartement, et quand il est descendu, il m'a prévenue qu'il avait un imprévu de dernière minute. Voulez-vous que je lui laisse un message ?

—Non, c'est bon. Je lui enverrai un texto. Il m'appellera quand il en aura l'occasion.

—Très bien. Au fait, que porterez-vous à l'avant-première ? Je n'ai encore jamais foulé le tapis rouge.

—Je porte une robe blanche avec des ornements noirs sur le corsage et une fente raisonnable à la cuisse. J'étais déjà excitée à cette perspective, mais maintenant, je suis folle d'enthousiasme. Je suppose que je dois profiter de l'occasion, car je porterai bientôt des vêtements de maternité. Mais vous, vous pouvez opter pour une tenue de soirée ou une robe de cocktail. Les deux seraient appropriées.

—La robe du soir, évidemment. On ne peut pas dire que j'en aie souvent l'occasion. Et puis, je crois que Graham Elliott sera là, dit-elle en faisant référence à la célébrité qu'elle a déjà rencontrée pendant sept secondes environ. Il vient de rompre avec Kirstie Ellen Todd, vous savez, alors j'ai peut-être une chance maintenant.

—Peut-être, en effet, je réponds pour l'encourager.

—Et sinon, il y aura toujours Lyle Tarpin.

—Oui, il sera là, dis-je. Non seulement il joue dans le film, mais c'est le nouveau parrain de la fondation Stark Children.

—Cet homme est franchement canon. C'est vrai, on dirait qu'un volcan se cache sous ses airs de garçon innocent de l'Iowa.

Je réprime un sourire.

—Vous pensez ?

—Sans hésitation. Mais je crois que son attitude de gars sympa est authentique. C'est vrai, on n'entend jamais parler de ses conquêtes et ça ne fait pas longtemps qu'il participe aux tapis rouges.

—Peut-être qu'il n'aime pas trop le mode de vie hollywoodien.

—Oh, non. Ce n'est pas du tout ça. Il adore Hollywood. C'est juste qu'il tient à sa vie privée.

Elle parle avec gravité et je peux presque l'imaginer en train de secouer vivement la tête avant de se pencher en avant pour refermer la main sur le combiné du téléphone comme si elle partageait un grand secret.

J'adore Rachel, mais elle est nettement plus fascinée que moi par Hollywood. Ce qui n'est pas un critère, même si depuis que j'habite moi-même à Los Angeles, j'essaie au moins de m'y intéresser suffisamment pour pouvoir suivre les conversations de Jamie quand nous allons boire un verre.

Cette pensée me rappelle que je retrouve mon amie pour déjeuner et que j'ai envie d'abattre un peu de travail avant d'y aller. Je termine mon appel avec Rachel, puis j'envoie un texto à Damien. *J'ai eu le job ! Appelle quand tu peux. J'ai envie de te raconter cette bonne nouvelle et de te dire autre chose. XXOO*

Presque aussitôt, je reçois une réponse. *Je n'en ai jamais douté. À bientôt, madame Stark…*

J'ai les doigts serrés autour de mon téléphone. Contrairement à lui, j'avais des doutes, mais je crois sincèrement Damien quand il me dit qu'il en était convaincu. En ce qui concerne ma carrière, c'est mon premier admirateur.

Ensuite, j'envoie un message à Jamie pour lui dire que je serai chez Art's Deli sur Ventura à midi, ce qui ne me laisse qu'une demi-heure pour parcourir mes courriels et gérer les urgences éventuelles.

Mais je ne suis pas d'humeur à travailler. Pas du tout. Et comme mon bureau est à moins d'un kilomètre du restaurant, je décide de m'y rendre à pied et de faire un peu de lèche-vitrine en chemin.

Même si je ne vis pas à Los Angeles depuis très longtemps, Ventura Boulevard a déjà beaucoup changé dans ce laps de temps. De nouveaux restaurants, de nouvelles boutiques. Comme l'appartement de Jamie n'est qu'à quelques pâtés de maisons de Ventura, nous y descendons souvent pour boire un verre, manger un morceau ou flâner dans le vieux théâtre reconverti en librairie.

Maintenant, je regarde la rue d'un point de vue différent. Je vois des jouets dans les vitrines. Un magasin avec des vêtements de créateurs pour bébés. Une boutique dans laquelle j'aperçois ce qui doit être la Rolls Royce des landaus et le plus mignon berceau du monde.

Une adorable petite barboteuse avec une girafe attire mon attention et je me dirige vers la vitrine en songeant qu'il est bien dommage qu'elle soit trop petite pour Jeffery. Dès que cette pensée m'a effleuré l'esprit, je me rends compte que je n'ai plus à effectuer mes achats en fonction de Jeffery – j'ai mon futur bébé maintenant.

Je peux faire des emplettes pour Ashley.

Et c'est ce que je fais.

En moins de vingt minutes, je réussis à sérieusement entamer ma carte de crédit. Ou du moins, ce que j'aurais considéré comme sérieux dans une autre vie. La somme que je viens de dépenser est sans doute inférieure à celle qui traîne toujours au fond des poches de Damien. C'est une idée à laquelle il a fallu que je m'habitue – cette proximité constante de l'argent, le fait que je n'aie pas à m'interroger sur le coût des choses, que ma survie ne soit pas en danger. J'éprouve toujours des réticences à payer le prix fort pour la simple raison que le magasin ou le créateur sont à la mode.

Mais voilà, je peux me le permettre.

À présent, mon sac est rempli de toute une variété de vêtements pour bébés clairement hors de prix, tous si adorables qu'il m'était impossible d'y résister. Ils sont tous unisexes, car même si j'ai commencé à appeler le bébé Ashley, je ne me berce pas d'illusions. J'espère, c'est tout.

—Encore toutes mes félicitations, madame Stark, dit joyeusement la vendeuse. Revenez quand vous voudrez.

—Merci, je n'y manquerai pas.

Je sors du magasin en bringuebalant le joli sac jaune et je presse le pas sur le passage clouté, car naturellement, je suis en retard.

Je consulte mon téléphone en attendant que le signal pour piétons passe au vert, pour savoir si Jamie m'a envoyé un texto. Il n'y en a pas. Je jette un œil vers le feu toujours rouge avant de dérouler les courriels de ma boîte de réception.

Et c'est à ce moment que j'aperçois la femme de l'autre côté de la route.

Mère ?

Un homme juste à côté de moi tourne la tête.

—Pardon ?

Je ne m'étais pas rendu compte que j'avais parlé à haute voix, mais je ne prends pas la peine de lui répondre. Au lieu de ça, je descends du trottoir.

—Mère ! je répète. Elizabeth !

Mais personne ne répond. Les passants se bousculent sur le trottoir opposé, profitant de l'heure du déjeuner pour vaquer à leurs occupations.

Je peste tout bas et m'avance, bien décidée à traverser la rue. À la retrouver.

Or à présent, je n'aperçois plus la moindre tête blonde dans la foule – un comble pour une ville comme Los Angeles. Pendant un moment, je reste plantée là, abattue.

Enfin, quelqu'un m'appelle par mon prénom. Quand je me retourne vers la voix, c'est pour découvrir une BMW qui fonce sur moi à toute allure.

CHAPITRE DOUZE

UN CRISSEMENT de pneus me hurle dans les oreilles et je sens une odeur de caoutchouc brûlé. Mon bras me fait mal à l'endroit où quelqu'un m'a fermement agrippée et je me retourne pour apercevoir Jamie.

—Bon sang ! crie-t-elle, plus alarmée que jamais. Nikki ! Mais qu'est-ce que tu fais ?

—Je... j'ai cru voir...

—Viens.

Elle me tire par le bras pour me ramener sur le trottoir.

—J'ai revu ma mère, dis-je bêtement. Elle était juste là.

Je désigne l'autre côté de la rue, dans la direction que nous devons prendre.

—Ta mère ? répète-t-elle.

Je hoche la tête et vois tout un spectre d'émotions se manifester sur son visage. L'inquiétude. L'incrédulité. La stupeur. La crainte.

Elle plisse les paupières en suivant mon doigt, puis secoue la tête.

—Elle n'est pas là, Nik.

—Mais...

—Et quand bien même, ce n'est pas une raison pour passer sous les roues des voitures. Tu m'as fichu une trouille bleue.

—Je le sais. Excuse-moi.

Moi aussi, j'ai eu très peur. Je prends une grande inspiration et me rends compte que ma main est posée dans un geste protecteur sur le bébé.

—Jamie, je...

Elle lève une main.

—Garde cette phrase pour plus tard. Viens.

Cette fois, quand elle me prend le bras, elle est plus douce. Elle me conduit de l'autre côté de la rue, vers l'endroit où j'ai aperçu ma mère, puis nous remontons jusqu'à l'épicerie fine où nous étions censées nous retrouver.

Nous restons assises en silence jusqu'à ce qu'elle passe commande pour toutes les deux, puis elle se carre sur la banquette, me regarde droit dans les yeux et dit :

—Putain, c'était quoi, ça ?

Je ne sais même pas par où commencer, mais je prends une inspiration revigorante et me lance.

—Ce n'était pas mon imagination. Je l'ai vue, James. J'en suis sûre. Elle a vendu sa maison et maintenant elle est ici.

Elle se penche en avant, les coudes sur la table, avant de se redresser sur son siège au moment où la serveuse nous apporte nos tasses de café. Je m'attends à ce qu'elle dise quelque chose, mais elle se contente de verser une tonne de lait dans son café avant de le remuer et de boire une gorgée. Elle repose la tasse et expire lentement.

—Cette situation a le potentiel d'être sacrément tordue.

—Sans blague.

—Mais si elle a emménagé ici, pourquoi ne te le dirait-elle pas ? Pourquoi continuerait-elle de faire des apparitions par-ci par-là comme une version flippante de *Où est Charlie* ?

—Pour me torturer, manifestement.

—Peut-être, dit Jamie sans conviction.

—Alors, quelle est ta théorie ? je demande en m'adossant dans mon siège.

J'ai envie de boire quelque chose de chaud, mais le café m'est interdit et j'étais trop désorientée tout à l'heure pour modifier ma commande et demander de la tisane à la place.

—Rien. Je ne sais pas. Tu as sans doute raison. Ta mère est assez folle pour croire que ce genre de mise en scène est la technique idéale pour créer des liens avec sa fille.

Elle ne me regarde pas et se concentre sur son doigt qui effleure négligemment le bord de sa tasse de café.

—Mais… ?

Ses épaules se soulèvent et s'affaissent.

—C'est juste que tu es la seule à l'avoir vue.

Elle redresse la tête et me regarde.

—À deux reprises, j'étais là avec toi et je n'ai rien vu du tout.

—Ça ne veut pas dire que…

—Non, en effet. Mais tu ne l'as jamais rattrapée et chaque fois elle disparaît comme le père Noël.

—Elle a vendu sa maison.

—Beaucoup de femmes âgées le font. Elle voulait peut-être vivre dans une maison plus simple et dépenser l'argent qu'elle consacrait aux jardiniers pour voyager en Europe.

—Ou à Los Angeles, je murmure sans que Jamie m'entende. Bon, très bien. Elle a vendu sa maison et ce n'est qu'une coïncidence si je la vois. Ce n'est que mon imagination débordante.

—Ne fais pas comme si c'était farfelu, dit-elle. Tu sais bien que c'est très logique.

Elle commence à énumérer les raisons sur ses doigts.

—D'abord, tu travaillais sur cette proposition à Dallas. Naturellement, tes pensées te ramenaient souvent vers elle. Maintenant que tu sais qu'elle a déménagé, c'est flagrant. Enfin, Nicholas. Nous savons toutes les deux que tu as des problèmes avec la notion de maternité. Et en ce moment, ce n'est pas étonnant que ton esprit y revienne sans cesse.

Elle jette un œil au petit sac jaune posé sur le siège à côté de moi, puis se mord la lèvre inférieure.

—Enfin, je suppose.

Un élan de culpabilité me traverse et je me décompose.

—Je te jure que j'allais t'en parler pendant le déjeuner – nous n'avons pas commencé à l'annoncer autour de nous avant aujourd'hui. Quand l'as-tu appris ?

Elle fait la grimace.

—Je l'ai vu sur les réseaux sociaux quand tu étais à Dallas. C'est d'ailleurs pour ça que je t'ai appelée. Mais tu m'as parlé du déménagement de ta mère et j'ai pensé que j'attendrais que tu évoques toi-même le bébé.

—Oh.

Je me renfrogne. J'ai l'impression d'être la pire des meilleures amies.

—Écoute, James…

Au même moment, elle tend le bras par-dessus la table pour me prendre les mains et dit :

—Seigneur, je suis une telle garce !

Elle m'attire maladroitement dans ses bras par-dessus la table.

—Félicitations, fait-elle d'une voix aiguë, avant de se laisser retomber sur la banquette.

—Oh, mon Dieu ! Je vais être tata !

—Alors, tu ne m'en veux pas ?

—Tu plaisantes ? Absolument pas.

Je ris, à la fois heureuse, soulagée et toute penaude.

—Je suis sincèrement désolée, dis-je.

Mais elle rejette mes excuses d'un geste de la main.

—Oh, je t'en prie ! J'aurais dû te dire que je le savais. J'étais juste… peu importe. Je suis tellement excitée pour toi.

Elle pose un coude sur la table et me dévisage.

—Tu es tout excitée toi aussi, non ?

Je sens une inquiétude sincère derrière la question et je me rappelle à quel point elle me connaît.

—D'abord, j'ai paniqué, j'avoue. Mais maintenant, je m'en suis remise et je suis enthousiaste. Toujours nerveuse à cause de tout ça, mais c'est une nervosité positive.

Tout en parlant, je me rends compte que je suis déjà plus confiante que la veille.

—Les nausées matinales ne sont pas les bienvenues. Mais ça fait partie de l'expérience. Et ça ne me dérange même pas de ne pas boire de café, j'ajoute en prenant une gorgée d'eau.

—Oh, zut. Je n'y ai pas pensé.

Elle tire mon café de son côté de la table pour y verser du lait.

—Je t'enlève la tentation.

—Et toi ? je demande. Tu es excitée, nerveuse, ou les deux ?

Je m'attends à ce qu'elle sautille sur son siège avec cette exubérance dont elle a le secret, mais elle se contente de remuer son café.

—Tu parles du tapis rouge ? C'est cool. Excitant.

—Hmm, oui. Follement.

La serveuse fait glisser au milieu de la table le sandwich que nous partageons et je prends une frite, avant de l'agiter vers Jamie.

—Que se passe-t-il ?

—Oh, tu sais… Je pensais juste que cet exercice marquerait le début d'une promotion, mais il s'avère que c'est plutôt une audition. Et je suis déjà en situation d'échec, ce qui signifie que l'avant-première sera ma première et dernière occasion de marcher sur le tapis rouge ou d'interviewer des célébrités. Ensuite, je retournerai à mon poste de présentatrice – qui est un job formidable, je ne dis pas le contraire, mais maintenant qu'ils m'ont fait miroiter la place de journaliste de terrain…

Elle laisse sa phrase en suspens et pousse un soupir de frustration tandis que j'essaie de trier et de comprendre tout ce qu'elle vient de me dire.

—J'ai déjà demandé à Jane et à Lyle.

—Demandé quoi ?

—De m'accorder une interview, explique-t-elle.

—Ils ont refusé ?

Ça ne leur ressemble pas.

—Ils ont accepté, mais le studio a refusé. Je peux toujours les intercepter sur le tapis rouge pour parler de leurs tenues et de leur enthousiasme pour le film, mais pas d'interview en tête à tête. Apparemment, le studio a déjà donné l'exclusivité à une autre chaîne.

—Alors, tu es en train de me dire que tu dois sortir et organiser toi-même tes propres interviews ? Ça craint.

—Ne m'en parle pas.

Elle a l'air plus morose que jamais.

—Jackson connaît Graham Elliott, dis-je en parlant d'une autre célébrité de premier plan.

—J'y ai pensé, avoue Jamie. Mais il est à Vancouver pour une séance photo. J'ai envisagé de demander à Bryan, ajoute-t-elle, évoquant son ex-petit ami, Bryan Raine. Mais rien que cette idée me donne de l'urticaire.

—Et puis, j'ajoute, tu n'as pas envie de faire de la publicité gratuite à ce connard.

—C'est vrai, fait-elle en sirotant son café. Nous aurions dû commander un apéritif. J'aurais bien besoin d'un doigt de bourbon dans ce café. Mais j'imagine que les apéritifs te sont interdits ces temps-ci.

Elle soupire.

—Je suis complètement fichue.

—Tout ça n'a aucun sens. Est-ce qu'ils s'imaginent que les célébrités poussent sur les arbres ? Et ce n'est pas toi la vedette ? Il n'y a pas quelqu'un en coulisse dont le métier consiste à décrocher des interviews pour toi ?

—Ça fonctionne comme ça une fois qu'on a obtenu le poste. Pour l'instant, je crois que je dois prouver à quel point j'en ai envie et montrer que j'ai du cran, ajoute-t-elle avec un rictus qui n'exprime pas une grande combativité.

—Alors, nous devons te trouver une histoire croustillante qui attire leur attention ?

—Je crois, dit-elle avant de hausser les épaules. Je l'espère.

Je hoche lentement la tête en comprenant pourquoi elle m'a appelée quand j'étais à Dallas. Et pourquoi j'avais l'impression qu'elle avait mon CV sous les yeux – parce qu'elle était en train de préparer les questions de l'interview.

Je tends la main pour prendre une autre frite tout en réfléchissant. J'ai beau détester l'idée d'attirer l'attention sur Damien, le bébé et moi, je ne suis pas naïve au point de croire que nous pourrons l'éviter éternellement. Peut-être vaut-il mieux nous lancer et prendre le contrôle de la conversation dès le début.

Je prends une inspiration avant d'en venir directement au fait.

—Et moi ? je demande tandis qu'elle porte une moitié de club sandwich à sa bouche. Ou Damien ?

Car Dieu sait que je ne suis pas très intéressante, mais Damien est un personnage public depuis des décennies.

Elle laisse tomber le sandwich sur l'assiette, mais sa bouche reste ouverte.

—James ?

—Tu es sérieuse ? Une interview avec Damien et toi ? Si tu le penses, ce serait formidable.

—Je le pense, dis-je. Et tu aurais pu me le demander quand tu m'as appelée à Dallas.

Elle s'effondre avec un air déconfit.

—J'y ai pensé, évidemment. Mais je sais que tu détestes les interviews et que tu flippais à cause de ta mère et... Écoute, Nicholas, est-ce que tu en es vraiment certaine ?

—Complètement. Je préfère faire une interview avec toi plutôt que de laisser les rumeurs se répandre.

—Et Damien ?

—Ça ira, dis-je.

Elle hoche la tête. Nous savons toutes les deux que si je le lui demande, il acceptera l'interview.

—Nous le ferons sur le tapis rouge, dit-elle.

—Et ce sera court ?

—Ça me va, dit-elle. Je suppose que même court, ce sera toujours beaucoup plus que ce qu'obtiendrait n'importe quel autre journaliste, n'est-ce pas ?

J'éclate de rire.

—Il n'y a que toi, James, je lui promets. Que toi.

Elle avance une main au-dessus de la table.

—Jure-le, dit-elle. Meilleures amies pour la vie et soutien inconditionnel.

—Toujours, j'acquiesce. Et tu obtiendras ce boulot, James. Tu es formidable, comment pourrait-il en être autrement ?

—En parlant de formidable et de boulot, comment s'est passé ton entretien ? Des nouvelles ?

—Je l'ai eu.

En prononçant ces mots, je suis à nouveau en joie.

—En fait, je l'ai appris ce matin.

—Ah ! C'est fabuleux ! Bon sang, nous formons un duo d'enfer.

—J'espère juste survivre aux nausées matinales, rester éveillée assez longtemps pour faire passer des entretiens à mes futurs nouveaux employés et tout boucler à temps et dans le budget.

Je me mords la lèvre inférieure.

—C'est un projet quitte ou double, James. J'ai le droit de dire que je suis nerveuse ?

—Bienvenue au club, dit-elle. Tu vas assurer. Je te soutiens. Damien te soutient. Sérieusement, tu nages dans un océan d'ondes positives.

—Avec quelques requins, dis-je.

Elle fronce les sourcils, mais avant qu'elle puisse me

demander de quoi je parle, j'ouvre l'application de messagerie et je lui tends mon téléphone.

—Je suppose qu'ils ont été envoyés par quelqu'un qui est furieux que j'aie décroché le poste à sa place. À moins que ce soit juste pour me reprocher d'avoir été conviée en entretien, parce que j'ai reçu le premier texto avant d'avoir décroché la mission.

Je regarde Jamie parcourir les messages.

—Ryan saura peut-être les retracer ? je propose.

Le mari de Jamie est le chef de la sécurité chez Stark International.

—Je ne pense pas, dit-elle. Nous en avons parlé un jour, pendant que nous regardions un film d'action très mauvais. Il m'a dit qu'il était très difficile de retrouver l'origine d'un texto. Et il y a de fortes chances que ceux-ci proviennent d'un téléphone sans abonnement.

—Je déteste ne pas savoir de qui il s'agit, j'avoue.

—Oh, ne te fatigue pas. Je le sais. C'est une petite bite, un sale type qui se croit merveilleux et qui estime qu'une femme splendide avec un riche mari ne peut pas avoir de cerveau. Qu'il aille se faire foutre.

Je ne peux m'empêcher de sourire. La déclaration de Jamie est parfaite en tout point.

—*Qu'est-ce qui te fait croire que tu peux y arriver ?* dit-elle en citant le premier texto. *Y,* répète-t-elle. Hmm.

—Quoi ? je demande.

Elle secoue la tête.

—Sans doute rien. Tu m'as dit que le premier message était arrivé avant que tu obtiennes le poste. C'est arrivé avant que tu t'évanouisses aussi ?

Je fronce les sourcils.

—Non, c'était après mon entretien, en fait. Pourquoi ?

—Les rumeurs au sujet de ta grossesse avaient déjà commencé à circuler. Alors peut-être que ce *y* ne se rapporte pas à la mission. Peut-être qu'il s'agit du bébé.

—J'y ai pensé, dis-je en posant une main sur mon ventre. Et Giselle est là.

—Quoi ? fait Jamie en se retournant sur son siège. Où ça ?

—Non, à Los Angeles. Je l'ai vue à la tour ce matin. Elle avait rendez-vous avec Damien.

—Sans blague ? Elle garde vraiment rancune. Qu'a dit Damien ? Pense-t-il que c'est elle qui a envoyé les messages ?

Je joue négligemment avec un sachet de sucre avant d'avouer :

—Je ne lui ai pas encore parlé des messages, j'avoue.

—Tu es folle ?

—Je sais, je sais. Mais je viens juste de recevoir les deux derniers aujourd'hui. Quant au premier, je pensais que c'était un message unique. Pourquoi alarmer Damien ? Par contre, avec ceux d'aujourd'hui... en fait, j'allais lui en parler ce matin, mais Ollie a appelé, et ensuite je suis sortie pour te retrouver, et...

Je suis à court d'arguments.

—Ce n'est pas une excuse, dit-elle sagement. Fais-moi confiance. Ces derniers mois, j'ai appris une chose ou deux sur les codes du mariage.

Elle se penche vers moi avec un air de conspiratrice.

—Savais-tu qu'il existe des règles et des attentes ?

Je feins la surprise.

—Non !

—Si. C'est un vrai champ de mines.

—Je suis sûre que Ryan est content de te porter dans ses bras pour t'éviter les ornières et les engins piégés.

—Mes pieds touchent à peine le sol, dit-elle pensivement.

—Tu adores ça. Je suis tellement contente pour toi.

—Tu sais, dans l'ensemble, c'est à peu près comme le célibat. À l'exception des bijoux, dit-elle en agitant la main gauche pour montrer son alliance.

—N'importe quoi.

—Nous étions déjà presque mariés, alors nous unir officiellement, ce n'était pas la mer à boire.

Je souris, car je sais qu'au contraire c'était la mer à boire. Jamie avait une telle peur du mariage qu'elle a bien failli gâcher la plus belle chose qui lui soit jamais arrivée.

—Tiens, au fait, où est l'homme de ton foyer ? je demande. Vous étiez inséparables quand vous vous êtes mariés. Mais c'était il y a des mois, à la Saint-Valentin.

J'affecte un air dépité tout en retenant un sourire.

—Est-ce que la magie se serait déjà estompée ?

—Ah, ah. Nous travaillons tous les deux sur les préparatifs de l'avant-première, dit-elle. Ce qui explique que je sois ici en train de négocier des interviews de haut vol avec des personnalités mondaines technophiles...

Je fais la grimace.

—... et qu'il soit avec son esclavagiste de patron, alias ton mari, en train de parler de sécurité renforcée.

Elle jette un œil par-dessus mon épaule en direction de la vitre et de sa vue imprenable sur Ventura Boulevard.

—Peut-être pas, en fin de compte.

Je fronce les sourcils et me retourne pour voir ce qu'elle regarde.

Juste là, garée devant la vitre, se trouve une Bugatti Veyron rouge flamboyante, l'une des voitures les plus chères du monde.

Et accessoirement, l'un des jouets favoris de mon mari.

———

Quelques secondes après avoir remarqué la voiture de Damien, j'entends mon téléphone indiquer la réception d'un message.

Ici. Maintenant.

Je fais la grimace et jette un œil à Jamie.

—Apparemment, je dois y aller. Tu te charges de l'addition ?

—Les règles, dit-elle. C'est un champ de mines.

—Je crois que je viens d'appuyer sur un détonateur.

En effet, mon iPad est resté dans l'appartement et mes messages apparaissent sur l'écran verrouillé.

—Bonne chance, dit-elle en prenant ma moitié de sandwich.

Je la salue d'un geste et sors.

Enfin, je prends une grande inspiration avant d'entrer dans la voiture.

Évidemment, mon iPad est posé sur le siège du côté passager. Il est éteint pour l'instant et il n'y a rien sur l'écran, mais je fronce tout de même les sourcils.

—Traître, dis-je.

—Au contraire, répond Damien. J'envisage d'offrir à ton iPad un poste dans la sécurité. Car de toute évidence, il est meilleur que ma femme en personne pour m'informer des menaces qu'elle encourt.

—J'allais...

Il brandit un doigt et l'agite pour m'intimer le silence.

—Mais...

—Non.

Je pince les lèvres et m'installe confortablement sur le siège. Je sais d'expérience qu'il vaut mieux ne pas objecter. Pas encore, du moins.

—Où allons-nous ? je demande tandis qu'il s'engage à nouveau dans la circulation.

Il ne répond pas, mais quelques instants plus tard, j'ai ma réponse. Il tourne dans le stationnement de mon travail, coupe le moteur et me fait signe de le suivre.

Nous nous dirigeons en silence vers mon bureau et dès que la porte se referme derrière nous, il m'attrape pour m'attirer à lui, me serrant si fermement que j'ai peur de manquer d'air.

—Damien. *Damien.*

Il me relâche, mais avant que je puisse ajouter quoi que ce

soit, sa bouche est sur la mienne et ses mains arpentent mon corps. Il remonte ma jupe et baisse ma culotte.

Je halète, la culpabilité des textos disparaissant sous une vague de pure excitation.

—Sur le bureau, dit-il.

Sans me laisser le temps de réagir, il me soulève dans ses bras et dépose mes fesses nues sur le bois ciré. Il m'écarte les jambes, se met à genoux et enfouit son visage entre mes cuisses.

Je frissonne en sentant monter le désir. Je me penche en arrière, basculant mon poids sur une main, et ouvre encore plus les jambes. Les doigts de mon autre main glissent dans ses cheveux et lui tiennent la tête tandis qu'il s'occupe de moi. Sa langue me lèche, me taquine et m'excite tellement que je ne pense plus à rien d'autre qu'à l'explosion qui arrive.

C'est alors qu'il se retire. Je gémis, mais ma déception disparaît aussi vite qu'elle est venue. Parce que maintenant, Damien est debout entre mes jambes, la braguette ouverte et la queue à l'air. Posant une main sur mes fesses, il me ramène au bord du bureau pour mieux se positionner. Puis, d'un mouvement brusque et sec, il s'enfonce profondément en moi et me baise avec ardeur pour me punir en beauté.

—Allonge-toi, ordonne-t-il.

Je m'exécute, plaquant mon dos et mes épaules sur le bureau. Il me soulève les hanches et m'attire à lui tandis que ses va-et-vient redoublent de fougue. Il en a besoin, je le sais. Besoin de sentir que je suis en sécurité avec lui. Besoin de savoir que, même si le monde vacille autour de nous, il a le contrôle dans une certaine mesure – même si ce n'est que le contrôle de mon corps, de mon plaisir, même si ce n'est que pour s'assurer que nous sommes ensemble, tous les deux, pour toujours.

Il prend tout autant qu'il donne. C'est sauvage, brutal. Je suis si excitée que je ne tarderai pas à voir des étincelles.

Je glisse ma main entre mes jambes pour pincer mon

clitoris et lui caresser la queue tandis qu'il me pénètre, plus vite et plus fort, jusqu'à ce que son corps tressaille. Il explose en moi et s'effondre, me collant contre le bureau alors que les dernières palpitations de l'orgasme ébranlent ses muscles.

Je me presse contre lui pour chercher à mon tour le soulagement tandis qu'il reprend son souffle.

—Je ne devrais pas te laisser jouir, murmure-t-il. Au contraire, je devrais te donner la fessée.

Je ne suis pas en position de débattre et je me contente de supplier.

—S'il te plaît, dis-je. Damien, s'il te plaît.

Il passe une main entre nous et joue avec mon clitoris, d'un geste affirmé qui ravive aussitôt mon désir. Je monte en flèche jusqu'à me sentir électrisée. Quand vient l'extase, j'ouvre la bouche pour crier.

Seul un gémissement étouffé m'échappe, car il vient de capturer ma bouche dans un baiser. Tant mieux, me dis-je en retrouvant mes esprits. Je n'ai pas besoin d'alerter Marge.

Nous nous étendons sur mon bureau, à moitié nus et comblés par cette rencontre aussi animée qu'inattendue. Bientôt, Damien se lève et m'aide à me mettre debout avant de me conduire vers le canapé.

—Pourquoi ? fait-il en s'installant à côté de moi et en ajustant ses vêtements. J'ai vu le message affiché sur ton écran, alors j'ai ouvert ton application et j'ai constaté qu'il y en avait deux autres. Pourquoi ne m'as-tu rien dit ?

—La première fois, c'était à Dallas avant que j'aille voir Ashley. J'ai cru qu'il n'y en aurait qu'un, je le jure. Alors je l'ai vite oublié.

—Et les autres ?

—Les deux datent d'aujourd'hui, je lui explique. Je t'ai envoyé un message, tu t'en souviens ? Je t'annonçais que j'avais quelque chose à te dire. C'était ça.

Il se masse les tempes. Il n'a pas l'air content, mais pas non plus énervé.

—Qui ? demande-t-il. Des idées ?

—D'abord, j'ai cru que c'était pour le boulot – donc ça pouvait être n'importe qui. Un concurrent. Un employé de Greystone-Branch qui ne m'aime pas.

Je hausse les épaules.

—Et puis, j'ai pensé à Giselle. Ou même Sofia. Ou… j'ajoute en fixant le sol. Peut-être même ma mère.

Pendant un moment, il garde le silence, puis il se lève et se met à faire les cent pas.

—Je ne peux pas croire que Sofia fasse une chose pareille.

Je pince les lèvres. Je la crois capable de bien pire, au contraire, mais étant donné qu'elle est en Angleterre, je ne compte pas objecter.

—Et pas Giselle. Elle vient d'épouser un homme qui n'aime pas la controverse et dont le compte en banque est bien garni. Je ne pense pas qu'elle prendrait un tel risque.

J'acquiesce, convaincue par son argument. Tout ce qu'elle a fait auparavant avait pour objectif de la maintenir à flot financièrement.

—Ta mère, dit-il lentement. Tu crois vraiment qu'elle a emménagé ici ?

—Je crois l'avoir aperçue aujourd'hui, j'avoue. Tu te rappelles que je l'ai vue à plusieurs reprises en ville dernièrement ? C'était peut-être un échauffement avant d'ouvrir les hostilités.

—Peut-être, dit-il, mais il n'a pas l'air convaincu.

—Alors, que fait-on ? je demande.

Il m'aide à me lever.

—Pour l'instant, nous attendons. Et dès l'instant où tu reçois un autre message, tu me le dis.

—D'accord, je lui promets. Quoi d'autre ?

—Maintenant, nous essayons d'oublier ça, au moins pendant un temps.

—Oh.

Je souris. Cette idée me plaît.

—Tu retournes au travail ?

Il dépose un baiser sur mon front.

—En fait, je me suis dit que nous pourrions aller faire les magasins.

Mon sourire s'agrandit.

—J'aime encore mieux ça.

—Tu as des idées ? Je pensais que nous pourrions commencer à chercher des affaires pour le bébé.

—Oui, je sais où aller, lui dis-je. J'ai trouvé le plus adorable des berceaux...

CHAPITRE TREIZE

DAMIEN EST DÉJÀ DEBOUT quand le bruit de l'océan et la douce lumière du matin me réveillent de leurs caresses. Je sors du lit et m'étire en regrettant de ne pas pouvoir rester là toute la journée.

Mais c'est impossible. Nous avons tous les deux des empires à gérer.

Cette idée me fait sourire, parce que c'est la vérité. Mon empire est significativement plus modeste que le sien, mais il est en pleine croissance, et si je veux qu'il continue à se développer, je dois m'atteler à mon bureau et commencer les tâches préliminaires en vue de ma mission chez Greystone-Branch.

Avant tout, cela dit, j'ai un rendez-vous primordial. Je jette un œil à l'horloge et me rends compte que je dois me dépêcher.

Comme je me suis couchée toute nue, j'enfile une robe de chambre moelleuse que je noue autour de ma taille avant de sortir à la recherche de mon mari. Je m'attends à le trouver dans la cuisine et je suis étonnée en constatant que tout le deuxième étage est désert.

La maison fait trois mille mètres carrés de superficie – grande pour le commun des mortels, mais de taille réduite dans le monde des milliardaires –, ce qui laisse assez de place à un homme pour s'y perdre. Constatant qu'il ne se trouve pas à son bureau dans la mezzanine, je suppose qu'il est descendu au rez-de-chaussée pour se baigner ou s'entraîner dans la salle de sport.

Malheureusement, je me suis trompée.

Je m'apprête à baisser les bras et à l'appeler par l'interphone quand je me rends compte que je sais précisément où il est. Je remonte au premier étage. Dans les premiers temps de notre mariage, nous utilisions peu cet étage-là. Cependant, quand Syl et Jackson se sont mis en couple et que leurs enfants sont arrivés dans nos vies, nous avons meublé l'une des pièces pour en faire une chambre d'amis adaptée aux enfants, et converti une deuxième en salle de jeux. Il reste encore deux pièces vides, remplies de meubles dépareillés, de cartons divers que j'ai apportés et d'archives appartenant à Damien.

Je le découvre, appuyé contre le chambranle d'une porte, devant l'une de ces pièces vides. Il regarde les cartons en désordre et les meubles épars.

—Salut, lui dis-je en m'avançant derrière lui pour glisser ma main dans la sienne.

—Que vois-tu ? demande-t-il en désignant l'intérieur de la pièce.

—Des cartons que je dois trier. Je crois qu'il y a là des habits que je ne remettrai plus jamais.

J'incline la tête pour contempler son visage songeur.

—Et toi, que vois-tu ?

—Le berceau que nous avons acheté hier contre le mur du fond, dit-il en désignant le coin qu'il a choisi. C'est assez près de la fenêtre pour la lumière ambiante, mais suffisamment à l'écart pour que le soleil n'éblouisse pas le bébé.

Il se tourne vers moi.

—Tu le vois ?

Je hoche la tête en imaginant le robuste berceau blanc sur lequel nous avons jeté notre dévolu après avoir examiné tous ceux que proposait la luxueuse boutique d'ameublement pour bébés. Aucun d'eux n'était parfait jusqu'à ce que nous l'apercevions. En tête de lit, un motif représente deux éléphants, leurs trompes entremêlées en forme de cœur, et une ligne d'animaux de zoo peints au pochoir à l'extérieur. Il est exquis et Damien et moi en sommes tout de suite tombés amoureux. C'est une commande spéciale, mais elle nous sera bientôt livrée.

—Je vois un mobile juste au-dessus, dis-je. Sur le thème du zoo.

J'imagine un mobile musical suspendu au-dessus du berceau, avec de petites girafes, des lions et des pingouins qui tournent sous les yeux de notre petite fille, tandis qu'elle roucoule et bat des jambes pour attraper les jolis animaux.

—Et mon fauteuil à bascule près de la fenêtre, j'ajoute.

C'est l'autre meuble que nous avons acheté hier. Après notre choix du berceau, Damien a décrété qu'il voulait espacer nos achats. Pour prendre notre temps et savourer chaque moment, chaque élément dont nous ferons l'acquisition.

Ce plan me convenait parfaitement jusqu'à ce que je ressente le coup de fatigue de l'après-midi. Je me suis alors assise sur le fauteuil à bascule le plus fabuleux de l'histoire de l'univers. J'ai annoncé à Damien qu'il était hors de question que je quitte la boutique sans m'assurer que ce fauteuil me revienne.

—Ensuite, nous devrons convenir des couleurs, dis-je. Et il nous faut une table à langer, une commode, et peut-être un cheval à bascule.

Il me sourit.

—Je crois que nous n'aurons pas besoin tout de suite du cheval à bascule.

—Bon, d'accord. Un ours en peluche géant. Ou mieux, toute une ménagerie d'animaux en peluche qui pourront la surveiller pendant son sommeil.

—Et une couchette, dit-il, car elle dormira d'abord dans notre chambre.

—Évidemment.

Il commence à me conduire hors de la pièce, en direction des escaliers.

—Et un interphone de surveillance. Audio. Vidéo. Avec un système de secours.

—Tu lis dans mes pensées.

Nous continuons de décrire sa chambre tout en marchant. Ce que je veux comme papier peint. Où installer les haut-parleurs pour diffuser de la musique apaisante. Les couleurs de la literie.

—Il ne reste que sept mois environ si le Dr Cray a vu juste, dis-je.

—Nous le saurons lundi.

Je hoche la tête. Je n'ai pas besoin de lui demander s'il viendra avec moi au rendez-vous. Il ne raterait jamais ça. Cette simple réalité me fait sourire.

—Quoi ? demande-t-il.

—Je pense juste à quel point je t'aime.

—Attention, sinon je risque de ne pas te laisser sortir de cette maison. Et il me semble que tu m'as dit avoir un emploi du temps chargé aujourd'hui.

—C'est vrai, j'avoue. Aujourd'hui et demain. J'essaie de m'avancer pour que nous puissions profiter de notre vendredi.

—Dans ce cas, je propose une soirée sensuelle où nous travaillerions tous les deux dans la bibliothèque, dit-il. Deux verres de jus de fruits pétillant. Une table basse jonchée de documents et de lignes de code informatique.

J'éclate de rire.

—J'ai bien l'impression que notre soirée aura tous les ingrédients d'une romance épique.

—Tant que tu es avec moi, ce sera le cas, dit-il avant de m'attirer contre lui pour m'embrasser avec entrain. Tu vois Frank ce matin ? demande-t-il en se détachant enfin de moi.

Il fait allusion à mon père prodigue.

—Tu veux que je vienne avec toi ?

—J'en ai désespérément envie, mais je crois que c'est l'une des choses qu'il me faut affronter seule.

Frank Dunlop – qui se faisait autrefois appeler Leonard Frank Fairchild – a beau être mon père, je ne le connais pas depuis longtemps. Il est parti quand Ashley était une petite fille et que j'étais encore un bébé, et il est réapparu en fanfare dans ma vie il y a peu.

Même s'il a fallu plus de temps à Damien qu'à moi pour lui faire confiance – et que cette confiance n'a été acquise qu'après enquêtes approfondies sur sa personne –, ma méfiance s'est vite estompée. Sans doute plus vite que ne le voudrait la prudence, mais j'avais désespérément envie de croire que Frank était uniquement revenu pour apprendre à me connaître. Et une fois qu'il m'a expliqué qu'il était parti à cause de ma mère, nous avons fait la paix et sommes devenus de vrais amis. Peut-être même peut-on dire que nous nous aimons, je n'en suis pas encore certaine.

Tout ce que je sais maintenant, c'est qu'il est dans nos vies et que Damien et moi croyons sincèrement que c'est un homme bon qui a commis une erreur en abandonnant ses enfants quand il a quitté sa femme.

Je prends la main de Damien et la pose sur mon ventre.

—Je dois toujours m'habituer à ce qu'il soit mon père, tu sais ? Mais peut-être qu'en lui annonçant qu'il va devenir grand-père, je rendrai notre relation plus réelle.

—Tu en as envie ?

Sa voix est hésitante et je comprends pourquoi. Malgré toute la méchanceté de ma mère, je crois toujours par moments que peut-être – je dis bien peut-être – nous pourrons franchir un cap et que nous trouverons chacune notre place. Elle sera alors une mère et non plus une vilaine sorcière.

C'est ce que je crois, ce que j'espère, et systématiquement je suis déçue.

Je sais que Damien craint que je ne sois pas capable de

supporter de nouvelles déceptions de l'autre côté du bloc parental.

En toute honnêteté, moi aussi j'ai un peu peur. Mais je sais aussi que j'apprécie Frank et que je le respecte. Contrairement à ma mère, il ne me ferait pas volontairement de mal.

Il mérite de savoir qu'il va avoir un petit-enfant. Et je crois même que ce sera important pour lui. J'ai envie de savoir l'effet que ça fait d'annoncer quelque chose de spécial à mon parent et de lui permettre d'être vraiment et sincèrement heureux pour moi.

Je n'ai encore jamais connu cette expérience. Et j'espère la vivre aujourd'hui.

<hr>

Je suis partie avant Damien, qui passe la matinée à travailler à la maison. Maintenant, je suis au volant de Coop, ma Mini Cooper décapotable, et j'emprunte l'intersection encombrée de la Pacific Coast Highway quand mon téléphone vibre.

Je m'en empare fébrilement, craignant qu'il s'agisse d'un nouveau texto dégradant, mais je me détends, soulagée et le moral au beau fixe, en constatant que c'est Damien.

Tu me manques déjà. On se voit ce soir. En attendant, imagine mes mains sur toi.

J'ai le sourire aux lèvres pendant le reste du trajet jusqu'à Santa Monica, et je souris toujours quand j'entre dans le studio que mon père partage avec Wyatt Royce. Mon père est photographe et, la première fois que je l'ai rencontré, il cherchait un endroit où installer son studio. Je l'ai mis en relation avec Wyatt, un photographe de mes amis qui avait besoin de quelqu'un avec qui partager son vaste atelier.

—Je suis si contente de te voir en pleine forme, me dit Wyatt en sortant de son bureau privé, un téléobjectif à la main.

Avec ses cheveux dorés en bataille, sa mâchoire taillée à la serpe et son assurance naturelle, il ressemble plus à un modèle qu'à un photographe.

—J'ai vu que tu t'étais évanouie à Dallas, ajoute-t-il.

—Ce n'est que la chaleur, dis-je en réprimant un sourire. Et c'est toujours désagréable que les médias s'en mêlent pour raconter votre vie sans votre permission.

Il penche la tête, comme s'il réfléchissait au sens de mes paroles.

—Alors tu es vraiment...

—... Venue ici pour voir mon père, je conclus. J'ai des choses importantes à lui dire.

Il sourit et je détourne le regard, car je n'ai pas envie qu'il lise la confirmation béate sur mon visage. Ce faisant, je remarque qu'à l'exception des quelques épreuves qui décorent les murs depuis que je connais Wyatt, chaque surface de travail est recouverte.

Quelques mois plus tôt, il avait annoncé à Jamie et moi qu'il travaillait sur un projet dont il espérait qu'il ferait parler de lui, et je suppose que ces murs recouverts en font partie. Ce qui est fou avec Wyatt Royce, c'est qu'il lui suffirait de respirer pour faire sensation. C'est le petit-fils d'Anika Segel, l'une des dernières mégastars encore en vie de l'Âge d'Or d'Hollywood. Et son arrière-grand-père est le fondateur d'un studio de cinéma.

En un mot, il est issu de la royauté d'Hollywood. Il n'a qu'à claquer des doigts pour avoir les publicitaires à sa botte, et pourtant il n'a encore jamais joué la carte de la famille. Il ne la renie pas – et autant que je sache il est en très bons termes avec chacun d'eux –, mais il n'en parle jamais.

Au lieu de ça, il passe constamment inaperçu. Il a commencé au bas de l'échelle en tant que photographe, puis il s'est hissé petit à petit par son talent, et son talent seulement. Je suis admirative, mais c'est aussi un peu déroutant. Surtout dans une ville comme Los Angeles.

Il assistera même à l'avant-première de vendredi, mais c'est parce que la fondation Stark Children l'a engagé en tant que photographe officiel pour couvrir l'événement, ce qui signifie qu'il portera un costume uniquement pour se fondre dans le décor – et non pas pour être le point de mire des paparazzis.

Je désigne les épreuves couvertes d'un drap.

—Alors, c'est le fameux projet secret ? Aurais-je une chance d'avoir un petit avant-goût, en tant que bonne amie ?

—Hors de question. Je te fais confiance, mais je ne veux pas risquer une fuite tant que je ne serai pas prêt.

Il me regarde d'un air entendu.

—Je suis sûr que tu comprends.

—Oui, dis-je en posant une main sur mon ventre. Je comprends.

Je souris en me dirigeant vers le fond du studio et les escaliers qui conduisent au coin plus modeste que Frank sous-loue.

Il est penché sur un tableau lumineux et passe en revue des bandes de négatifs à l'aide d'une loupe. Âgé d'une petite soixantaine d'années, il a les tempes grisonnantes et le beau visage buriné de quelqu'un qui passe beaucoup de temps à l'extérieur. Et quand je le regarde, ce sont mes propres yeux bleus que je vois.

—Je croyais que tu prenais des photos numériques, dis-je en traversant la pièce pour regarder par-dessus son épaule.

La photographie est mon passe-temps depuis le lycée, et même si j'aime travailler sur pellicule, de nos jours c'est devenu trop peu commode. Et puis, j'ai horreur des pièces obscures – trop de souvenirs de l'époque où ma mère m'enfermait la nuit dans ma chambre et désactivait l'interrupteur. Et même si je sais que Damien me ferait construire la plus spacieuse et la meilleure des chambres noires de l'histoire de la photo, je passe trop peu de temps derrière l'appareil pour que ça en vaille la peine.

Par ailleurs, je suis devenue plutôt efficace en retouche sur ordinateur et c'est tout aussi agréable.

—Numérique pour la plupart, dit-il en me passant la loupe

pour me permettre de jeter un œil. Mais parfois, il faut savoir rester rétro.

Je ris en me penchant pour regarder les magnifiques clichés nocturnes de Santa Monica, et malgré le négatif, je remarque qu'il a su capter un aspect des ombres et de la nuit qu'on ne peut obtenir au format numérique.

—Elles sont superbes, dis-je en lui rendant la loupe. Tu vas les faire imprimer ?

—Quand je rentrerai. Je pars en voyage en Irlande, tu te rappelles ?

Il lève les yeux vers moi.

—Là, je prendrai des photos numériques. Mon application me sera très utile. Je comptais passer à ton bureau aujourd'hui. C'est moi le client, tu sais.

—C'est vrai. Mais je préférais venir ici.

Frank est un photographe de voyage et il passe la majeure partie de son temps autour du globe. Il m'a récemment engagée pour créer une application qui lui servira à afficher et à vendre ses œuvres quand il sera en déplacement, et si je suis venue le voir, c'est officiellement pour procéder avec lui à quelques ajustements dans la programmation.

—Quelque chose ne va pas ?

Il me regarde en fronçant les sourcils.

—J'ai beaucoup d'abonnés maintenant. J'espère que nous ne traverserons pas de période d'inactivité pendant que je serai en Europe, n'est-ce pas ?

—L'application fonctionne très bien. Honnêtement, elle n'a même pas besoin de modifications. Je voulais juste te parler.

—Oh.

Il regarde la loupe dans sa main, puis il la pose sur la table avant de se tourner vers moi.

—Est-ce que tout va bien ? J'ai appris que tu t'étais évanouie à Dallas.

Je fais la grimace.

—Sur la pelouse de notre ancienne maison.

—Tu es malade ?

Il y a une telle inquiétude sur son visage que je suis convaincue qu'il n'a pas eu vent des rumeurs.

—Je ne suis pas malade, dis-je en gardant les yeux rivés sur lui. Je suis enceinte. Tu vas devenir grand-père.

D'abord, il ne réagit pas et je crains d'avoir commis une terrible erreur. Après tout, il a accepté d'apprendre à me connaître alors que je n'étais qu'un vague souvenir. Bien que je sois sa fille et qu'il soit capable de reconnaître le lien qui nous unit, je ne représente rien de réel. Il peut toujours tourner les talons et s'éloigner de moi s'il en éprouve le besoin.

Mais un petit-enfant, c'est différent. C'est si petit et confiant. Il est facile de le blesser.

Mon souffle reste coincé dans ma gorge. J'étais un bébé quand il est parti. Et c'est avec une clarté soudaine et aveuglante que je me rends compte du risque que j'ai pris en ouvrant, ne serait-ce qu'un peu, mon cœur à cet homme. Me tourner le dos est une chose, mais je ne sais pas si je pourrais survivre à la douleur qu'il m'infligerait s'il prenait une place dans la vie de mon enfant avant de le rejeter allègrement.

—Je...

J'ai l'intention de lui dire que je suis désolée, que je n'aurais pas dû imaginer que cette nouvelle le toucherait.

Que je n'aurais même pas dû venir.

Mais il m'interrompt et quand il prend la parole, je vois ses yeux briller.

—Nikki... Oh, Nikki, c'est merveilleux. Je ne peux pas...

Sa voix se brise et il se racle la gorge.

—Je suis très, très heureux.

Un soulagement intense et incontrôlable m'envahit et je prends conscience qu'une larme coule sur ma joue. Je l'essuie en reniflant, le sourire aux lèvres.

—Waouh, nous faisons la paire, tu ne trouves pas ?

Il rit tout bas avant de m'attirer dans un câlin maladroit. Pendant un instant, je suis gênée, mais je me rends brusquement compte que c'est la première fois qu'il m'étreint vraiment comme sa fille. Je prends une inspiration pleine d'espoir et d'amour avant de le serrer à mon tour.

—Merci, je murmure.

—Pourquoi ?

Je hausse une épaule hésitante.

—Parce que tu es revenu.

—Non, dit-il. Merci à toi de m'avoir laissé revenir.

Je m'assois sur l'une de ses chaises pliantes grises, un peu étourdie et émotive, puis je m'essuie le nez.

—J'ai cru apercevoir ma mère hier.

J'ai l'impression que c'est un non-sens total, mais Frank semble comprendre mieux que moi le fonctionnement de mon propre esprit, car il penche la tête, rapproche une chaise et me dit :

—Tu veux lui laisser une chance à elle aussi ?

—Non.

Le mot est tranchant, rapide et brutal, mais en le pronon-çant, j'ai le cœur gros. Maintenant que je m'apprête à devenir mère, l'absence de la mienne me paraît doublement douloureuse.

—Non, je répète avec moins de fermeté cette fois. Mais je veux savoir ce qu'elle fait. Elle a quitté Dallas. Je crois qu'elle est venue ici. Je crois qu'elle me surveille, mais j'ignore pourquoi.

Il se frotte le coin de la bouche avec le pouce, un tic que j'ai remarqué chez lui quand il est sur le point de dire quelque chose que je risque de ne pas apprécier. Je m'en suis rendu compte pour la première fois quand il m'a demandé de changer la configuration du menu sur l'application. Ça ne me dérangeait pas, mais apparemment il croyait que je serais vexée de voir qu'il n'aimait pas la manière dont j'avais disposé tous les éléments.

—Quoi ? j'insiste devant son silence.

—Écoute, ne le prends pas mal, mais c'est peut-être ton

imagination qui te joue des tours. Ta mère n'est pas du genre à se tapir dans l'ombre, n'est-ce pas ?

J'hésite, car les fois où je l'ai vue, elle me semblait bien réelle. Pourtant, il a raison – Elizabeth Fairchild n'est pas femme à se cacher.

—Je ne sais pas, dis-je. Ce que tu dis doit être vrai. Je n'aime pas avoir des hallucinations, mais c'est toujours mieux que si c'était la réalité. Je n'en sais rien. Tu as sans doute raison.

J'incline la tête d'un côté et de l'autre pour réfléchir.

—Alors, merci. Je crois.

Il ricane.

—C'est à ça que servent les pères.

Dès qu'il a prononcé ces mots, je sens qu'il a envie de les retirer. C'*est* mon père, mais nous n'avons jamais eu ce genre de relation. Et en une seule conversation, j'ai eu droit à un câlin et à une marque de soutien paternel. Manifestement, il a l'impression d'être allé un peu trop loin.

Mais ce n'est pas le cas. C'est même tout le contraire. J'espère qu'il le comprend quand je réponds :

—Oui, c'est exactement à ça que servent les pères.

Il s'éclaircit la voix.

—Alors, euh… je sais que tu n'as pas besoin de moi dans l'immédiat – tu t'en es très bien sortie sans moi pendant des années –, mais je me demande si, eh bien, avec ta grossesse…

Il marque une pause et prend une grande inspiration.

—Je me demande juste si je ne devrais pas remettre mon voyage à plus tard.

—Oh !

Je n'y avais même pas pensé. Il part demain matin en Irlande, et ensuite il enchaîne avec les Cotswolds, puis Paris et Prague, et tout un tas d'autres destinations en Allemagne et en Italie. C'est un itinéraire de six mois. Il ne voyage pas uniquement pour prendre des photos, il a aussi quelques expositions prévues.

—Non, je réponds. Tu ferais mieux d'y aller. Bien sûr, j'aimerais que tu sois là, mais il ne se passera pas grand-chose pendant cette période. Et tu seras rentré avant mon terme.

—Je ne sais pas...

—Si, moi je sais, lui dis-je. C'est ton gagne-pain. Je ne compte pas arrêter de travailler, alors tu ne vas pas le faire non plus.

Sa bouche s'étrécit et il hoche la tête.

—Très bien. Si tu en es sûre.

J'acquiesce, même si au fond, j'hésite. J'ai envie qu'il reste avec moi, car il me semble que c'est ce que font les parents.

Et je ne peux m'empêcher de me demander comment devenir moi-même un parent sans en comprendre toutes les nuances, sans en avoir jamais fait l'expérience.

—J'en suis sûre, je répète en opinant, consciente de prendre la bonne décision. Merci, grand-père.

CHAPITRE QUATORZE

Je passe le reste de l'après-midi à améliorer l'application de Frank, car j'aimerais qu'elle soit parfaitement fonctionnelle avant qu'il quitte le pays. Heureusement, j'ai eu le temps de la terminer au bureau, car lorsque je rentre et m'apprête à m'installer avec Damien, je suis à nouveau terrassée par l'épuisement. Je finis par somnoler sur le canapé, mes pieds sur ses genoux, pendant qu'il alterne la lecture de journaux scientifiques et de comptes rendus financiers.

—C'est en priorité sur ma liste, je murmure en parvenant à ouvrir les yeux.

—Quoi, bébé ?

—Des questions pour le médecin. Celle-ci arrive en premier. Quand cela se terminera-t-il ? J'ai l'impression de ne vivre que la moitié de ma vie.

—Ah, mais c'est une moitié qui inclut les massages des pieds, dit-il en reposant son magazine pour exercer sur mes voûtes plantaires et mes chevilles enflées un massage qui me donne l'impression d'avoir découvert le paradis. Et je me suis renseigné. Ça s'améliore après le premier trimestre.

—Ce massage est déjà parfait, je ne suis pas sûre qu'il puisse s'améliorer.

—Je parlais de la fatigue, dit-il en riant.

—Et le gonflement des pieds et des chevilles ?

J'ai opté pour des chaussures plates, mais c'est toujours aussi inconfortable.

—Ça s'améliore aussi après le premier trimestre ?

—En fait, ce serait plutôt le contraire. Apparemment, le gonflement est normal en début de grossesse, mais ce n'est pas courant.

—Génial.

Je fronce les sourcils en me redressant sur les coudes.

—Tu as vraiment cherché tout ça ?

Il me regarde comme si je venais de poser la question la plus stupide du monde.

—Évidemment.

Je soupire, à la fois comblée et remplie d'amour. *Oui*, me dis-je avant de m'assoupir. *Évidemment.*

Je me réveille dans mon lit en entendant un hélicoptère atterrir dans notre jardin et je me rappelle que Damien a un petit déjeuner d'affaires à San Diego. Mais il m'a dit qu'il serait de retour à midi si j'avais besoin de quoi que ce soit.

Je n'imagine pas de quoi je pourrais bien avoir besoin, puisque toute ma journée va consister à travailler sur le projet Greystone-Branch au bureau, et j'ai bien l'intention de m'y mettre après avoir mangé les crêpes que Damien m'a laissées, au chaud dans le four.

Jusqu'à présent, je n'ai pas eu d'envies de grossesse, mais si elles doivent se manifester, j'espère que ce sera pour les crêpes aux pépites de chocolat, car celles de Damien sont aussi orgasmiques que l'homme lui-même.

Quand je franchis le seuil pour monter dans ma Coop, je suis d'humeur si joyeuse que même la circulation dense de la Pacific Coast Highway ne parvient pas à m'assombrir. En arrivant au bureau, j'ai encore une heure avant mon entretien avec Laura, une jeune diplômée en informatique que j'espère aussi épatante que lors de notre premier rendez-vous. Si tel est le cas, le poste est pour elle.

Je garde le CV de Laura sur mon bureau et je me plonge dans ma liste de tâches. À onze heures, j'entame mon huitième point de la journée et Laura a officiellement une heure de retard.

Je m'abstiens de déjeuner, au cas où elle serait coincée dans la circulation avec un téléphone à plat.

Elle ne vient toujours pas.

À quatorze heures, je l'appelle. Elle répond dès la première sonnerie.

—Allô ?

—Laura ? C'est Nikki Stark.

—Oh, bonjour. Un instant.

Elle doit avoir posé une main sur le micro, car j'entends un affreux crissement, suivi d'une voix étouffée :

—Non, non, celui-ci part aux bonnes œuvres. Mais ce carton-là doit aller dans le camion. Désolée, me dit-elle en retrouvant sa voix normale.

—Vous déménagez.

—Oh, oui.

—Vous savez que nous avions un entretien aujourd'hui.

—Oh, Seigneur. Je suis vraiment désolée.

Elle n'a pas l'air désolée le moins du monde.

—Je déménage dans la Silicon Valley et je dois... *non, non, pas ce carton.*

—Je vais vous laisser, dis-je. Bonne chance.

—Oh, merci..., commence-t-elle, mais j'ai déjà raccroché et jeté le téléphone sur mon bureau par dépit.

Merde.

Je le récupère pour appeler mon deuxième choix quand il se met à sonner. C'est Frank, et je décroche aussitôt.

—Salut. Tu n'es pas dans un avion ?

—Retardé. Je suis à la porte d'embarquement. Qu'est-ce qui ne va pas ?

—Des trucs au bureau.

Je suis étonnée, et un peu impressionnée, qu'il ait deviné que j'étais en colère. En un sens, c'est agréable. Comme s'il était un vrai parent.

—Pourquoi m'appelles-tu ? Pour que je puisse te souhaiter à nouveau bon voyage ?

—Ta mère vient de me téléphoner.

Je m'étais levée, mais je me laisse aussitôt retomber sur mon fauteuil. Violemment.

—Oh.

—Tu avais raison. Elle est en ville, dit-il en s'éclaircissant la voix. Elle... elle a loué un appartement. Et elle veut te voir.

Je cramponne si vivement le bord de mon bureau que le bois s'enfonce dans ma peau.

—Je n'ai pas envie de la voir.

—Je ne peux pas te le reprocher, petite. Mais... eh bien, je n'aurais sans doute pas dû le faire, mais je lui ai dit que tu étais enceinte. Elle a entendu parler de l'histoire de Dallas et j'ai juste...

—Ce n'est rien, dis-je, même si en réalité, c'est tout le contraire.

Je ne veux pas qu'elle le sache. C'est un secret trop intime. Trop spécial. Et je crains trop qu'elle vienne tout gâcher. Pire encore, j'ai peur de cette petite partie de moi qui, malgré tout, a envie d'entendre ses félicitations.

—Oui, eh bien, je n'en suis pas si sûr. En tout cas, maintenant je le regrette. Elle a dit... elle a dit que ça allait détruire ta silhouette.

Ces paroles semblent lui peser. Comme s'il voulait pouvoir s'en débarrasser et les laisser couler loin de lui.

—Ça ne m'étonne pas de ma mère. Qu'a-t-elle dit d'autre ?

—Elle veut que tu l'appelles.

—Je ne l'ai pas appelée après son déménagement. Je ne vois pas pourquoi je l'appellerais maintenant.

—Moi, ça m'est égal, je ne fais que transmettre son message.

Il hésite et ajoute :

—Je vais annuler ce voyage.

—Hors de question. Tu es déjà à l'aéroport. Tes valises ont été enregistrées.

—Je devrais être là pour toi. Et si elle venait à ton bureau ? Chez toi ?

—J'ai Damien, lui dis-je. Et puis, je peux très bien m'en occuper toute seule.

Le silence est lourd à l'autre bout de la ligne.

—Je n'aurais jamais dû te laisser, ni toi ni Ashley.

—Arrête. Arrête-toi tout de suite.

J'arrive à parler d'une voix ferme, même si j'ai l'estomac tout retourné rien qu'à l'idée que ma mère se trouve dans la même ville que moi.

—Maintenant, tu es là pour moi, et ça reste vrai même si tu es en Europe. Si tu annules, tu lui donnes le pouvoir. Crois-moi, papa. J'ai passé beaucoup trop de temps à organiser ma vie en fonction de cette femme.

—*Papa*, répète-t-il d'une voix si basse que je l'entends à peine.

Stupéfaite, je me rends compte que c'est la première fois que je l'appelle comme ça.

—Oui, dis-je d'une voix tout aussi douce que la sienne.

Je me racle la gorge et me force à sourire quand je reprends :

—Bon, de toute façon, on se voit dans quelques mois, d'accord ? Je serai la femme qui marche en se dandinant à l'aéroport.

Je garde une voix guillerette – et je pense ce que je dis –, mais en même temps je suis bouleversée.

Elle est ici.

Elle est vraiment ici à Los Angeles.

Dès que nous raccrochons, je commence à composer un

autre numéro, mais je suspends mon geste. Ce n'est pas la voix de Damien que je veux. C'est l'homme.

Je consulte ma montre – déjà quinze heures. Je sais qu'il est rentré de son rendez-vous de midi et je sais aussi que même s'il est au milieu d'une conférence téléphonique ou d'une autre réunion, si je demande à Rachel de l'interrompre, il me rejoindra.

Je m'en veux d'envisager de le couper en plein travail. Je m'en veux d'être aussi faible.

Mais en ce qui concerne ma mère, en effet, je le suis.

Et pour m'en sortir, pour garder la tête froide et mes émotions sous cloche, j'ai besoin de lui.

Seigneur, j'ai terriblement besoin de lui.

Je ne sais pas comment je parviens à rejoindre ma voiture, mais l'instant d'après, je me retrouve sur la 101 en direction du centre-ville. J'ai la tête dans un tel état que j'aurais sans doute mieux fait d'appeler un taxi ou de demander à Edward de passer me chercher, mais j'arrive en ville sans causer d'accident monstrueux. Enfin, j'emprunte notre ascenseur privé depuis le stationnement sous-terrain jusqu'à l'appartement du cinquante-sixième étage.

Je sors de l'ascenseur du côté du secrétariat et passe devant l'accueil en direction de la porte close de son bureau.

—Il est seul ?

—En fait, il n'est pas là, me répond Rachel. J'en profite pour faire un peu de paperasse.

—Pas là ?

Je me creuse la tête pour me souvenir d'une réunion que j'aurais oubliée.

—Je croyais qu'il revenait après son déjeuner.

—C'était prévu, mais une sorte d'urgence est arrivée et il a dû se rendre à Santa Barbara. Y a-t-il un problème ? Vous voulez que je l'appelle ?

—Je... non.

Je dois avoir l'air plus secouée que je le pense si Rachel me propose d'appeler Damien à ma place.

—Je suis sortie plus tôt aujourd'hui et je me suis dit que je pouvais le persuader de me rejoindre à l'appartement.

Elle rit.

—Il sera triste d'apprendre qu'il a raté ça.

—Bon, eh bien, je rentre. Quand vous le verrez, dites-lui que je l'attends.

Je m'efforce de lui adresser un clin d'œil complice et elle se met à rire.

—Je n'y manquerai pas.

Je mets un point d'honneur à paraître désinvolte en me dirigeant vers l'ascenseur. En temps normal, j'aurais remonté le couloir qui relie le bureau à l'une des portes de l'appartement, mais il me faudrait rester sous les yeux de Rachel plus longtemps que je ne m'en sens capable. En cet instant, j'ai l'impression que mes jambes vont se dérober sous mon corps et je n'ai vraiment pas envie qu'elle assiste à ça.

L'ascenseur a deux portes de chaque côté et je sais qu'il est toujours là. J'ai envie de hurler, de pleurer et de fulminer, mais je me retiens et m'efforce de garder mon sang-froid. De me comporter convenablement. De ne rien montrer à Rachel, dont les yeux me transpercent le dos quand j'appuie sur le bouton de l'ascenseur. La porte du côté bureau coulisse et j'entre, avant de saisir le code qui actionne la porte opposée donnant sur l'appartement.

Elle s'ouvre sans un bruit et je pénètre dans le hall familier. À peine la porte s'est-elle refermée derrière moi que j'abandonne la lutte. Une vague d'émotions tumultueuses me submerge et je me laisse tomber sur les carreaux du sol avec pour seul objectif de réussir à maîtriser ma respiration.

La seule décoration du hall d'entrée est un guéridon en marbre sur lequel est posé un somptueux arrangement floral que le personnel du bureau remplace toutes les semaines. Le vase est en terre cuite et en me relevant, je m'imagine déchiqueter les fleurs en morceaux, les arracher et les jeter par terre, m'égratignant aux épines de rose et faisant perler une fine ligne de sang sur ma peau. Mes bras projetteraient le vase sur le sol et mes genoux percuteraient le marbre quand je me laisserais tomber pour ramasser les éclats d'argile. J'enfoncerais alors un tesson dans l'entaille laissée par les épines.

Et je pourrais enfin – *enfin* – me raccrocher à la douleur pour détourner mon attention de ma mère, de mes peurs, de toute l'angoisse qui m'oppresse.

Ma mère.

Je ne veux pas de sa présence dans ma tête. Je ne veux pas la voir.

Et surtout, je ne veux pas que sa proximité me rende folle.

Ce dont j'ai envie, c'est Damien. J'ai envie qu'il soit là. J'ai envie qu'il soit près de moi. Et j'ai horreur de me sentir à ce point fâchée qu'il ne soit pas à mes côtés alors que j'ai besoin de lui.

Je déglutis et respire péniblement, puis je sors mon téléphone de mon sac à main.

Je commence à effleurer l'écran, mais dans un violent sanglot, je lance le téléphone de l'autre côté de la pièce, avant de le regarder avec satisfaction s'écraser contre le mur du fond, projetant des éclats de verre et de plastique alentour.

Je hoquette et étouffe un sanglot.

Je devrais être plus forte que ça.

Je *suis* plus forte que ça.

Pourtant, alors que je rampe vers le salon pour me rouler en boule sur le canapé, la main posée contre mon abdomen pour protéger le bébé, je sais pertinemment que ce n'est pas le cas.

Et alors que les larmes ruissellent sur mon visage, je suis incapable de nier que, quoi qu'en dise Damien, je ne suis pas forte du tout.

CHAPITRE QUINZE

—Bon sang, Charles, je me fiche de vos estimations. Je veux des réponses, bordel. Il me faut savoir si elle est vraiment...

La voix de Damien se tait et je reste immobile sur le sofa, la tête encore embrumée de sommeil. Je me rends compte qu'il a dû emprunter la porte de derrière, et maintenant il passe sous l'arche qui ouvre sur le hall d'entrée.

Le hall où les éclats de mon téléphone jonchent toujours le sol.

—Obtenez-moi ces réponses, dit-il d'une voix basse et distraite avant de terminer la communication.

J'attends, parfaitement inerte, et l'entends chuchoter :

—Nikki.

Puis ses pas continuent et je prends conscience qu'il ne m'a pas vue et se dirige vers la chambre.

Un instant plus tard, il est de retour. Je suis toujours sur le canapé, les bras refermés autour d'un coussin et les yeux baissés. Même si je ne le vois pas, je sais qu'il est debout derrière moi.

—Oh, bébé, chuchote-t-il en se penchant sur le canapé pour me caresser l'épaule.

Je ne le sens qu'une seconde, mais je m'en imprègne

comme un remontant. Quand il contourne le canapé pour venir s'asseoir à côté de moi, je me suis hissée sur le coussin et je lui prends la main.

—Je t'ai appelée, dit-il. Maintenant, je comprends pourquoi je suis tombé sur la messagerie.

—Quelle heure est-il ?

—Tard, dit-il. Je suis venu ici pour récupérer quelques affaires avant de rentrer à Malibu, où je pensais te retrouver. Qu'est-ce que tu fais ici, bébé ?

La question est simple et sa voix ne flanche pas, mais je décèle l'inquiétude dans ses intonations. Et je devine aussi les questions tacites : *Que s'est-il passé ? Est-ce que tu vas bien ?*

Je me redresse complètement, les pensées encore floues.

—Je suis venue pour te voir, mais Rachel m'a dit que tu étais sorti.

Je frotte mes yeux ensommeillés. J'ai mal à la tête et je sais que ce sont les effets gueule de bois de ma crise de larmes.

—Que faisais-tu à Santa Barbara ?

Il agite la main et répond :

—Juste le boulot. Un détail parmi cent autres que je n'arrive jamais à régler.

—Tu ne m'as pas prévenue.

D'habitude, Damien m'envoie un texto chaque fois qu'il doit partir à l'improviste.

—Désolé, je ne m'attendais pas à être absent aussi longtemps et j'étais au téléphone avec Charles pendant la majeure partie du trajet. Mais j'ai appelé. Tu n'as peut-être pas reçu mon message, étant donné que ton téléphone est en mille morceaux. Nikki...

Sa voix douce devient brusquement plus assurée et il serre ma main dans la sienne.

—Est-ce que ça va ? Tu n'as pas...

—*Non.*

Je l'ai interrompu vivement, car je suis certaine à cent pour cent de ma réponse.

—Mais j'en ai eu envie.

Je l'avoue, parce que c'est Damien, et parce qu'il a besoin de savoir.

Son corps se crispe et l'appréhension voile son regard.

—Que s'est-il passé ?

Il me faut une seconde, mais je parviens à dire :

—Ma mère est ici. À Los Angeles. C'est sûr et certain.

Je voulais parler avec conviction pour lui donner au moins l'impression de maîtriser la situation, mais j'ai une voix étranglée. J'ai l'air traquée. Dès l'instant où je lis un mélange de colère, de haine et de regret sur le visage de Damien, les larmes m'obstruent la gorge et je me penche pour me blottir contre lui et laisser son corps me protéger d'une réalité que je n'ai pas du tout envie d'affronter.

—Bébé. Oh, bébé, tu en es persuadée ?

Je hoche la tête contre son épaule, mouillée par mes larmes.

—Elle a appelé Frank. Elle veut me voir.

—Et merde, fait-il d'une voix si sèche que j'esquisse un sourire.

—Oui, tu l'as dit.

Il se renfrogne en me détaillant.

—Et toi, as-tu envie de la voir ?

—Non.

Ma réponse est catégorique, automatique et sincère, mais mes épaules s'affaissent quand je prends conscience d'autre chose.

—J'aimerais quand même savoir ce qu'elle veut.

—Rien de bon, c'est certain.

Je prends une inspiration et m'assois bien droite. Je sais qu'il a raison. Il ne peut pas y avoir de joyeuses retrouvailles. Je ne traverserai pas un champ de fleurs au ralenti pour serrer ma mère dans mes bras, nous ne ferons pas les magasins bras dessus bras dessous, et nous ne connaîtrons pas ce tendre moment où la mère aide sa fille à peindre la chambre du bébé. Et pourtant, j'en ai envie. Malgré tout, ça me fait rêver.

Et savoir que cela n'arrivera jamais pèse lourdement sur mon cœur.

—Bébé...

—Non, dis-je en levant la main. Tu as raison. Je ne veux plus penser à elle. C'est terminé.

J'affiche un sourire en espérant que mon moral suivra.

—Pourquoi ne partirait-on pas après l'avant-première demain ? propose-t-il.

—Vraiment ? S'enfuir tous les deux ?

Il se met à rire.

—Pourquoi pas ? Loin de ta mère et de ces horribles messages. Loin de tout, ajoute-t-il avec assurance.

Je devrais protester. Je devrais préciser que j'ai du travail à faire pour le projet Greystone-Branch, car notre petite cacahuète sape toute mon énergie et que j'ai besoin de chaque heure de concentration efficace. Je devrais lui dire qu'il me faut encore recevoir des candidats en entretien et que je ferais mieux de passer le plus clair de mon week-end à étudier des CV.

Je devrais me montrer responsable et refuser.

Mais l'idée de m'évader pendant quelques jours ressemble au paradis et je hoche la tête.

—D'accord, dis-je. Ça me plaît. Où irions-nous ?

—Je pensais au bungalow, dit-il en parlant de notre maison de vacances au Resort, à Cortez.

C'est une propriété Stark Vacances que Jackson a conçue et elle est formidable. Or elle n'est accessible que par bateau ou hélicoptère et cette seule idée me rend malade.

—Refusé, dis-je. Peut-être une fois que les nausées matinales seront passées, mais pas avant.

—Très bien. La maison du lac Arrowhead ?

Je suis tentée, mais maintenant que j'ai Santa Barbara dans la tête, j'en ai trop envie pour penser à autre chose.

—Pourquoi ne retournerions-nous pas au Pearl ?

La société immobilière Stark Development possède l'hôtel

Pearl à Santa Barbara et nous y avons très brièvement séjourné récemment pour l'anniversaire de Damien.

—J'ai l'impression de n'avoir eu qu'un avant-goût pour ton anniversaire, je poursuis. Maintenant, c'est l'heure du plat de résistance.

—Bonne idée, dit-il, mais réservons-la pour une prochaine fois.

Je me penche en arrière pour mieux le regarder. Il n'a rien dit de spécifique, mais je connais trop bien cet homme. Ses expressions. Ses intonations. Sa posture.

—Il s'est passé quelque chose là-bas aujourd'hui ?

—Que veux-tu qu'il se soit passé ? demande-t-il pour éviter d'avoir à me répondre.

—Que se passe-t-il ? dis-je, ma curiosité piquée au vif. Et d'abord, pourquoi y es-tu allé aujourd'hui ?

—Je te l'ai dit. Des affaires à régler avec Charles.

—Et tu ne veux pas aller à Santa Barbara parce que... ?

Il se lève.

—Bon sang, Nikki, pourquoi ne veux-tu pas passer le week-end au lac Arrowhead ?

—*Non.*

Je me lève à mon tour, les mains sur les hanches, et le dévisage attentivement. Je ne suis pas certaine que mon impression soit réelle et rationnelle, basée sur le fait que je le connais bien, ou si c'est une sorte de psychose due à la grossesse. Tout ce que je sais, en cet instant, c'est que j'ai l'absolue certitude qu'il me cache quelque chose.

—N'essaie pas de changer de sujet, dis-je d'une voix haut perchée. Dis-moi ce qui se passe, bon sang.

—Rien, répond-il avec un tel aplomb que j'en ai les nerfs en pelote. Il ne se passe rien.

—À d'autres.

Je plaque mes mains contre son torse et le bouscule légèrement.

—Tu crois que je suis aveugle ? Sourde ? Que je ne le vois

pas sur ton visage et au ton de ta voix ? Je t'aime, tu l'as oublié ? Et je sais que tu crois me protéger. Mais ce n'est pas du tout le cas. Tout ce que tu réussis à faire, c'est de me faire sortir de mes gonds.

—Nikki...

Sa voix est vibrante d'émotion.

—Tu dis que je suis forte, mais tu dresses ces murs pour me protéger.

—Non...

—Et tu es tellement occupé à me protéger que tu n'es même pas là pour moi.

Les mots ont fusé et la colère qu'ils expriment me surprend autant que Damien.

—Je suis venue ici parce que j'avais besoin de toi, Damien. Et toi, tu étais absent, pour un satané secret dont tu ne veux même pas me parler. Non... je suis désolée, mais c'est *non*.

Je prends une inspiration.

—Nous nous sommes promis de ne pas nous faire de cachotteries – et tu n'as pas cessé de me répéter que j'étais assez forte pour gérer tous les ennuis qui nous tombent dessus. Ce n'était que de la poudre aux yeux ?

—Tu sais bien que non.

—C'est le bébé ? Tu me considères différemment maintenant ?

—Pas différemment, dit-il en se rapprochant, si bien que je dois reculer pour garder mes distances. Mieux.

Il est juste devant moi, si près que je sens l'énergie qui émane de lui.

—Tu es la mère de mon enfant, Nikki.

—Et ça me rend faible ? Ça te donne le droit de me cacher des choses ?

—Non... Seigneur, Nikki, bien sûr que non.

Il passe les doigts dans ses cheveux, mais il suspend son geste et tend la main vers moi. Je ne l'ai jamais vu aussi bouleversé. Je me penche vers lui avec l'envie irrépressible de lui tomber dans les bras. Mais je sais ce qui va se passer. Je m'abandonnerai sous ses caresses. Je me noierai dans son étreinte. Et j'en oublierai mes peurs, ma colère et mes angoisses, car le plus important, c'est que je sais qu'il m'aime.

Or je n'ai pas envie d'oublier. Je ne veux pas être couvée.

Je secoue la tête et lève le menton pour le regarder à travers mes larmes.

—Tu m'as fait une promesse un jour, Damien. Plus de secrets.

Je pose mes mains sur mon ventre, dans un geste protecteur.

—Et peu importe ce que tu en penses, ça ne doit rien changer.

J'essuie mes larmes et me précipite vers la chambre. J'imagine qu'il va me suivre, mais il n'en fait rien et je sens mon estomac se nouer, de crainte cette fois. Maintenant, j'ai l'impression qu'un gouffre nous sépare. Un abîme rempli d'incertitudes et de secrets, que j'ignore comment traverser. Je ne sais même pas d'où il vient.

Ou plutôt, si. Ma main protège le bébé, mais mes larmes coulent en abondance. Comment pourrons-nous devenir parents si nous ne sommes même pas capables de gérer une grossesse ?

C'est une pensée affreuse et terrifiante, qui m'écrase sous son poids. Je reste allongée pendant une éternité en écoutant Damien faire les cent pas dans l'autre pièce. Soudain, le bruit de ses pas se rapproche.

Il s'arrête dans l'encadrement de la porte.

—Nikki ? fait-il d'une voix douce. Ma chérie ?

Je garde les yeux clos et la respiration régulière. Je suis tentée de lever la tête et de rouler sur le côté pour le regarder, mais je suis perdue dans les limbes, à mi-chemin entre le sommeil et l'éveil. À vrai dire, je n'ai pas envie d'émerger. Pas encore. Pas même pour Damien. Alors, je garde les yeux clos et la respiration régulière.

Au bout d'un moment, j'entends à nouveau ses pas, encore plus près cette fois. J'attends qu'il m'embrasse ou qu'il passe la main sur mon bras pour me réveiller avec douceur. Au lieu de quoi, il se contente de prendre la couverture pliée au pied du lit pour l'étendre sur moi. Puis, il me caresse délicatement les cheveux avant de retourner vers la porte.

Pendant un bref instant, j'envisage de l'appeler, mais il éteint la lumière et la porte se referme lentement. Je me retrouve seule dans le noir avec mes pensées et mes appréhensions.

CHAPITRE SEIZE

JE SUIS TOUJOURS sur le couvre-lit et sous la fine couverture quand je me réveille au petit matin. Damien n'est pas à côté de moi et une solitude oppressante m'étreint. Sauf quand l'un de nous est en déplacement, nous dormons toujours ensemble. J'ai horreur que ce soient les secrets et les mensonges qui nous séparent. D'autant plus que nous avons tout fait pour éclairer les zones d'ombre entre nous avant de convoler.

Je repousse la couverture et m'assois. Ce n'est qu'à ce moment que je remarque le creux dans l'oreiller à côté de moi et la couverture froissée au pied du lit. Je ferme les yeux pour ravaler les larmes que j'attribue à la montée hormonale du matin, mais qui sont plus vraisemblablement l'expression d'un soulagement.

Quand j'entre dans la cuisine sur la pointe des pieds avec une furieuse envie de café, je me rappelle que Damien a mentionné une conférence téléphonique de bonne heure cette semaine. Voilà qui explique pourquoi il est parti avant sept heures.

Il m'a laissé des bagels, mais ça ne me tente guère. J'ouvre le réfrigérateur et jette un œil à l'intérieur, comme si je m'attendais à ce qu'un petit déjeuner de roi s'envole des étagères pour atterrir sur une assiette. Comme le miracle ne se produit pas, j'ouvre le congélateur en espérant découvrir des gaufres surgelées et je pousse un cri de joie en apercevant des paquets de Milky Way et des boîtes de Thin Mints.

Je prends un Milky Way et soupire de plaisir. J'aime tellement cet homme-là.

J'ai déjà retiré l'emballage et je suis en train de grignoter et de suçoter la sucrerie quand je sors de la cuisine pour voir si Damien m'a laissé le journal sur la table basse.

Ce n'est pas le journal que je découvre, mais l'homme en personne. Il est assis sur le sofa en pantalon de jogging et t-shirt blanc élimé. Et perché sur ses genoux, en train de piocher des biscuits soufflés au fromage dans un bol violet, notre neveu Jeffery.

En cet instant, j'ai l'impression que le monde entier bascule. Jusqu'à présent, je n'avais pas eu de mal à croire que Damien puisse être père, en théorie. Mais là, j'en ai l'exercice pratique sous les yeux. Et j'appuie le bout de mes doigts contre mes lèvres pour réprimer un tout nouveau sanglot.

Damien ne m'a pas encore vue. Il a la tête baissée sur des papiers étalés à côté de lui sur le canapé. Il tient une feuille dans sa main et parle à voix basse, comme s'il dressait une liste de notes à l'attention de Jeffery.

Quant à l'enfant, il passe visiblement un très bon moment. Sa bouche est orange vif, tout comme ses doigts. Il ne cesse de dire « li-li » – qui signifie « lire » dans le langage de Jeffery – et tend les mains pour s'emparer de la feuille avec ses doigts teintés.

Damien parvient à maintenir le document hors de sa portée – du moins, jusqu'à ce qu'il lève les yeux, m'aperçoive et s'immobilise. Il n'en faut pas plus pour que Jeffery s'empare du papier et se mette à le mâchonner.

—Nikki, dit Damien en récupérant habilement le document de travail légèrement taché. Bonjour.

—Bonjour à toi aussi.

Je m'avance dans la pièce et m'assois à l'autre bout du canapé pour ne pas abîmer les papiers.

—On dirait que nous avons de la compagnie ce matin, j'ajoute en saluant Jeffery qui me sourit en criant « Ni-Ni ».

—Stella a rendez-vous chez le docteur, explique Damien – c'est la nounou de Jeffery. Syl a amené le bébé au travail avec elle, mais elle a eu une urgence à gérer sur un projet à Glendale avant que vous partiez toutes les trois.

—Et il n'y avait personne d'autre dans toute la tour Stark International capable de s'occuper de ce petit bonhomme, dis-je pour le taquiner.

—Il se peut que je me sois porté volontaire, avoue-t-il. Histoire de m'entraîner sur l'enfant de quelqu'un d'autre.

—Je comprends, dis-je en prenant une voix de bébé tout en me penchant pour jouer à coucou-caché, faisant rire Jeffery aux éclats.

Au bout d'une seconde, je lève les yeux vers Damien.

—Tu as dit trois ? Nous sommes quatre à aller au spa.

Ce soir a lieu l'avant-première du *Prix de la rançon*, et Sylvia, Jane, Jamie et moi nous rendons toutes au spa pour nous faire coiffer, maquiller et manucurer.

—D'après Syl, Jamie se prépare au studio, puis un fourgon de télévision l'emmène directement au cinéma.

—Évidemment, dis-je.

Même si je suis déçue de ne pas passer la journée avec Jamie, je suis contente pour elle.

—Nous lui donnons l'exclusivité, dis-je à Damien. J'ai oublié de te le dire.

—Je vois qu'on courtise la presse, fait-il en plaisantant et je lève les yeux au ciel.

—Oui, c'est tout à fait moi, prête à tout pour faire la une des journaux.

L'un des programmes promotionnels pour l'avant-première et la collecte de fonds de ce soir est ouvert sur la table basse et j'en prends connaissance. La fondation Stark Children commandite la projection et la fête préliminaire, ce qui inclut le cocktail et les buffets, les photos officielles et les enchères silencieuses. Tous les bénéfices serviront à financer les bourses d'études de la fondation.

—Ce sera un événement formidable, dis-je en regardant le document et les visages souriants des jeunes enfants qu'aide la fondation.

Je sais à quel point cet organisme lui tient à cœur – tout ce qu'il a perdu et gagné en rendant publique sa propre histoire d'attouchements. Maintenant, j'effleure du doigt le visage d'une petite fille aux yeux verts interrogateurs et l'idée que quelqu'un ait pu faire du mal à cette pauvre enfant me rend malade.

Je pose les mains sur mon ventre dans un geste protecteur et me tourne vers Damien, que je surprends en train de me regarder.

—Je suis désolée pour hier soir, dis-je.

J'ai parlé en même temps que lui, car il vient de me dire exactement la même chose.

Nous éclatons de rire et, même si j'attends toujours qu'il m'avoue ce qu'il me cache, les mots ne viennent pas. Ma déception doit se lire sur mon visage, car il se lève, Jeffery sur la hanche. Il s'avance pour venir s'asseoir sur la table devant moi, puis se penche en avant et soulève ma tête pour m'embrasser.

—Aie toujours confiance en moi, Nikki. Tout ce que je suis, tout ce que je fais, c'est pour toi. C'est pour *nous*.

Il pose sa main sur la mienne.

—Il n'y a pas un instant où je ne pense pas à toi et je me détruirais plutôt que risquer de te faire du mal.

—Je le sais, dis-je. Je te fais confiance. Mais ce n'est pas un remède miracle, pas plus que ce n'est un rideau derrière lequel se cacher.

—Non, tu as raison, mais je n'essaie pas de te cacher quoi que ce soit, je te le jure. J'ai juste besoin de temps.

Je tends les bras vers Jeffery, qui commence à s'agiter, et le fais rebondir sur mon genou.

—Du temps pour quoi ? je demande. De quoi s'agit-il ? Je veux dire, es-tu… *oh*.

Je serre Jeffery contre moi.

—C'est au sujet des textos.

Je m'adosse dans le canapé en poussant un lourd soupir. J'aurais dû y penser hier soir. Évidemment, il était en quête de réponses.

—Tu aurais dû m'en parler, je poursuis. Qu'as-tu appris ? Qui est-ce ? C'est ma mère ?

—Je ne sais pas. J'ai pensé…

Il s'interrompt en secouant la tête.

—Je ne sais pas encore.

Il se penche vers moi, une main sur mon genou et l'autre sur ma joue.

—Je vais le découvrir. Je te le promets.

Je prends une grande inspiration et hoche la tête.

—Hier soir, c'était affreux, dis-je. Je déteste quand un fossé nous sépare.

—Moi aussi, bébé. Mais il y a toujours un pont.

—Tu es remarquablement calme pour quelqu'un dont la première du film a lieu dans quelques heures, dis-je à Jane, assise entre Sylvia et moi.

Nos pieds trempent dans l'eau chaude bouillonnante, nos têtes sont enveloppées de serviettes pour protéger le masque revitalisant, et nous attendons notre pédicure.

—C'est une apparence, dit-elle avec un sourire qui révèle ses incroyables pommettes. En fait, je crois que je n'en ai pas encore vraiment conscience. J'ai si longtemps vécu dans le livre et le script que j'ai du mal à croire que le film est enfin bien réel.

Ses yeux marron étincellent quand elle sourit et elle écarte de son visage une mèche de cheveux bruns.

—C'est formidable, non ?

—Tu plaisantes ? s'exclame Syl. C'est incroyable.

Elle tend la main et serre celle de Jane.

—Je suis si contente pour toi.

Je m'entends bien avec Jane, mais Syl la connaît beaucoup mieux que moi, car le mari de Jane, Dallas, est l'un des investisseurs du Resort, à Cortez. Jane et Dallas sont issus de riches dynasties et je crois pouvoir dire sans me tromper qu'ils ont la relation la moins conventionnelle et la plus controversée que je connaisse. À eux deux, ils ont sans conteste attiré l'attention des médias bien plus que Damien, Jackson, Sylvia et moi réunis.

Et pourtant, j'ai bien l'impression que Jane et Dallas nagent dans le bonheur. Alors, après tout, je suppose que ça en valait la peine.

—Je suis déçue que Jamie ne soit pas là, dit Jane en jetant un œil dans ma direction. Et je suis surtout désolée que ni Lyle ni moi n'ayons le droit de lui accorder une interview. Le studio nous paie bien, mais le chèque s'accompagne de tout un tas de contraintes fantaisistes.

—Elle comprend, je te le promets.

—Mais tu peux te rattraper en nous donnant une petite interview, à Nikki et moi, suggère Syl.

—Quoi ? Sur moi ?

Sylvia agite la main pour balayer ses objections.

—Oh, je t'en prie. Qu'aurions-nous à apprendre sur toi ?

Jane éclate de rire, car il est évident qu'elle aurait beaucoup de choses à nous dire. Et croustillantes, qui plus est.

—Non, reprend Syl. Parle-nous de Lyle. Il cache bien son jeu. Même Nikki n'a pas réussi à savoir qui il était.

Elle me regarde.

—Pourtant, Damien et toi, vous avez souvent dîné ou pris un verre avec lui pour votre fondation, n'est-ce pas ?

J'acquiesce. Lyle est l'actuelle célébrité qui parraine la fondation Stark Children, et Syl a raison – je l'apprécie beaucoup, mais je ne le connais pas vraiment.

—Honnêtement, je ne pense pas le connaître beaucoup mieux que vous, dit Jane. Je n'ai pas passé beaucoup de temps en studio, mais chaque fois, il était fidèle à sa réputation.

—Tu veux dire, à la croyance généralement partagée selon laquelle il serait le type le plus gentil d'Hollywood ? demande Syl.

—En quelque sorte, dit Jane.

Je remarque pourtant une certaine hésitation dans sa voix.

—Mais ? j'insiste.

Ce faisant, je me dis que j'ai dû passer trop de temps avec Jamie, car les potins de stars n'ont jamais été ma tasse de thé. Et pourtant, me voilà en véritable cliché ambulant de la femme privilégiée à Los Angeles, en train de discuter des derniers ragots au spa.

—*Mais*, concède Jane, il y a quelque chose sous toute cette gentillesse. Je ne sais pas quoi. C'est juste que... vous connaissez mon enfance, n'est-ce pas ?

Je regarde Syl et nous hochons la tête. Peu de temps avant leur mariage, il avait été publiquement révélé que Jane et Dallas avaient été enlevés quand ils étaient petits. Mes malheurs d'enfance avec ma mère ne sont rien en comparaison.

—Bon, eh bien, à cause de ça, j'ai beaucoup de mal à accorder ma confiance, dit Jane. On ne sait jamais comment sont les gens à l'intérieur, quel genre de monstre peut se cacher sous leur peau.

—Tu ne fais pas confiance à Lyle ? je demande, sincèrement étonnée.

—Non, non. Lyle est formidable. Vraiment. Mais je suis plutôt douée pour voir au-delà des apparences.

—Et ?

—Et il y a autre chose que ce qu'il veut bien laisser paraître.

—Alors, il a des secrets, dit Syl.

Jane acquiesce.

—Quelque chose qui le hante, je crois.

—Quelque chose qu'il veut taire, ajoute Syl en soupirant quand l'employée commence à lui masser les mollets. On ne peut pas franchement lui en tenir rigueur.

Je songe à mes propres secrets.

—Amen, dis-je.

Toutes les trois, nous portons un toast imaginaire en l'honneur de Lyle et de ses secrets. Aussi profonds et obscurs qu'ils soient, ce sont les siens. Et j'espère, quand sa cote de popularité grimpera en flèche après ce film – dont tout le monde s'accorde à dire qu'il fera sensation au box-office –, que ses secrets resteront dans le domaine privé.

Une heure plus tard, nous sommes prêtes et pimpantes. La voiture de Jane l'a déjà emmenée et Sylvia et moi attendons nos chauffeurs.

—Alors ? demande-t-elle.

Je cligne des paupières.

—Quoi ?

—Les secrets, dit-elle d'une voix que je l'imagine employer avec Ronnie. J'ai bien vu ton regard quand nous discutions avec Jane. Que se passe-t-il ?

—Rien, dis-je.

—Tu es une très mauvaise menteuse, réplique-t-elle.

En vérité, je suis une excellente menteuse. J'ai passé ma vie à enfiler et à retirer toutes sortes de masques. La Nikki sociable. La Nikki studieuse. La Nikki au concours de beauté. Et par conséquent, je suis douée pour cacher mes sentiments.

Ce qui peut signifier que Sylvia me pose cette question au hasard, ou bien que j'ai vraiment besoin de me confier à quelqu'un. En l'occurrence, il est évident que c'est la seconde option et je lui explique alors que je crains les secrets que peut me cacher Damien en pensant me protéger.

De fines pattes d'oie se dessinent autour des yeux de Syl quand elle sourit.

—Eh bien, mon conseil est simple. Fais-toi à cette idée.

J'éclate de rire.

—Sérieusement ? C'est le mieux que tu puisses faire ?

Elle hausse les épaules.

—En tout cas, c'est le plus simple. Voyons, Nikki. Il essaiera toujours de te protéger. Et maintenant, tu es enceinte. Ça veut dire que tout son ADN de mâle protecteur est en ébullition. Toi et moi, nous savons toutes les deux que les hommes Stark en ont reçu une dose supplémentaire à la naissance.

Je ris, car elle a tout à fait raison.

—C'est quand même franchement agaçant.

—Sans aucun doute, dit-elle. Mais c'est gentil, aussi.

Je dois admettre à contrecœur qu'elle dit vrai, même si *gentil* et *horripilant* sont souvent intimement liés.

—Laisse couler, dit-elle en devinant manifestement ce qu'exprime mon visage. Au fait, tu devrais passer à la maison ce week-end. J'ai tout un placard rempli d'affaires trop grandes pour Jeffery ou avec lesquelles il ne joue plus. Nous pourrons les trier et voir si quelque chose te plaît.

—Parfait, dis-je au moment où ma voiture se gare. Je te suivrai peut-être jusque chez toi après le brunch de dimanche.

Nous restons sur cette perspective et je prends place sur la banquette arrière pour le trajet de Beverly Hills à Malibu, détendue et dorlotée. Je me sens vaguement coupable d'avoir passé toute une journée sans penser au travail.

Au moins, je peux consulter mes courriels. Je sors le nouveau téléphone que j'ai découvert dans la salle de bains ce matin et qui attendait que je le trouve, posé là par mon mari merveilleux – et merveilleusement efficace.

Maintenant, j'ouvre l'application de messagerie et souris à nouveau, car non seulement il a remplacé mon téléphone à la vitesse de la lumière, mais il a également paramétré mon compte.

Je bascule sur les textos et lui envoie un bref message de remerciement.

Sa réponse est rapide et directe : *Je ferais n'importe quoi pour toi.*

Je sais. Tu m'as manqué aujourd'hui.

Je m'amuse à compter les secondes avant sa réponse. Rien que sept.

Tu m'as manqué encore plus. Je suis à la maison. La limousine passe à 17 h. Combien de temps mets-tu pour t'habiller ?

Je consulte ma montre. Pas encore quinze heures.

Certainement pas deux heures, j'écris. *Si tu as des idées pour passer le temps...*

Sa réponse me fait sourire : *Je suis plein d'idées. Dis à ton chauffeur de se dépêcher. Et pendant ce temps, imagine mes mains sur toi.*

Je ris en lui envoyant un dernier message : *Comme toujours.*

Je viens juste de rouvrir mon application de messagerie quand je remarque un nouveau courriel d'un certain tonadorablemari, avec un nom de serveur que je ne connais pas. Je pince les lèvres, amusée, curieuse de savoir ce que Damien a encore inventé.

Mais quand j'ouvre le courriel pour voir ce qu'il a envoyé cette fois, mon sourire reste figé sur mon visage et le message me rend toute tremblante.

Tu croyais vraiment pouvoir avoir les deux ?

En dessous, il y a une photo de Sofia, la tête sur l'épaule de Damien.

Et ils se tiennent juste devant l'hôtel Pearl de Santa Barbara.

CHAPITRE DIX-SEPT

Quand j'arrive à la maison, mes larmes ont complètement ravagé mon maquillage fraîchement appliqué, mais au moins, j'ai un plan. J'ordonne au chauffeur d'attendre, puis je me précipite vers la porte et saisis mon code.

Le verrou s'ouvre dans un déclic et je pousse la porte, impatiente d'entrer, de récupérer mes affaires et de m'en aller.

Mais je m'arrête net en apercevant la pièce devant moi – des centaines de pétales rouges et roses jonchent le sol du couloir jusque dans l'escalier massif.

Une boule se forme dans ma gorge, et même s'il est difficile de croire qu'il me reste encore des larmes à verser, quand je cligne des paupières, un liquide tiède dévale mes joues. Je prends une inspiration frémissante et sens le goût du sel sur mes lèvres. C'est *ça* que je veux. De la tendresse et du romantisme. Et non des secrets, de la déception et des mensonges.

Je déglutis péniblement en jetant un regard circulaire pour admirer la scène romantique qu'il a créée avec les pétales de rose et la lumière tamisée. Pendant un moment, ma résolution vacille et je me dis que je dois me dépêcher de le trouver.

Puis, je me remémore la photo sur mon téléphone – Damien et Sofia –, et je dois plaquer ma main sur ma bouche de peur d'être malade. Pas parce qu'il l'a vue – je ne crois pas un instant que Damien me trompe, même si le message qui accompagne la photo peut paraître intime –, mais parce qu'il me l'a caché. Pire encore, il a menti de manière éhontée afin de me le cacher.

Un problème au *travail* ? Je grogne mentalement en pensant à l'explication que Damien m'a donnée pour justifier son aller-retour à Santa Barbara. Sofia peut avoir de nombreux qualificatifs, mais elle n'est absolument pas un problème de travail.

L'odeur écœurante des roses s'élève autour de moi lorsque j'écrase les pétales sous mes ballerines dans ma hâte de monter à l'étage. Je fronce le nez pour résister à la nausée, puis je me force à me concentrer sur ma tâche : récupérer mes affaires et ficher le camp d'ici.

Je m'attends à voir Damien au deuxième étage, où nous passons le plus clair de notre temps, mais il n'y est pas et je me rends compte qu'il est sans doute dans la cabane près de la piscine, à attendre avec du jus de fruits frappé que je le rejoigne.

En temps normal, je serais tentée.

Aujourd'hui, je suis contente de pouvoir ressortir aussitôt après être entrée. Je ne suis pas prête pour un affrontement – mes plaies sont trop à vif. Tout ce que j'ai vraiment envie de faire, c'est trouver un endroit où me cacher, roulée en boule jusqu'à avoir rassemblé suffisamment de force pour régler cette histoire avec mon mari.

J'y serais déjà – enfermée dans un motel isolé –, si ce n'était l'avant-première de ce soir. Mais il est hors de question que je rate le film de Jane ou la collecte de fonds. La fondation est trop importante pour moi – trop importante pour tous ces enfants.

Alors, j'y serai. Et avec un peu de chance, je me serai ressaisie avant de devoir sortir d'une limousine sur ce tapis rouge.

Ma penderie est immense, elle fait environ la taille de la

chambre que j'avais dans l'appartement de Jamie, et tout un mur est consacré aux tenues de soirée. Ironique, si l'on considère qu'après avoir fui le monde des concours de beauté, j'ai juré ne plus vouloir revoir la moindre paillette même en peinture. Et pourtant, faire des efforts de toilette n'est pas une corvée quand on est au bras de quelqu'un qu'on aime. En regardant mes robes, j'éprouve un pincement au cœur.

J'ai très envie que Damien soit ici.

Mais je ne suis pas encore prête à lui tenir tête.

La robe que j'ai choisie pour ce soir est suspendue devant les autres, toujours dans son emballage en plastique protecteur depuis les ajustements mineurs qu'elle a reçus. J'utilise l'échelle de bibliothèque pour récupérer ma housse sur une étagère du haut, puis j'y glisse la robe de soirée. Je remonte la fermeture à glissière et replie la housse pour la porter comme un bagage à main. Elle a une poche extérieure pour les chaussures. Je trouve les sandales noires à talons aiguilles que j'ai choisies pour la soirée et je les range à l'intérieur, puis je prends ma trousse à maquillage de voyage, car je vais devoir faire quelques retouches avant d'être prête pour les photos.

Enfin, j'ouvre le coffre-fort à bijoux et en sors le bracelet de cheville en platine et émeraudes que Damien m'a acheté quand nous avons commencé à nous fréquenter. Il sera dissimulé sous la robe, mais peu importe. Je l'ai porté à tous les événements auxquels nous avons assisté ensemble et je ne compte pas arrêter ce soir.

Je le dépose dans son écrin, sur l'îlot en granite au centre de la penderie, et je me demande comment le transporter. Je sais que je réfléchis trop – je ne risque pas de le perdre en allant jusqu'à la voiture, puis dans un motel, mais je ne peux m'empêcher d'être paranoïaque à ce sujet. Ce bijou coûte probablement plus cher qu'un avion Air Force One – et il a une valeur sentimentale bien supérieure.

Comme j'ai commis la bêtise de laisser mon sac à main dans la voiture, je décide de le ranger dans la poche intérieure fermée de la housse. Je m'apprête à le faire quand je me rends compte que je ne suis pas seule. Je me retourne – il est là.

—Bon sang, Nikki !

Il se tient devant la porte de la penderie, en short treillis et polo blanc qui accentue son bronzage. Ces deux dernières années, il s'est remis au tennis et il est tout en muscles. Le tissu du t-shirt est tendu sur ses larges épaules et ses bras puissants.

—On se voit à l'avant-première, dis-je en regrettant d'avoir envie de le toucher. Je me suis arrangée pour avoir ma propre limousine.

C'est la vérité – en rentrant du spa, j'ai demandé à mon chauffeur d'appeler le central pour organiser cela.

Il penche légèrement la tête comme si j'étais une énigme qu'il n'arrivait pas vraiment à résoudre.

—Très bien, dit-il lentement. Et où vas-tu entre-temps ?

—Je ne sais pas.

Je hisse la housse en bandoulière sur mon épaule et prends ma trousse à maquillage à deux mains, la serrant si fermement que les jointures de mes doigts blanchissent.

—Dans un hôtel. Chez Sylvia. Je trouverai quelque chose.

Je lis mille questions dans ses yeux. À part ça, son expression est de marbre, elle ne révèle rien. Je dois réfréner une soudaine envie de le gifler. J'ai tellement de masques à montrer au monde, et Damien a toujours su voir à travers chacun d'eux. Et pourtant, debout devant moi, il ne laisse rien paraître en me voyant ainsi brisée et à bout de nerfs.

—Sale fils de pute, je lâche en me sentant soudain prise à la gorge. Espèce de sale fils de pute.

—Nikki…

—*Non.*

Je lève une main pour l'interrompre.

—Te faire confiance ? dis-je. Pendant tout ce temps où tu me demandais de te faire confiance ce matin, tu avais le doigt sur un foutu déclencheur nucléaire.

—Mais de quoi parles-tu ?

—Sofia. Toi. Santa Barbara. Ça te dit quelque chose ?

Je vois sur son visage qu'en effet, ça lui évoque beaucoup de choses.

—Putain, je m'exclame.

Pendant un moment, j'ai eu la folie d'espérer me tromper.

Je resserre les mains autour de ma boîte.

—Appelle-moi quand tu apprendras que la confiance, ce n'est pas garder des secrets quand ça t'arrange, d'accord ? Je croyais que nous avions dépassé ça, Damien. Je croyais...

Mais je suis incapable de terminer. Je ne sais même pas ce que je croyais. Que tout était parfait ? Que toutes les bosses qui avaient entravé les débuts de notre relation avaient été aplanies ? Que nous accueillerions un enfant dans une famille dénuée de mélodrames, de secrets et de squelettes dans les placards ?

Je ne sais pas. Je m'en fiche. Je sais juste qu'il me faut partir d'ici, alors je tourne les talons et m'enfuis sans vraiment savoir où je vais ni ce que je ferai quand j'y arriverai.

Je le pensais quand j'ai dit à Damien que je ne savais pas où j'allais. Mais maintenant, sur la banquette arrière de la voiture qui évolue sur les routes sinueuses de Malibu en direction de la Coast Highway, je me dis que j'ai besoin d'un plan. Et comme Jamie a toujours été la première et la meilleure des solutions dans toutes mes urgences de couple, je compose automatiquement son numéro.

—Salut ! dit-elle en répondant à la première sonnerie. Devine où je suis... sur une chaise au maquillage du studio. C'est cool, non ?

—Exceptionnellement cool, je concède avant de réprimer un frisson.

J'étais tellement concentrée sur mon propre drame que j'en

ai oublié que c'était le grand jour de Jamie. De toute évidence, je suis la pire amie du monde.

—Qu'y a-t-il ? demande-t-elle.

—Rien du tout, je réponds avec entrain. J'appelais juste pour te souhaiter bonne chance.

—Oh, je t'en prie, rétorque-t-elle. Qui a besoin de chance quand on a tout mon talent ?

J'éclate de rire.

—Je n'ai rien à redire à ça. Je t'aime, James.

—Moi aussi, Nicholas. On se voit sur le tapis rouge.

—Absolument, dis-je avant de terminer la communication en soupirant.

Et maintenant, où diable vais-je aller ?

Je m'apprête à me pencher en avant pour dire au chauffeur que nous allons en direction de Pacific Palisades, à la maison de Sylvia, quand je me rends compte qu'il y a un autre endroit où je préférerais être. Parce qu'à la vérité, en ce moment, j'ai envie d'un câlin maternel et réconfortant. Et comme il est impossible que je l'obtienne de ma propre mère, même si je le souhaite ardemment, je demande au chauffeur de se diriger vers la maison de plage d'Evelyn, à Malibu.

Cinq minutes plus tard, je me tiens sous son petit porche, ma housse à la main, et j'espère de toutes mes forces qu'elle est chez elle. Je commence à regretter de ne pas l'avoir appelée avant quand j'entends des bruits de pas et la vois jeter un œil à travers le judas.

Aussitôt, la porte s'ouvre et elle apparaît, dans toute sa gloire effervescente, me conviant à entrer :

—Tiens, ça alors, Texas, tu es toujours pleine de surprises.

Elle me prend la housse des mains, puis fait signe à la voiture de s'en aller avant de refermer la porte derrière moi.

—Laisse-moi deviner. Des problèmes au paradis ?

Je commence à lui répondre, mais je me surprends à éclater en sanglots. Immédiatement, elle m'attire contre elle pour un câlin de mère poule et je l'enlace. Je me sens à la fois perdue, accueillie et mortifiée.

Quand je retrouve ma respiration, je recule et esquisse un sourire las.

—Je n'aurais pas dû prendre la peine d'aller au spa ce matin. Je vais devoir refaire tout mon maquillage.

—À moins que tu veuilles aller à cette avant-première comme un raton laveur, je suis d'accord avec toi.

J'éclate de rire et mes larmes finissent par sécher. C'est pour ça que je l'aime. Evelyn Dodge est provocante, audacieuse et dit exactement ce qu'elle pense. C'est une bouffée d'air frais dans cette ville et l'une des premières amies que j'ai eues en arrivant ici.

Elle est dans le métier depuis toujours. C'était l'agent de Damien quand il jouait au tennis. Elle a occupé tous les postes possibles et imaginables avant de prendre sa retraite pendant cinq minutes pour mieux revenir dans le rôle d'agent. En ce moment, elle représente Jamie. Et si je ne me trompe pas, elle représente également Lyle Tarpin.

—Oui, en effet, acquiesce-t-elle quand je lui pose la question. Je vais l'accompagner ce soir, en réalité.

—Vraiment ?

En général, Evelyn sort au bras de son compagnon plus jeune qu'elle, Blaine, mais ces derniers temps il passe beaucoup de temps en tournée pour exposer ses peintures. Ce que je ne comprends pas, c'est pourquoi Lyle sort avec son agent et non accompagné par une actrice montante. Cependant, j'ai eu mon lot de potins pour la journée et je ne prends pas la peine de l'interroger.

—Dans ce cas, je suppose que tu ne veux pas partager ma limousine, dis-je. Ça ne te dérange pas si je reste ici jusqu'à l'heure de partir ?

—J'adorerais avoir ta compagnie. Et j'ai une fille qui arrive dans une demi-heure pour me coiffer et me maquiller. Je suis sûre qu'elle pourra aussi s'occuper de toi. Je ne peux plus faire grand-chose pour limiter les dégâts à ce stade.

Je renifle. Je suppose qu'Evelyn approche des soixante ans, mais elle est absolument magnifique, et je le lui dis.

—C'est l'une des raisons pour lesquelles je t'apprécie, Texas.

Elle baisse les yeux sur mon bagage.

—Laisse ça ici et suis-moi. Je vais te servir du jus de fruits, et quelque chose de plus nourrissant pour moi, puis nous nous installerons sur le balcon et nous nous morfondrons ensemble jusqu'à l'heure du maquillage et de la coiffure. Comment te sens-tu, d'ailleurs ?

—Physiquement ? Je vais bien. Les nausées vont et viennent.

Je lui ai dit que j'étais enceinte par téléphone l'autre jour, quand j'ai appelé pour l'inviter au brunch de dimanche, mais depuis, c'est la première fois que je la vois en personne.

—Émotionnellement, je ne suis pas dans mon assiette.

—Nous allons arranger ça, dit-elle.

Je la suis dans la cuisine comme un chiot reconnaissant.

Moins de cinq minutes plus tard, nous nous trouvons sur son balcon qui surplombe le Pacifique. Je sirote du cidre pétillant en mangeant des biscuits sablés, et elle boit du scotch en tirant sur une cigarette éteinte.

—Je pourrais trouver le briquet, mais comme tu es enceinte, je vais faire semblant de connaître les bonnes manières.

—Merci, dis-je en me retenant de rire. Je suis contente d'être passée. Merci beaucoup de ne pas me mettre à la porte.

—Oh, je t'en prie. La tristesse est plus supportable à deux.

Je fronce les sourcils en songeant à ce qu'elle a dit, « nous nous morfondrons ensemble ».

—Ça va, Blaine et toi ?

Elle boit une longue gorgée de scotch avant de remplir à nouveau son verre en renonçant aux glaçons.

—Eh bien, ce n'est pas totalement mort. Disons que nous sommes sous assistance respiratoire.

—Je suis vraiment désolée de l'apprendre.

J'ai rencontré Evelyn dans cette maison quand elle organisait une exposition pour Blaine, un peintre talentueux dont l'œuvre flirte souvent avec l'érotisme. D'ailleurs, Blaine était l'artiste que Damien avait engagé pour peindre mon portrait nu. On peut donc dire que j'éprouve une connexion personnelle avec Blaine et Evelyn.

—C'est un bon gars, mon Blaine. Un homme bourré de talent. Mais nous vivons dans deux mondes différents depuis quelque temps. Ce n'est pas l'âge – enfin, peut-être en partie. Il a à peine trente ans et j'ai dépassé le demi-siècle. Il veut sortir dans le monde et se forger une réputation. Moi, j'ai fait mes preuves. Maintenant, je veux me détendre dans mon château et profiter du monde que je me suis construit. Je ne lève pas le pied – enfin si, un peu –, mais disons que je suis plus casanière.

—Je suis désolée, dis-je.

Elle secoue la tête.

—Non, non, il n'y a aucune amertume dans tout ça. Juste de la tristesse. C'est souvent le cas quand les choses changent. Alors, reprend-elle en tapotant sa cigarette éteinte sur la table, beaucoup de changements de ton côté, Texas ?

—Damien et moi, nous allons bien, dis-je aussitôt avec assurance.

Elle rit.

—Non, sinon tu ne serais pas chez moi avant un tel événement. Cela dit, tu as le droit de broyer du noir sans que ce soit la fin du monde.

Je me renfrogne.

—J'ai l'impression que c'est la fin du monde, j'avoue en sentant les larmes se remettre à couler.

—Bah, Texas, ça ne fait rien. Ouvre les vannes maintenant avant d'être à nouveau pomponnée comme une star de cinéma.

—Ça va. Juste les hormones, dis-je avant d'ajouter : Non. Ce ne sont pas les hormones. C'est Sofia.

—Eh bien…

Evelyn ouvre de grands yeux et se carre sur sa chaise.

—Eh bien, répète-t-elle.

J'apprends deux choses. D'abord, elle ne le savait pas. Ensuite, c'est une sacrée surprise, car il en faut pour étonner Evelyn Dodge.

—Alors, tu ignorais qu'elle était de retour.

—De retour ? répète-t-elle. Attends une minute, Texas. Tu dois recommencer depuis le début.

Evelyn est déjà au courant du passé de Damien et de ce qui s'est passé entre Sofia et lui. Elle était là pendant les années difficiles, quand Damien jouait au tennis et que son entraîneur violent le forçait à faire ces vilaines choses avec Sofia – souvent sous l'œil d'un appareil photo. Et Evelyn était là par la suite, quand Sofia est revenue avec les photos et a menacé de les rendre publiques si je ne tournais pas le dos à Damien.

D'après les rapports, Sofia ne s'en souvient même pas, car elle était alors dans un état sévère de dissociation mentale. Mais ça n'a pas rendu les choses plus faciles pour autant. Et quand j'apprends à Evelyn que Damien est allé la voir sans m'en parler – puis m'a carrément menti –, elle hoche la tête et dit :

—Oui, oui, je vois.

—Savais-tu qu'elle était de retour ? je demande.

—Je savais qu'elle allait mieux, répond Evelyn. Mais j'ignorais qu'elle était aux États-Unis.

—Il aurait dû m'en parler. Surtout quand on pense que je me fais harceler par textos.

Je lui donne mon téléphone pour lui montrer le message que j'ai reçu aujourd'hui, avant de lui réciter les trois autres de mémoire.

—Et comme par hasard, dis-je sur le ton de la rhétorique, qui m'a déjà harcelée par le passé ?

—Je suis sûre que Damien y a pensé. Il espère sans doute que ce n'est pas elle. D'ailleurs, il est probablement persuadé que ce n'est pas elle. D'après ce que m'a dit Charles, Sofia s'en sort très bien. Elle ne s'attarde plus sur le passé et elle ne s'accroche plus à Damien.

—Je ne le crois pas, dis-je sans prendre le temps de la réflexion.

—Damien le sait aussi, dit Evelyn, optant pour la voix de la sagesse. Et il ne le croit peut-être pas, lui non plus. C'est sans doute pour ça qu'il a attendu pour t'en parler et qu'il a décidé d'aller la voir d'abord. Parce qu'il voulait prendre la température lui-même.

J'avale ma salive. Elle a peut-être raison, mais je n'ai pas envie de l'admettre.

—Je ne sais pas.

Je me tourne pour contempler l'océan et les vagues qui viennent s'écraser sur la plage. Une fillette de trois ans joue dans l'écume en riant aux éclats, poursuivie par sa mère. Je soupire et pose ma main sur mon ventre.

—Je ne sais pas, je répète. Peut-être.

Evelyn tend le bras par-dessus la table pour prendre ma main libre.

—Aimerais-tu te joindre à Lyle et moi dans notre limousine ?

Je secoue la tête et parviens à sourire.

—Pas question de gâcher votre rendez-vous galant.

—Oh, je t'en prie. Ce garçon est mon deuxième choix – et non, je ne suis pas en train de dire que Blaine était le premier, ajoute-t-elle comme si elle lisait dans mes pensées.

—D'accord. Je vais mordre à l'hameçon. Qui était ton premier choix ?

—Disons simplement qu'il n'a pas pu venir. Il est en voyage à l'étranger.

Ses lèvres s'étirent pour former un petit sourire.

—En ce moment, je crois qu'il est en Irlande.

J'écarquille les yeux et je m'apprête à lui poser une question quand Evelyn lève la main pour m'interrompre. Je ne sais pas si elle m'a fait taire volontairement ou si son esprit est tout simplement passé à autre chose, mais c'est aussi bien comme ça. Je préfère savourer l'idée qu'Evelyn et mon père puissent sortir ensemble.

Je souris toujours à cette pensée, mais je retrouve ma gravité quand Evelyn me demande :

—Tu veux appeler Damien ? Lui dire que tu es ici ?

—Non.

J'ai entendu tout ce qu'a dit Evelyn et je sais que c'est parfaitement logique. Mais c'est un raisonnement cérébral. Mon cœur, lui, souffre toujours.

—Et puis, j'ajoute, c'est de Damien que nous parlons.

Je songe à mon nouveau téléphone.

—S'il veut me rejoindre, je suis certaine qu'il sait exactement où me trouver.

—Oui, dit-elle en riant, tu as sans doute raison.

Nous discutons pendant quelque temps jusqu'à ce qu'arrive la coiffeuse-maquilleuse. Je la laisse m'apporter quelques retouches, puis j'enfile ma tenue une fois qu'Evelyn est sur la sellette. Je m'apprête à chausser mes talons quand je me rends compte que je n'ai pas le bracelet de cheville et je me rappelle que j'ai été distraite au moment où Damien est entré dans la penderie.

Je ferme les yeux et pousse un juron, car je n'aime pas l'idée de ne pas le sentir contre ma peau.

Enfin, la gouvernante d'Evelyn entre dans son cabinet de toilette pour annoncer que ma limousine est arrivée et je tourne sur moi-même devant mon amie, qui exprime avec enthousiasme son approbation. Je lui promets de la voir à la soirée et je me rue vers la porte d'entrée où m'attend le chauffeur. Je m'arrête net en l'apercevant.

—Edward ? Je croyais que vous conduisiez Damien.

Il prend un air tout penaud.

—Le central m'a transmis cette adresse, madame Stark.

—Oh. Eh bien, merci.

Edward est mon chauffeur préféré parmi tous ceux qui gèrent le parc de véhicules de Stark International, mais en général, c'est le chauffeur attitré de Damien. En temps normal, je lui déconseillerais de laisser mon mari aux soins d'un autre employé sans son accord préalable, mais je suis sûre qu'Edward sait aussi bien que moi que Damien ne dira rien en apprenant qu'il est passé me chercher.

Je ne peux m'empêcher d'éprouver un petit sentiment de victoire, comme si je marquais des points dans une sorte de compétition conjugale.

Ce sentiment ne dure que le temps de monter dans la limousine. Aussitôt, tous mes points sont annulés, car là, sur le siège, Damien me tend la main.

Je m'immobilise, hésitant entre la colère et le soulagement.

—Bon sang, Damien. Je voulais... je voulais juste...

Il s'avance vers moi et s'accroupit dans la limousine pour me conduire vers le siège à côté du sien.

—Tu as mal, dit-il d'une voix douce. Me suis-je jamais tenu à l'écart quand tu souffrais ?

J'affiche un faible sourire.

—Là, c'est à cause de toi que je souffre.

Ses épaules s'affaissent, mais il ne détache pas ses yeux de moi.

—Je le sais. Oh, bébé, je le sais.

—Tu aurais dû me le dire.

—Je comptais le faire. Ce jour où j'ai vu le message apparaître sur ta tablette. Mais quand je l'ai vu – et quand tu m'as parlé des autres –, j'ai su que je devais...

Il ferme les yeux comme pour se protéger contre une affreuse pensée.

—Tu as cru que ça pouvait être elle, dis-je. Tu es allé à Santa Barbara pour la voir, pour savoir si c'était elle qui les avait envoyés.

—Pour m'assurer qu'elle ne l'avait pas fait, rectifie-t-il.

—Et ? je demande tout en connaissant déjà la réponse.

Si Damien avait cru ne serait-ce qu'une seconde que Sofia m'avait envoyé ces horribles textos, il l'aurait expédiée en Angleterre avant qu'elle ait le temps de respirer.

—Alors, pourquoi est-elle ici ? En Californie ?

—Pour toi, dit-il en me tenant les mains comme pour m'empêcher de prendre mes jambes à mon cou.

—Pour moi ?

—Elle veut te voir. En fait, elle veut te présenter ses excuses.

—Je ne...

—C'est un programme en douze étapes.

Je hoche lentement la tête tout en réfléchissant.

—Savais-tu que c'était ce qu'elle voulait avant d'y aller ?

Il acquiesce.

—Dans les grandes lignes. Charles m'a dit qu'elle voulait me voir. Il était en relation avec le tribunal et l'institution pour organiser son voyage et me tenir au courant.

Je me souviens de son engagement. Damien avait demandé à Charles de continuer à la représenter. Certes, il payait toujours les factures, mais il avait besoin de ce tampon entre elle et lui.

—Charles l'a vue en premier, poursuit-il. Il m'a dit qu'il était de l'avis des docteurs. Elle va mieux et suivre un programme en douze étapes l'aidera à conforter tout le travail qu'elle a accompli. Ça m'a paru cohérent et comme je veux l'aider à guérir, je suis allé la voir en personne.

—Tu aurais dû me le dire.

Il se penche en arrière sans lâcher ma main.

—J'aurais dû ? Je ne sais pas. J'y ai pensé et je me suis dit qu'il valait mieux que je lui parle d'abord. C'est là qu'elle m'a annoncé qu'elle voulait te parler, à toi aussi.

—Tu aurais dû, je répète avec une absolue certitude. Tu aurais dû me dire qu'elle était en Californie et que tu allais la voir.

—C'est compliqué, bébé. Elle fait partie de la famille. Tu sais que ça complique tout.

—N'importe quoi.

Je retire ma main de la sienne et glisse sur le côté.

—Elle ne fait pas partie de la famille et ça n'a rien de compliqué.

—La famille, c'est ce qu'on en fait... tu le sais bien.

—Oui, je le sais. Et elle nous a traités tous les deux comme de la merde.

J'appuie vivement ma main sur la cicatrice de ma cuisse, bien cachée sous une couche de soie et de paillettes.

—Elle a essayé de me pousser à me taillader.

—Tu crois que je ne le sais pas ? Tu crois que ça ne me hante pas ? Mais si j'ai survécu à mon enfance, c'est en grande partie grâce à elle. Elle n'est pas aussi forte que toi, bébé, et elle était malade. Tu as lu les documents originaux du tribunal. Les rapports des médecins.

—Et maintenant, tu dis qu'elle va mieux.

Une peur sourde me colle à la peau. Je veux qu'elle aille mieux, cette fille est importante aux yeux de Damien, mais j'ai très peur qu'il se trompe. Elle est intelligente et sournoise, et je ne veux pas qu'il soit encore blessé. Et surtout, je ne veux pas souffrir à nouveau.

—Comment peux-tu en être sûr ?

—Je le suis, dit-il. Et les médecins aussi.

Je redresse la tête et cligne des paupières, car je ne veux pas me remettre à pleurer. Pas après avoir fait ajuster mon maquillage par deux fois.

—Tu l'aimes.

Je vois la douleur dans ses yeux quand il hoche la tête.

—Tu le sais. C'est comme une sœur pour moi.

J'acquiesce lentement tout en organisant mes pensées.

—Tu t'es éloigné d'elle à cause de moi. Pas financièrement – tu as pris soin d'elle. Mais émotionnellement. Tu l'as coupée de ta vie.

—Bien sûr, dit-il. Après ce qu'elle a fait, c'était évident.

—Et maintenant, tu veux l'accepter à nouveau.

—Le temps a passé et les choses ont changé. Elle a changé.

—Mais… et si elle n'avait pas changé, au contraire ? Damien, nous allons avoir un bébé.

À sa mine, on dirait que je l'ai giflé.

—Elle ne ferait jamais de mal à…

—Tu n'en sais rien, je m'exclame d'une voix aiguë.

Il prend une inspiration, visiblement bouleversé.

—Je ne te mettrais jamais en danger, ni toi ni le bébé. *Jamais*. Et si tu me dis de la renvoyer, je le ferai. Mais elle ne demande pas à faire partie de nos vies ni de celle de notre enfant. Tout ce qu'elle veut, c'est te voir. Pour te présenter ses excuses et passer à autre chose.

Il y a dans sa voix une solennité que j'ai rarement entendue. Une vulnérabilité que je suis certaine d'être la seule à connaître.

—Je sais que j'ai tout foiré, poursuit-il. Je sais que je t'ai blessée. Et c'est beaucoup te demander que de vouloir que tu me fasses confiance, mais…

Je m'élance vers lui pour plaquer mes lèvres sur les siennes. Parce que j'ai besoin de cette connexion, mais aussi parce que je veux qu'il se taise.

Ses doigts se referment dans mes cheveux lorsqu'il approfondit notre baiser. C'est fougueux. Brutal. Nos dents s'entrechoquent et nos langues fusionnent. Quand je m'écarte, j'ai le souffle court.

—Nikki, commence-t-il, mais je pose mon doigt sur ses lèvres et secoue la tête.

—Je te fais confiance, je murmure. Mais tu m'as fait mal.

—Je sais. Bébé, je sais. Et je suis désolé. Je suis tellement désolé.

Je hoche furieusement la tête et cligne à nouveau des yeux, car ces fichues larmes sont bien décidées à monopoliser le devant de la scène.

—Je te fais confiance, je répète malgré la boule qui me bloque la gorge. Mais j'ai peur.

—Il ne faut pas.

Il me caresse les cheveux sans me quitter des yeux.

—Tu n'as rien à craindre.

Je n'insiste pas, mais je n'en suis pas certaine. Et je me demande si c'est moi qui suis têtue ou si c'est lui qui est aveugle. Peut-être un peu les deux. Mais il s'agit de Damien, et en fin de compte, je lui fais vraiment confiance.

—Très bien, dis-je avant de prendre sa main dans la mienne. Si tu le veux, j'accepte de la voir.

Il ne dit rien, mais incline lentement la tête. C'est suffisant. Je sais qu'il comprend à quel point il m'en coûtera de la voir. Et il comprend aussi que je n'accepte que pour lui faire plaisir. Parce que je l'aime.

Je suppose qu'au final, c'est une raison suffisante.

—Tu es très belle, dit-il. Parfaitement élégante. J'aime aussi ton rouge à lèvres.

Il est d'un rouge intense qui n'est pas ma nuance habituelle. Je souris lentement.

—Lèvres rouges et yeux bleus, dit-il. Tu es une flamme vivante.

—Mais je ne brûle pas, dis-je avant de rire. Enfin, peut-être un peu.

Il fait courir ses doigts sur mon épaule nue, puis descend le long de mon décolleté plongeant pour effleurer la courbe de ma poitrine. Mon pouls s'accélère et tout mon corps se met à trembler de désir.

—Damien, dis-je.

Je remarque le sourire qu'il esquisse en guise de réponse.

—Chut.

Sa main descend toujours, glissant sur le tissu souple et moulant. Je dois me mordre la lèvre pour réprimer un gémissement, puis il continue son chemin jusqu'à ce que ses doigts rencontrent le haut de la fente qui révèle ma cuisse.

—Intéressant.

—Damien, je murmure.

Je suis désespérément mouillée et j'ai soif d'une caresse plus intime. J'ai envie que ses doigts remontent pour s'enfoncer en moi.

—J'aime toucher ta peau, chuchote-t-il en caressant ma cuisse, de la fente jusqu'au genou, avant de remonter en n'effleurant que la peau dévoilée par ma robe.

Je gémis et le coin de sa bouche frémit.

—Nous sommes presque arrivés au cinéma.

Je m'agite sur le siège et écarte les jambes. Tout mon corps palpite.

—Ça m'est égal.

Ses yeux bicolores rencontrent les miens. Je vois la chaleur enflammer son iris ambré, mais c'est la passion reflétée dans les profondeurs de son œil noir qui me contracte de désir.

Lentement, il se rapproche et s'avance vers moi sur le siège. Il se penche pour passer la main derrière ma tête et effleurer mon cou de ses lèvres, tandis que son autre main se fraye un chemin sous la robe.

La fente est complètement excessive et il n'a pas à remonter très loin. Je ferme les yeux, perdue dans la sensation de sa bouche sur mon cou, mon oreille – et de ses doigts qui caressent délicatement la peau douce entre ma cuisse et mon pubis, se rapprochant dangereusement de l'endroit où je l'attends. Au lieu de satisfaire le désir fou qui gronde en moi, il ne fait que l'alimenter.

—Dis-moi ce que tu veux, ordonne-t-il en s'écartant de mon cou.

—Je veux que tu me touches.

—Non, fait-il d'une voix autoritaire. Dis-moi ce que tu veux.

Je tressaille en sentant son doigt mener la danse le long de ma culotte et sur mon os pubien. La limousine change de vitesse lorsque nous sortons de l'autoroute et je me mords la lèvre inférieure. Nous sommes presque arrivés. Je devrais lui demander d'arrêter. Nous n'avons pas le temps, nous terminerons cela plus tard.

Mais au lieu de ça, je dis :

—Je veux tes doigts à l'intérieur de moi. Je veux que tu me fasses jouir.

—J'aime cette réponse, dit-il.

Son doigt glisse sur le minuscule triangle de mon string pour trouver la ficelle qui ne couvre rien du tout.

Je prends une inspiration quand il la repousse pour caresser ma peau douce tandis que je frémis contre lui en écartant mes jambes encore davantage.

—C'est ça, bébé, murmure-t-il.

Son pouce trouve mon clitoris et une décharge électrique me fait tressaillir, comme un avant-goût de la suite. Puis, il glisse ses doigts en moi – deux, trois, difficile à dire. La sensation de saturation me submerge. J'ai envie de plus, j'ai envie de sa queue, de la pression de son corps contre le mien quand il s'enfonce profondément en moi, mais nous n'avons pas le temps et je m'empale sans fausse pudeur sur sa main tandis que son pouce continue de jouer avec mon clitoris.

—Je vois la ligne, dit-il en faisant référence à l'inévitable file de limousines propre à ce genre d'événements. Jouis pour moi, ordonne-t-il. C'est ça, bébé, dit-il en augmentant la pression sur mon clitoris.

La surprise de son geste accentue la force de la décharge électrique qui prend de l'ampleur entre mes jambes. Bientôt, elle irradie avec toute la puissance d'une supernova formée par l'explosion d'une étoile.

Toute tremblante, je halète en m'accrochant aux épaules de Damien. J'essaie de reprendre pied dans la réalité. Sa bouche se referme sur la mienne et je suis vaguement consciente qu'il réajuste mon string et lisse ma robe.

—Je t'aime, dit-il en s'écartant.

Je souris.

—Je le sais.

Avec un sourire malicieux, il effleure à nouveau ma cuisse, dans le sens inverse cette fois. Il s'arrête au niveau de ma cheville nue, enflée aujourd'hui à cause de la grossesse.

—Il manque quelque chose, dit-il.

Je commence à lui expliquer que je l'ai accidentellement oublié à la maison quand il passe la main dans sa veste de costume pour en sortir le petit écrin de sa poche intérieure. Il l'ouvre et le bracelet de cheville éclate de mille feux dans la lumière tamisée de l'habitacle.

Je souris, en proie à un soulagement intense.

—Tu me l'attaches ?

Il se penche, mais il ne parvient pas à boucler le fermoir. Avec ma cheville si gonflée, le bracelet est trop petit d'un demi-centimètre.

—Ça ne va pas, dis-je en soulignant bêtement l'évidence.

—Ce n'est pas grave, répond-il en le déposant dans son écrin, qu'il range dans sa poche. Je te le garde.

Je hoche la tête pour la forme et me détourne, comme pour regarder la foule qui se masse sur Hollywood Boulevard devant le Chinese Theater.

Pourtant, en réalité, je lutte contre un nouvel accès de larmes. J'ai beau savoir que c'est ridicule, je ne peux m'empêcher de penser que mon incapacité à porter le bracelet de cheville est un très mauvais présage.

CHAPITRE DIX-HUIT

DEUX JEUNES HOMMES nous aident à sortir de la limousine. Vêtus de pantalons noirs et de vestes rouges, ils donnent l'illusion que nous sommes revenus à la belle époque d'Hollywood et que nous sommes accueillis par des ouvreurs de cinéma.

Immédiatement, les questions pleuvent. On m'interpelle au sujet de ma grossesse, de mon étourdissement à Dallas, de la fondation pour les enfants, du film et de tout ce qu'il peut y avoir de nouveau sous le soleil.

Les flashs crépitent, mais au lieu de me renfrogner, je me contente de sourire en agitant une main, l'autre dans celle de Damien. Tandis que nous remontons le tapis rouge, je me penche vers lui et murmure :

—Je suis contente que tu aies partagé ma limousine.

—Vraiment ? réplique-t-il. C'est amusant, je croyais que c'était toi qui avais partagé la mienne.

Puis, il m'attire à lui et m'embrasse sous les acclamations de la foule.

Quand nous nous séparons enfin, je ris aux éclats et ce petit nœud d'angoisse qui m'enserrait l'estomac depuis que Damien a rangé le bracelet de cheville dans sa poche commence à se dissoudre.

Le tapis rouge serpente légèrement. Il part de la rue en direction de la pagode du théâtre chinois d'origine où ont lieu les photos officielles et les rencontres filmées, puis il sinue jusqu'à la salle de bal où se tient la fête préliminaire.

Nous suivons le chemin tout tracé et nous arrêtons en apercevant Wyatt, installé devant l'affiche publicitaire estampillée du logo de la fondation Stark Children. Nous n'avons pas le temps de bavarder, mais je serre brièvement Wyatt dans mes bras après notre photo, lui promettant que nous le verrons à l'intérieur, puis nous continuons sur le tapis rouge. Tout est si clinquant, étincelant et festif que je me sens comme Dorothée qui traverse Munchkinland dans *Le Magicien d'Oz*.

J'aperçois Jamie droit devant. Elle a beau retenir un sourire, je vois bien qu'elle est aux anges.

—Et voici Damien et Nikki Stark, magnifiques comme toujours, dit-elle de sa voix journalistique la plus professionnelle.

Elle s'avance vers moi tout en parlant à la caméra :

—L'événement de ce soir est sponsorisé par la fondation Stark Children. Monsieur Stark, pouvez-vous nous dire en quoi consiste ce merveilleux organisme ?

—Bien sûr, répond Damien de bonne grâce avant de lui faire un résumé des activités de la fondation et de sa mission pour aider les enfants en danger ou victimes d'abus sexuels.

Jamie conclut avec fluidité et parvient à changer de sujet, passant sans accrocs de la mission de la fondation au créateur de ma robe, puis elle nous remercie tous les deux de lui avoir consacré un peu de temps.

—Surtout, restez avec nous, dit-elle à ses téléspectateurs avant de nous laisser filer. Il y a un grand événement qui se prépare dans la famille Stark et vous obtiendrez tous les détails lors de mon interview exclusive, plus tard dans la soirée.

Elle m'adresse un bref sourire et je parviens à lui répondre par un clin d'œil hors caméra avant de poursuivre en direction de la salle de réception, tandis que Jamie se tourne vers la lauréate d'un Academy Award, Francesca Muratti, qui arrive sur le tapis rouge derrière nous.

—C'est vraiment un événement formidable, dis-je à Damien.

—En effet.

—Tu joues les modestes ?

Il se met à rire.

—Je n'ai pas à être modeste. Ce n'est pas moi qui ai tout organisé. C'est pour ça que j'engage des gens exceptionnels.

Je souris. Je sais à quel point Damien est tatillon sur tout ce qui concerne Stark International. Mais la fondation Stark Children est un projet qui le passionne et il s'est personnellement impliqué dans cette soirée dès le début.

Lyle Tarpin nous salue depuis la porte, où il accueille individuellement les participants qui entrent dans la salle de bal pour la fête d'avant-projection. La plupart sont des célébrités, mais il y a également des civils qui ont acheté ou gagné les précieuses invitations. Il nous faut quelques instants pour le rejoindre, et j'ai le temps de voir deux jeunes filles se pâmer en admirant sa beauté du Midwest et ses yeux bleus perçants.

—Je ne me laverai plus jamais la main, dit la plus grande à son amie lorsqu'elles pénètrent en gloussant dans l'annexe.

Je réprime un sourire en arrivant près de lui.

—Regarde-toi, dis-je. Réduit au rôle de portier.

—C'était l'idée de Lyle, dit Damien.

À sa voix, je me rends compte qu'il est impressionné. À vrai dire, je le suis aussi. La majeure partie des parrains et marraines de ce genre d'événements se contentent de se mêler aux invités. La cause leur tient à cœur, évidemment, mais ils ne vont pas jusqu'à accueillir eux-mêmes les convives à la porte.

—Je veux que les gens sachent que je suis très impliqué, dit Lyle. Vous avez fait du bon boulot, Damien. Je suis fier de vous aider.

—Et nous sommes fiers de t'avoir, dit Damien alors qu'Evelyn nous rejoint, un verre dans chaque main.

Elle en tend un à Lyle, qui le pose sur une petite table à côté de lui pour garder les mains libres afin de saluer de nouveaux venus.

—C'est le côté subalterne de mon rôle d'agent, intervient-elle. Après l'avant-première de ce soir, ce sera une immense star. Je ne veux pas qu'il ait l'idée de m'échanger contre un modèle plus récent.

—Jamais, dit Lyle en serrant la main d'un acteur de premier plan dont le nom m'échappe.

Damien et moi continuons à l'intérieur de la salle de réception, où des bars et des buffets sont dressés, sur des thèmes divers et variés. L'emplacement des stands de nourriture et de boissons conduit en douceur les participants vers le groupe de jazz et les enchères silencieuses.

La salle principale est décorée de photographies prises à l'occasion des camps d'été et des activités extrascolaires de la fondation, ainsi que d'autres clichés représentant les enfants lors de leur arrivée dans le système, bien souvent après avoir été enlevés à leurs foyers pour être placés en institution d'accueil. Les enfants rieurs et souriants sur les photos des colonies contrastent fortement avec les visages lugubres aux yeux tristes des premiers temps, et je serre la main de Damien pour le féliciter de la vision qu'il a rêvé d'accomplir – avec succès !

—Monsieur Stark !

Une jeune femme enthousiaste traverse la salle d'un pas léger pour l'étreindre si fort qu'elle lui brise presque les côtes, avant de se remettre à sautiller.

—J'ai été acceptée ! Je vais m'inscrire au MIT !

—C'est merveilleux, Karen. Je n'en ai jamais douté.

Alors qu'il lui parle, je remarque une photo de la même fille sur le mur opposé. Sur l'affiche, elle est plus jeune qu'aujourd'-hui, mais plus âgée que les autres enfants présentés – elle doit avoir quatorze ou quinze ans. Dans l'ensemble, elle n'a pas vraiment changé – on ne distingue aucun signe ostensible de mauvais traitements –, mais ses yeux semblent morts sur la photo. Rien de commun avec la fille dynamique qui se tient devant nous et rayonne d'énergie et de promesses.

Elle enlace Damien une dernière fois avant de s'éloigner.

—Je lui ai rédigé une lettre de recommandation, explique Damien.

Je le regarde d'un air innocent.

—Ton personnel se charge décidément de tout.

Il me répond par un sourire narquois avant de me faire taire avec un baiser.

—Comme ils sont mignons, tous les deux.

Je jette un œil par-dessus l'épaule de Damien pour apercevoir Sylvia qui nous sourit, au bras de Jackson. Cass et Siobhan les suivent de près. Les cheveux roux de Siobhan crépitent presque sous les lumières.

—N'est-ce pas ? lui répond Damien avant de m'attirer à lui.

—Tu as assuré, dit Jackson à son demi-frère. C'est un événement somptueux.

Quand j'ai rencontré Damien, ni lui ni moi ne connaissions l'existence de Jackson, même si en les regardant tous les deux aujourd'hui, la ressemblance est évidente. Non pas dans certains traits spécifiques, mais dans la manière dont ils se tiennent. Tout en eux n'est que pouvoir, contrôle et assurance provocante.

Jackson a été évincé par leur père commun, un homme que je déteste. Jackson savait que Damien existait, mais leur père lui avait donné l'ordre de se tenir à distance.

Non seulement Jeremiah Stark a empêché Damien de rencontrer son frère, mais il avait aussi connaissance des affreux sévices dont Damien a souffert dans son enfance aux mains de son entraîneur. Il l'a laissé faire, car le succès sportif de Damien alimentait les ambitions financières de Jeremiah. Et maintenant que Damien a mieux réussi que personne ne l'avait imaginé, Jeremiah fait de constantes intrusions dans nos vies, intervenant régulièrement pour essayer d'extorquer quelques sous à son fils. Cela fait des mois que nous n'avons pas entendu parler de lui et j'en déduis que la rumeur selon laquelle il serait parti rendre visite à des amis en Australie est vraie.

—Nous allons voir quel genre de problèmes nous pouvons nous attirer en misant aux enchères silencieuses. J'espère qu'une croisière est en jeu, rêvasse Sylvia. Je ne suis jamais partie en croisière.

—*Elle* cherche les problèmes, corrige Cass dans leur dos. Moi, je veux savoir combien d'enchérisseurs se sont intéressés à moi pour l'instant.

Cass est la meilleure amie de Syl. Elle dirige un salon de tatouages et a fait don d'un lot à la cause que nous soutenons. D'après Syl, c'est la personne la plus économe du monde.

—Ne t'inquiète pas, ma chérie, lui dit sa petite amie Siobhan avec une lueur malicieuse dans le regard. Moi, je ferai une proposition s'il n'y en a pas.

Cass éclate de rire.

—Merci, mais j'espère bien ne pas faire totalement tapisserie.

J'imagine mal Cass faire tapisserie où que ce soit. Elle est grande, mate et exotique. Aujourd'hui, ses longs cheveux sont teints en noir avec une mèche bleue assortie à la plume de queue du magnifique oiseau tatoué sur son épaule.

—Eh bien, moi je vais enchérir, déclare Syl.

—Un autre tatouage ? lui demande Cass.

Syl secoue la tête avec malice.

—Je pense l'offrir en cadeau à quelqu'un, dit-elle en coulant vers Jackson un regard lourd de sous-entendus avant de lui tapoter la nuque.

—Nous verrons ça, dit-il sur un ton qui semble signifier « plutôt mourir ».

Je ris, puis je dis à Cass et Jackson :

—Merci à vous deux pour vos dons.

Jackson a donné un plan architectural de sa conception, ce

qui est plutôt généreux si l'on considère sa réputation dans le métier.

Les filles se dirigent vers les installations de la vente aux enchères, mais Damien prend Jackson à l'écart pour lui parler d'un centre de loisirs qu'il a l'intention de faire construire sur une propriété du comté de Ventura que la fondation souhaite acquérir.

Je m'attarde un moment et j'ai le plaisir de voir Dallas, Jane et Noah qui viennent me saluer. Je félicite à nouveau Jane pour le film – et pour sa splendide robe rouge – quand Damien revient. Il embrasse Jane sur la joue et serre la main de Dallas et Noah.

—J'apprécie le billet, dit Noah.

Noah Carter est le génie des technologies que Damien a tout fait pour recruter dans son équipe de Stark Applied Technology.

—Je suis prêt à tout pour vous faire basculer du côté obscur, lui dit Damien.

Dallas secoue la tête en feignant le regret.

—Je croyais que c'était mon ami, mais il me quitte pour les sirènes d'un poste plus *high-tech*.

—Que faisiez-vous au juste pour Dallas ? je demande à Noah.

Dallas Sykes est le patron directeur général d'une chaîne de grands magasins bien implantée. Avant son mariage avec Jane, il s'est acquis le surnom de Roi de la Baise, à cause de sa réputation de séducteur héritier qui courtisait les femmes, dépensait de l'argent et brûlait la chandelle par les deux bouts.

Pourtant, ce n'est pas le Dallas que j'ai appris à connaître et je suis curieuse de savoir ce qui se cache sous cette apparence impeccable.

—On fait aussi de la technologie dans le commerce de détail, répond évasivement Noah.

—Et il travaillera toujours pour moi en tant qu'indépendant quand j'aurai besoin de lui, ajoute Dallas d'un ton sans appel.

—Toujours, réplique Noah. Vous savez que je suis un homme de parole.

Dallas hoche la tête et j'essaie de ne pas montrer ma perplexité.

—Je sais que je ne devrais pas parler boulot, dit Damien à Noah, mais puis-je vous emprunter une seconde ?

—Et voilà, je l'ai déjà perdu, dit Dallas en riant tandis que Noah s'éloigne en compagnie de mon mari.

—Il n'est pas venu accompagné ? je demande à Jane. Je croyais lui avoir envoyé deux billets.

—Il a donné le second à la réceptionniste de son hôtel. Apparemment, c'est une immense admiratrice de Lyle Tarpin.

—C'est gentil de sa part. Mais pourquoi...

—Sa femme vient d'être officiellement déclarée morte, me répond Dallas d'une voix douce. Il y a trois mois environ.

—Oh, je l'ignorais.

—Elle... eh bien, elle a disparu il y a sept ans au Mexique. Il a gardé espoir, mais ça n'a pas été facile.

—J'imagine, dis-je, le cœur gros.

Je ne sais même pas comment je survivrais si je perdais Damien.

—C'est l'une des raisons pour lesquelles il est en pourparlers avec ton mari, dit Dallas. Je vais regretter de le perdre, mais je suis content qu'il vous rejoigne.

Tout en parlant, il passe un bras autour de la taille de Jane pour l'attirer à lui.

—Il est... eh bien, c'est un homme brisé en ce moment. Et c'est un bon ami. Si ce changement lui permet de guérir, alors j'en suis heureux.

Noah et Damien reviennent. Cette fois, en regardant Noah, je décèle la tristesse dans ses yeux. C'est un homme exceptionnellement beau avec une chevelure auburn chatoyante et le genre de carrure athlétique qui attire l'attention. Il est donc facile de ne pas remarquer le deuil dans ses yeux. Et pourtant, il est bien présent et je sens mon cœur se fendiller.

Les hommes s'éloignent tandis que Jane et moi poursuivons notre conversation. Nous parlons de son film, de la fête et des robes magnifiques que nous voyons ce soir.

—Tu n'as pas chaud ? je demande en prenant un programme pour m'éventer. J'étouffe. Tu veux m'accompagner au bar pour prendre un verre ?

Elle me regarde, puis baisse les yeux sur mes chevilles.

—Si tu penses à de l'eau quand tu parles de boire un verre, je veux bien. Mais je crois que nous devrions surtout te trouver une chaise. Tu as l'air un peu pâle.

Nous rejoignons le bar et prenons place autour d'une table de cocktail. Jane va se chercher un verre de vin et de l'eau pour moi, et pendant son absence, Steve et Anderson se laissent tomber sur les deux chaises qui me font face.

—Les garçons, je m'exclame joyeusement. Ça fait une éternité que je ne vous ai pas vus. Je vous serrerais bien dans mes bras, mais il est hors de question que je me relève tout de suite.

—Il paraît que les félicitations sont de mise, me dit Steve.

C'est un scénariste qui n'avait encore jamais produit de film avant qu'on l'engage pour travailler à la réécriture du *Prix de la rançon*. À présent, il figure au générique pour l'adaptation cinématographique du livre de Jane.

—C'est vrai. Encore quelques mois et moi aussi, je serai parent. Comment va Lily ?

—Très bien, dit Anderson en sortant son portefeuille et en l'ouvrant pour me montrer la photo de la fillette souriante aux boucles brunes qu'ils ont adoptée il y a presque deux ans.

—Nous commençons à penser qu'elle aurait besoin d'une sœur, dit Steve.

—Non, précise Anderson. Mais ma sœur et mon beau-frère rentrent tout juste de Chine avec leur fils, Matthew. Il est adorable. Je te montrerais bien une photo, mais la batterie de mon téléphone est à plat. En tout cas, Matthew est la raison pour laquelle Lily ne restera peut-être pas fille unique.

—Nous adopterions en Chine sans hésiter, dit Steve. Le programme là-bas favorise les enfants qui ont des besoins particuliers. Matt a un défaut cardiaque. Facile à corriger ici, mais s'il n'avait pas trouvé de foyer…

Il laisse sa phrase en suspens et fronce les sourcils en regardant Anderson.

—C'est un système ridicule.

Anderson lui tapote la main.

—Laisse tomber, mon chéri. Il y a beaucoup d'enfants qui ont besoin d'un foyer.

Il reporte son attention sur moi.

—Nous ne pouvons pas adopter en Chine, explique-t-il.

Il se penche en avant comme s'il avait un secret à me confier.

—Nous partageons un amour dont il faut taire le nom.

Steve lève les yeux au ciel.

—En d'autres termes, la Chine n'aime pas que Lily ait deux papas.

—Je suis vraiment désolée, dis-je. Mais Anderson a raison. Il y a beaucoup d'autres enfants qui ont besoin de vous.

Steve fait un geste pour changer de conversation.

—Nous ne voulions pas plomber l'ambiance ni parler politique. Surtout maintenant que tu t'apprêtes à pouponner. Pour quand est-ce prévu ?

—Je ne le sais pas exactement. Mon premier rendez-vous officiel est lundi, mais le médecin au Texas pense que j'en suis à dix semaines.

—Et tu espères un garçon ou une fille ?

—Peu importe. Mais je crois que c'est une fille.

—Personnellement, j'approuve cette idée, dit Anderson. Mais ne sois pas déçue si tu te trompes.

J'éclate de rire.

—Un Damien Stark miniature ? Comment pourrais-je être déçue ?

—Un mini-moi ? demande Damien en nous rejoignant. Salut, Steve. Anderson. Ça vous dérange si je vous emprunte Madame ? Jamie veut faire l'interview avant que Lyle et moi prenions la parole.

—Bien sûr, dis-je. Tenez-moi au courant, je lance aux garçons.

Je m'apprête à raconter à Damien la conversation que nous venons d'avoir quand il m'entraîne dans l'ombre. Je m'attends à un baiser volé avant d'aller voir Jamie, mais il dit :

—J'ai parlé à Bruce.

—Mon ancien patron ? L'ex-mari de Giselle ?

—Lui-même.

Je me renfrogne.

—Comment prend-il la présence de Giselle ?

Je ne l'ai pas encore vue ce soir, mais comme elle a fait don du Glencarrie, je suis sûre qu'elle est dans le coin.

—Et tu lui as parlé des textos et du courriel ? Que pense-t-il de son état d'esprit dernièrement ? Est-ce possible que ce soit elle qui les ait envoyés ? Même si elle a beaucoup d'argent maintenant ? Elle est forcément toujours fâchée contre toi et jalouse de moi.

Mes mots se bousculent, mais je ne serai pas triste d'apprendre que c'est Giselle qui me harcèle. Au contraire, je serai soulagée d'obtenir des réponses.

—Je lui en ai parlé, me dit Damien. Étant donné ce qu'il a subi la dernière fois avec toi, j'ai pensé que ça ne te dérangerait pas.

Damien a raison. Quand je travaillais pour Bruce, les paparazzis avaient saccagé son bureau pour m'atteindre, parce que son abruti d'employé, Tanner Gates, avait jugé bon d'échanger des informations sur l'endroit où je me trouvais contre quelques billets – et, au passage, l'occasion de me punir de mieux travailler que lui. Plus tard, Bruce a appris que sa femme

Giselle, dont il était séparé, avait fait la même chose en nous vendant à la presse, Damien et moi, pour de l'argent.

Alors, non. Ça ne me dérange pas que Bruce soit au courant pour mon harcèlement.

—Et donc ? j'insiste.

—Il pense que ce n'est pas Giselle. Il m'a confirmé ce que je supposais, en réalité. Elle est heureuse en ménage maintenant, et son compte en banque le prouve, alors elle n'est plus jalouse que tu aies touché le gros lot en m'épousant.

Je vois une lueur amusée dans ses yeux.

—Pourquoi ris-tu ? J'ai vraiment touché le gros lot.

Je m'approche de lui et l'embrasse tendrement, ma paume sur sa poitrine.

—Sauf que je ne parle pas de ton argent.

Il dépose un baiser au bout de mon nez.

—Bruce a une théorie intéressante, tu sais.

Je recule, intriguée par son sérieux.

—Quoi ? Au sujet des messages, tu veux dire ?

—Apparemment, Tanner était en lice pour le projet Greystone-Branch. En tout cas, la société pour laquelle il travaille maintenant a soumis une proposition.

Je tressaille sous le choc de cette révélation. Chaque message m'a donné l'impression de provenir d'un concurrent mécontent.

—J'ai l'intention d'avoir une petite conversation avec ce garçon, dit-il.

Mais je lui prends le bras en secouant la tête.

—Ne fais rien d'inconsidéré, dis-je. Ce n'est pas le seul suspect possible. S'il te plaît, j'ajoute en voyant qu'il me regarde d'un air dubitatif. Promets-moi que tu ne perdras pas ton sang-froid.

Il hoche la tête, d'un mouvement bref, mais ferme, et je suis sur le point de le prendre à nouveau dans mes bras quand Jamie accourt vers nous.

—Ohé ! Vous vous êtes perdus ? Venez. Nous allons nous

installer dehors pour avoir le cinéma en arrière-plan. Comme ça, nous pourrons prendre quelques plans de la foule. Ça te convient ? demande-t-elle en me regardant. Ton maquillage est en train de couler.

—J'ai chaud, je réponds. La faute aux hormones.

—Ma productrice a de la poudre. Nous te préparerons pour la caméra.

Damien me jette un œil inquiet, mais il ne dit rien et nous la suivons à l'extérieur. Quelqu'un appelle Damien, puis moi. Les voix s'élèvent pour former un brouhaha indistinct et un son aigu et lancinant me torpille le crâne tandis que la productrice s'avance pour me poudrer le visage.

Au même moment, une voix se détache du vacarme. Une intonation familière qui appelle :

—Nichole Louise !

Ma mère ?

Je fais volte-face, le cœur battant, mais avec les flashs des appareils photo, je ne distingue pas les visages.

Je me retourne et tends la main pour attraper le poignet de Damien.

—Tu as entendu ? je demande.

—Quoi ?

—Je...

Je m'interromps et le monde se met à vaciller sous mes pieds.

—Désolée, j'ai eu un vertige.

—Nous devrions te trouver quelque chose à manger. Tiens-toi à moi.

—Nous pouvons attendre quelques minutes, dit Jamie. Ça va. Nous ferons... *Nikki.*

Je lève les yeux vers elle, ébranlée par de violentes crampes abdominales.

—Oh, Seigneur, Nikki. Ta robe.

Je baisse les yeux et constate que ma robe blanche est maculée de sang.

—Filmez ! s'écrie la productrice.

—Putain, je vous l'interdis, réplique Jamie.

Alors qu'elle repousse violemment l'objectif, Damien me soulève dans ses bras et s'élance vers la porte du cinéma tout en criant au portier d'appeler une ambulance.

Pendant tout ce temps, j'ai l'impression de n'être capable de rien d'autre que de pleurer.

CHAPITRE DIX-NEUF

Une fausse couche.

Les mots du Dr Tyler résonnent dans ma tête et j'ai beau m'efforcer de les chasser, je n'y parviens pas : *« Je suis vraiment désolé, madame Stark. Vous avez fait une fausse couche. »*

Une fausse couche.

On m'a administré quelque chose. J'ai la tête en coton et le corps lesté de plomb. Mon bras est froid à l'endroit où le liquide du cathéter s'écoule et la main que serre Damien est engourdie.

—C'est vrai ? je murmure. Nous avons vraiment perdu le bébé ?

Il ferme les yeux et son visage exprime une douleur aussi tranchante qu'un éclat de verre.

—C'est vrai, dit-il, tandis que les larmes ruissellent le long de mes joues. Ma chérie, je suis tellement désolé.

Il s'avance vers moi, mais il y a une rambarde au bord du lit, des tubes et toutes sortes de dispositifs. Au bout d'un moment, il se rassoit sur la chaise et son soupir vient se mêler au bourdonnement et au grondement des machines.

—Pourquoi je ne me souviens pas de m'être couchée ? Je

me rappelle l'ambulance, mais rien après notre arrivée à l'hôpital.

Les derniers moments qui me reviennent distinctement, c'est quand Jamie m'a montré le sang sur ma robe et quand Damien a appelé l'ambulance. Je sais que je ne me suis pas évanouie – je me souviens des auxiliaires médicaux, des hurlements de la sirène, de la voix de Damien qui appelle le numéro d'urgence de l'obstétricien que j'étais censée rencontrer lundi prochain. Mais tous mes souvenirs sont filtrés par le brouillard grisâtre des médicaments. Et même si je me rappelle l'arrivée aux urgences, rien n'est clair après la pose du cathéter.

—Damien ? j'insiste. Que m'ont-ils fait ?

Il presse les doigts de sa main libre contre sa tempe. Quand il prend la parole, les mots viennent avec lenteur et je sais qu'il s'efforce de garder toute sa maîtrise de soi.

—Dr Tyler est arrivé juste après nous. Il s'est occupé de toi, ma chérie, mais il a dû… il a dû s'assurer que tout allait bien et on t'a endormie pour la procédure.

—Oh.

J'avale ma salive.

—Alors il y a autre chose, n'est-ce pas ?

—Non, ma belle.

Il se lève et me lâche, le temps de manipuler la rampe au bord du lit pour trouver un moyen de la baisser. Comme elle refuse de coopérer, il pousse un juron et s'assoit plus loin, à côté de ma jambe, une main sur ma cuisse.

—Les fausses couches sont très courantes, Damien, surtout au premier trimestre.

Je n'ai aucune connaissance personnelle sur le sujet, mais je me suis assez renseignée et je sais ce que je dis.

—On n'est pas hospitalisée pour une fausse couche.

—Si, quand on donne autant d'argent que je le fais pour cet hôpital.

Sa main se resserre autour de ma cuisse.

—Il n'y a rien d'autre qui cloche.

Il s'est exprimé sur un ton professionnel, comme s'il espérait s'en convaincre lui-même et influencer le destin.

Bien que Damien soit très puissant, je ne pense malheureusement pas que son contrôle s'étende aussi loin.

La porte s'ouvre et le Dr Tyler fait son entrée. C'est l'obstétricien que le Dr Cray au Texas a contacté pour nous. Je ne l'avais pas encore rencontré avant aujourd'hui et mes souvenirs de ces dernières heures sont plutôt flous. Mais il a des mains chaleureuses, une attitude affable et son sourire est plein de réconfort.

—Quel est mon problème ? je demande alors qu'il me palpe l'abdomen.

—Nikki...

J'entends la censure dans la voix de Damien, mais je sais que j'ai raison et ma peur est confirmée quand le Dr Tyler hoche lentement la tête.

—Je suis désolé, dit-il en se tournant vers Damien. Je crains que votre femme ait raison. Vous avez un utérus bicorne, m'explique-t-il alors. C'est une forme d'anomalie müllérienne.

À ce stade, la seule chose que je comprends, c'est que je suis cassée. Il ajoute enfin :

—... bien sûr, le pronostic n'est pas entièrement négatif.

Je tends à nouveau l'oreille.

—Pardon, quoi ?

—Je sais que cela fait beaucoup d'informations à intégrer, dit-il d'une voix douce. Mais même si la plupart des femmes dans ce cas font plus de fausses couches que la moyenne, il est toujours possible de mener une grossesse à terme. Et si vous passez le cap du premier trimestre, le risque de fausse couche décroît significativement.

—Vous dites que si je tombe à nouveau enceinte, il y a de forts risques que je perde le bébé avant le troisième mois. Encore, et encore, et encore.

Ma voix se brise et je vois le chagrin creuser le visage de Damien.

—Je n'ai pas du tout l'impression que le pronostic soit bon, je murmure.

Il penche la tête pour approuver mes paroles.

—Je le sais, madame Stark. Je suis sincèrement désolé. Vous pouvez…

Mais je n'ai plus envie de l'écouter. Alors je roule sur le côté, ferme les yeux et laisse le poids de ma propre tristesse m'entraîner dans les profondeurs du sommeil.

Je dors à l'hôpital jusqu'au samedi matin, puis je somnole dans les bras de Damien à la maison avec notre chatte, Sunshine, pelotonnée à côté de moi. Ses ronronnements sourds remplissent mon esprit, m'évitant de rêver.

Pendant toute la journée, je flotte entre deux eaux et ne me lève que pour aller dans la salle de bains. Debout devant le lavabo, je regarde mes yeux qui me paraissent enfoncés. Ma peau est fine comme du papier. Le rasoir de Damien est posé dans une tasse sur le rebord et je songe à quel point il serait facile de tourner le manche pour ouvrir le compartiment dans lequel la lame est logée. De détacher la lame et de passer délicatement son tranchant affûté sur ma peau. Rien qu'une légère entaille. Juste assez pour faire perler quelques gouttes de sang.

Juste assez pour savoir que je suis vivante.

Mais je ne le fais pas.

Parce que cela me semble demander trop d'efforts. Je traverse la pièce sombre comme une somnambule et retourne me coucher.

Nous fermons rarement les rideaux opaques, préférant laisser ouverte la porte du balcon surplombant l'océan, mais aujourd'hui ils sont tirés, conférant une telle obscurité à la chambre que je vois à peine ma main.

Aujourd'hui ?

Peut-être est-ce le soir. Je n'en sais rien. Tout ce que je sais, c'est que j'ai encore envie de sombrer. Je veux les bras de Damien autour de moi et je veux partir à la dérive, me laisser couler dans un endroit où la douleur et le deuil ne peuvent pas m'atteindre.

Je me glisse à nouveau dans le lit et colle mon corps au sien. Il passe son bras autour de ma taille et je l'entends murmurer mon prénom. Je ne réponds pas et dès que je ferme les yeux, le sommeil me gagne à nouveau.

J'ignore pendant combien de temps j'ai dormi, mais je me réveille en distinguant un mouvement dans la maison. Un instant plus tard, quelqu'un frappe légèrement à la porte et, à côté de moi, Damien bouge et lève la tête.

—Entrez.

On entrouvre lentement la porte, projetant un triangle de lumière à travers la chambre. Gregory, le valet de longue date de Damien et intendant de la maison, fait son apparition.

—Je suis vraiment désolé de vous déranger, dit-il à voix basse, mais la mère de madame Stark est ici.

Je me redresse, remontant le drap jusqu'à mon cou comme un bouclier tandis que Damien me serre contre lui.

—Non, dis-je. Je... je suis désolée. Pouvez-vous lui dire que je ne suis pas disponible ?

Il hoche gravement la tête.

—Bien sûr.

Il s'en va et la chambre est à nouveau plongée dans l'obscurité.

—Nous ne sommes pas obligés de la voir, dit Damien en me caressant l'épaule. Mais nous devrions nous lever, ma chérie.

—Je sais, mais je ne peux pas.

Je ferme les yeux pour me protéger contre la noirceur de la chambre et je retourne aux ténèbres qui m'habitent.

—Pas encore.

Il ne dit rien, mais un instant plus tard, je sens ses lèvres effleurer ma tempe tandis que son bras glisse sur ma taille pour m'attirer à lui. Je m'abandonne dans la sécurité de son étreinte, me cachant de la réalité encore un peu plus longtemps.

CHAPITRE VINGT

Une journée s'écoule. Puis une autre, et une autre.

Je dors, dors et dors encore. Chaque fois que je me réveille, Damien est là. Il me serre. Il me surveille.

Je flotte à la frontière des rêves et trouve du réconfort dans sa présence. Dans le drap frais contre ma peau chaude. Dans les ténèbres qui imprègnent la chambre, ne révélant rien du monde extérieur, dissimulant jusqu'au temps lui-même dans une nuit artificielle permanente.

Enfin, mon cocon rassurant disparaît et j'ouvre les yeux pour découvrir une chambre baignée de lumière. La brise de l'océan souffle à travers la porte ouverte du balcon. Le soleil s'étire au pied de mon lit. Mais Damien n'est nulle part.

J'ignore quelle heure il est – ni quel jour, d'ailleurs. Mes yeux souffrent avant de s'accoutumer à la lumière et ma tête bourdonne pour protester contre le retour d'une conscience qui n'est pas la bienvenue.

Et pourtant, j'ai beau souhaiter rester cachée, je sais qu'il est temps de retrouver la réalité. De m'asseoir. De poser mes pieds par terre. Et, enfin, de sortir de cette chambre.

Je peux le faire, je me convaincs en me redressant. Assise au bord du lit, je pose une main sur mon ventre avant d'étouffer un sanglot. Il n'y a plus aucun enfant qui s'y développe lente-ment. C'est d'autant plus atroce et triste qu'il n'y en aura proba-blement jamais d'autres. Je ne porterai jamais les enfants de Damien. La vie que j'ai entrevue, ouverte devant moi, vient de m'être brutalement interdite.

Mais il est temps de quitter ce lit. Je ne suis pas obligée d'abandonner toute tristesse, mais je dois commencer à retourner dans le monde.

Quand je me lève, j'ai l'impression d'être rouillée après toutes ces heures passées à dormir. J'entre dans la salle de bains, vêtue du jogging ample et du débardeur que Damien a dû me mettre. Je fais gicler de l'eau sur mon visage pour essayer de me sentir vivante. Quand je ressors, je remarque mon téléphone posé sur la table près de la porte de la chambre.

Je m'arrête dans l'encadrement et je parcours mes messages – des condoléances de la part d'à peu près toutes les personnes que je connais, par textos ou messages vocaux. Je sais que je devrais répondre, et je le ferai. Bientôt.

Mais pas tout de suite.

Mon ventre se met à gronder et j'essaie de me souvenir de la dernière fois que j'ai mangé. Je me souviens vaguement d'une soupe que Damien m'a apportée, mais je ne sais pas à quand cela remonte.

Je repose mon téléphone sur la table, puis je sors de la chambre pour me rendre dans la cuisine en me disant que si j'ai de l'appétit, ça doit être le signe que je suis en train de guérir.

Je m'attends à apercevoir Damien dans le salon du deuxième étage, mais il est désert. Non, pas vraiment. Chaque surface plane est recouverte de fleurs, de plantes et de boîtes intactes. Je cligne des paupières pour retenir mes larmes, car le motif de ces cadeaux me brise le cœur. Néanmoins, je jette un œil aux cartes en passant. Des marguerites en pot de la part de Jamie et Ryan. Une belle plante grimpante de Sylvia et Jackson. Un bouquet de fleurs des champs de la part d'Evelyn. Sur le bar qui sépare le salon de la cuisine du deuxième étage se trouve un petit bonsaï.

Il est accompagné par une enveloppe encore fermée et je glisse mon doigt sous le rabat pour en sortir l'épaisse carte de vœux. Elle vient du père de Damien, Jeremiah, et ne comporte que trois mots : *Je suis désolé*. J'ignore s'il parle de la fausse couche ou des ennuis qu'il a causés à Damien et à notre couple. Quoi qu'il en soit, je suis touchée par son attention.

J'entre dans la cuisine. Au même moment, j'entends la voix de Damien qui monte depuis la mezzanine en contrebas. Il est au téléphone comme n'importe quel autre jour. Pourtant, il est évident que c'est *bien* un autre jour. C'est moi qui suis restée bloquée, qui ai souhaité tirer les rideaux et me rendormir pour fuir tout cela.

Du café, je pense. Brusquement, je me rends compte que j'ai le droit d'en boire. Des litres et des litres si ça me chante.

Il y a une cafetière déjà prête et je me sers une tasse avant de boire une longue gorgée amère.

Je repose la tasse et ouvre le tiroir sous la cafetière. Il est rempli de couteaux de cuisine aux manches dépareillés, pas assez jolis pour le porte-couteaux qui trône sur l'îlot central. Je reste debout et contemple les lames. J'ai beau savoir que je ne dois pas y penser – et certainement pas en avoir envie –, je sais qu'elles sont capables de m'aider.

—Tu es debout.

La voix de Damien est douce dans mon dos et je ferme vivement le tiroir avant de me retourner pour le regarder, convaincue qu'il remarque mon air coupable. Il s'avance en me dévisageant, mais il ne me pose aucune question. Au lieu de ça, il m'attire dans ses bras et je me raccroche à lui. Nous demeurons ainsi en silence pendant une éternité.

—Quel jour sommes-nous ? je finis par demander.

—Mercredi, répond-il. Fin d'après-midi.

Il me faut un moment pour enregistrer ses paroles. Cela signifie que plus de quatre jours se sont écoulés depuis la fausse couche. Quatre jours pendant lesquels je me suis complètement déconnectée du monde.

—Ce n'est rien, dit-il en effleurant mon crâne du bout des lèvres. Tu en avais besoin.

—Tu travaillais, dis-je.

Même si je n'en avais pas l'intention, j'ai l'impression que mes mots l'accusent.

Il hoche la tête.

—Aujourd'hui, oui. Et un peu hier. Je devais régler certaines choses.

Il me prend la main.

—Maintenant, je vais m'occuper de toi.

Il me conduit à table et me demande de m'asseoir. Je m'exécute et le regarde s'affairer en cuisine. Il ne me demande pas ce que je veux et j'en suis contente, car je ne pense pas être en mesure de faire un choix. Quand, quelques minutes plus tard, il pose devant moi une assiette garnie de pain grillé beurré avec une omelette au fromage, j'estime que c'est le repas le plus parfait au monde.

Il s'installe avec moi et me regarde manger en silence.

—Tu te sens mieux ? demande-t-il une fois que j'ai nettoyé l'assiette.

Je suis étonnée de constater qu'en effet, je me sens mieux. Je suis plus forte, en tout cas, et c'est un pas dans la bonne direction.

—Bien, dit-il quand je lui en fais part.

Il se lève et me tend la main.

—Marche un peu avec moi.

Nous nous promenons en silence sur la plage pendant ce qui me paraît durer très longtemps. Lorsque nous revenons à la maison, le soleil est sur le point de se coucher et l'océan se pare de tons orange et mordorés.

—C'est beau, dit Damien.

Nous sommes assis sur la terrasse de la piscine, sur une

chaise longue surdimensionnée, et nous regardons la nuit tomber sur le monde.

Ses mots forment une boule dure dans mes entrailles.

—J'ai l'impression que rien ne devrait jamais plus être beau, je murmure.

—Non, répond-il en déposant un baiser sur mon front. J'aime ça. Ça signifie qu'il y a de l'espoir.

Je cligne des yeux et sens de grosses larmes dévaler mes joues.

—Vraiment ? Ce n'est pas l'impression que j'ai.

—Ma chérie.

Il m'attire contre lui. Sa voix me semble aussi lointaine que mes pensées.

—J'ai l'impression d'être brisée, j'avoue. Le bébé a disparu. Tout comme mes chances d'en avoir un autre un jour.

—Non, ma chérie. Non.

Mais je secoue la tête. Je n'ai pas envie de l'écouter.

—Je devrais me sentir soulagée, dis-je d'une voix sèche, les yeux rivés sur le plancher de la terrasse. Je ne suis pas faite pour être mère.

—N'importe quoi. Tu parles comme ta mère.

—Non. C'est mon avis.

Je regarde son visage, plongé dans l'ombre grise du crépuscule.

—Sais-tu combien de fois j'ai pensé à me taillader les poignets aujourd'hui ? Tous ces couteaux dans la cuisine ? Ton rasoir dans la salle de bains ? Les *cutters* dans le garage ? Le canif que tu ranges dans le tiroir supérieur de ta commode ? J'ai l'impression qu'ils m'appellent. Ce n'est pas digne d'un parent, je poursuis.

—*Non.* Bon sang, Nikki…

—J'ai envie de me couper, Damien. J'ai envie de trancher la douleur dans le vif. Je ne le fais pas, car je sais qu'il ne faut pas et que tu es là avec moi. Mais j'en ai envie. J'en ai terriblement envie.

D'un geste vif, il m'attire contre lui et je me blottis en pleurant dans ses bras. Les larmes me brûlent les joues et j'ai l'impression qu'un million de couteaux me tailladent de l'intérieur.

Tandis que les sanglots ébranlent mon corps, il me serre contre lui tout en me berçant doucement. Pendant tout ce temps, je me demande si je cesserai un jour de souffrir.

J'ignore combien de temps nous restons là, mais j'ai dû m'endormir, car il m'emmène jusqu'à la chambre pour me border dans le lit.

—Dors, murmure-t-il.

Quand il se penche pour m'embrasser, j'entends mon téléphone sonner pour annoncer l'arrivée d'un message. Je tends la main par automatisme, avec négligence, mais il secoue la tête.

—Ne t'inquiète pas pour ça. Je m'en occupe. Toi, contente-toi de dormir.

Je ne sais pas si je réussirai à dormir davantage, mais j'y parviens – du moins, jusqu'à être brutalement réveillée par quelqu'un qui me secoue violemment l'épaule.

—Nikki !

C'est la voix de Jamie et je la regarde en plissant les yeux.

—Je suis vraiment désolée, Nikki, mais tu dois te réveiller. Il faut qu'on parte.

—Quoi ?

Ma voix est rauque, je suis troublée.

—Nous devons partir, répète-t-elle. Damien a été arrêté.

CHAPITRE VINGT-ET-UN

Je suis dans la penderie, en train d'enfiler fébrilement un jean et un t-shirt, quand Jamie entre précipitamment.

—C'est bon, dit-elle. Charles vient d'appeler. Ils sont en chemin.

Je m'effondre sur le tapis.

—Dieu soit loué. Qu'est-ce qui s'est passé ?

Elle secoue la tête.

—Je ne sais pas. Charles a appelé ici pour te joindre, mais personne n'a décroché. Alors il m'a appelée. En fait, il a d'abord téléphoné à Jackson, mais Stella lui a dit qu'ils n'étaient pas là. C'est pour ça qu'il m'a contactée. Il m'a dit que je devais t'emmener à Beverly Hills parce que Damien avait été arrêté.

Elle hausse les épaules.

—Et maintenant, je suppose qu'il ne l'est plus. À moins que Charles ait versé une caution ou je ne sais quoi.

Elle tend la main pour m'aider à me relever et je la prends, me hissant sur mes pieds. Puis, je lui jette mes bras au cou et la serre contre moi.

—Merci, je murmure. Je suis désolée de ne pas t'avoir rappelée. Je n'ai encore appelé personne.

Elle se détache de moi.

—Ne sois pas bête, dit-elle avec la franchise qui la caracté-rise. Nous t'aimons. Nous voulons juste que tu ailles mieux.

Elle fait la grimace.

—Et accessoirement, que Damien ne termine pas dans une prison de haute sécurité.

Je frémis, mais garde le sourire. Je la suis hors de la penderie et nous rejoignons la partie principale de la maison.

—Il était ici avec moi hier soir. Comment a-t-il pu se faire arrêter ?

Tout en parlant, je remarque une différence dans mon état général. Je suis moins engourdie, plus concentrée. Pendant un instant aussi bref que ridicule, je me demande même si Damien n'est pas sorti hier soir pour me forcer à me secouer.

—Tu veux que je me renseigne en ligne ? Voir s'il n'y aurait pas des rumeurs ?

Je secoue la tête.

—Non. Peut-être. Je ne sais pas.

L'idée même de voir des histoires glauques étalées sur tous les réseaux sociaux me déprime. Sans compter le fait que la plupart du temps, ce qu'on y raconte est très inexact.

—Et si nous posions directement la question à la police ? Ta chaîne a des journalistes spécialisés dans les actualités poli-cières, n'est-ce pas ? Ils ne pourraient pas passer un coup de fil pour toi ?

Elle pince les lèvres si fort qu'elles disparaissent.

—Jamie ?

—Disons que je n'y travaille plus.

Je la regarde, bouche bée.

—Quoi ? Depuis quand ?

Mais alors que je pose la question, la réponse me vient – depuis qu'elle a repoussé la caméra pour l'éloigner de moi et empêcher sa chaîne de couvrir mon histoire.

—Oh, James. Je suis vraiment désolée.

—Ce n'est pas ta faute, répond-elle avec assurance. Ce sont

des enfoirés. Comment peut-on vouloir se faire du fric sur le malheur des autres ?

—Mais... eh bien, qu'est-ce que tu vas faire maintenant ?

—Je suis une femme de loisirs, dit-elle. Heureusement, ton mari paie le mien très généreusement.

Elle tend la main devant ses yeux pour examiner ses ongles.

—Je songe à mener une carrière en tant que dilettante qui passe ses journées dehors.

Le ton qu'elle emploie est léger, mais je la connais trop bien.

—Tu trouveras autre chose, dis-je avec tendresse.

Évidemment, cela signifie *merci*.

—En tout cas, qu'on se le dise, personne n'emmerde mes amis.

Je m'apprête à l'envelopper dans une étreinte chaleureuse quand j'entends retentir le signal sonore de la porte d'entrée. Jamie et moi échangeons un regard avant de nous précipiter dans cette direction.

Quelques instants plus tard, je suis dans les escaliers et je vois entrer Damien, suivi de Ryan, Charles et Evelyn. Je dévale le reste des marches et me rue dans les bras de Damien.

—Mais que s'est-il passé ? Où étais-tu ?

—Tanner Gates, déclare Evelyn en s'avançant dans le salon. Le sale petit morveux.

Je me retourne pour regarder Damien.

—Oh, bon sang ! Tu m'as promis que tu ne commettrais pas d'imprudences.

À ce moment, Damien sort mon téléphone de la poche arrière de son jean et me le remet.

Je me rappelle vaguement avoir reçu un texto hier soir, et je trépigne anxieusement en ouvrant l'application.

Tu fais moins la maline maintenant que tu as tout perdu ?

J'essaie de prendre une inspiration, mais je me rends compte que j'ai plaqué ma main libre sur ma bouche et mon nez, par automatisme.

—Alors c'était vraiment Tanner, dis-je avant de froncer les sourcils, dubitative. Mais s'il envoyait ces messages, pourquoi Damien a-t-il été arrêté ?

La bouche de Damien frémit et il sourit d'un air désabusé.

—Il se peut que je lui aie cassé le nez.

Jamie récupère doucement le téléphone dans ma main, lit le message et pousse un juron.

—Bon, dit-elle en rejoignant Ryan. Que s'est-il passé exactement ?

—J'ai lu le texto hier soir, commence Damien. J'étais persuadé que c'était Tanner qui envoyait ces foutus messages. Il a accès à ton numéro de mobile. Les messages ont commencé après ton entretien avec Greystone-Branch, puis se sont accentués une fois que tu as décroché le contrat à sa place. Il sait très bien que le travail doit se faire dans des délais serrés et avec...

Sa voix se brise.

—Et avec ce qui s'est passé, je suis convaincu qu'il pense que tu vas te retirer.

Je secoue la tête.

—Et le courriel avec la photo de Sofia et toi ? Comment aurait-il pu l'obtenir ?

—Elle était sur tous les médias sociaux, dit Jamie. Honnêtement, je suis étonnée que tu ne l'aies pas vue avant.

Je fais la grimace.

—Tu trouves que je passe beaucoup de temps sur les réseaux sociaux ?

—C'est pour ça qu'il te l'a envoyée, reprend Damien. Pour être sûr que tu la voies. Pour remuer le couteau dans la plaie une fois de plus.

Il se frotte les tempes.

—Pour moi, tout concordait.

—Continue.

—Je suis allé chez lui, dit simplement Damien. Et nous avons eu une petite conversation.

—Tu l'as frappé au visage ?

—En fait, je l'ai poussé contre le chambranle de la porte, dit Damien. Mais le résultat est le même. Et cet enfoiré a appelé les flics.

—Seigneur, Damien, tu...

Je ne sais pas quoi lui dire. Qu'il ne peut pas se permettre de telles folies ? Que je ne pourrai pas survivre s'il est jeté en prison parce que les juges veulent l'utiliser pour montrer l'exemple ?

Sauf que...

—Attends, dis-je, toujours perplexe. Tu as été arrêté pour l'avoir frappé, mais ils feront preuve de clémence compte tenu du fait qu'il me harcelait. N'est-ce pas ?

—Non, il n'y avait aucune preuve, s'exclame alors Charles. Damien s'est rendu là-bas sur une simple supposition. J'étais prêt à payer la caution pour le faire sortir quand Tanner a annoncé qu'il ne porterait pas plainte.

Il jette un œil vers Ryan et nous dit :

—Vous devriez le remercier et lui demander pourquoi.

—Pourquoi ? demandons-nous en chœur, Jamie et moi.

—Par chance, notre Tanner n'est pas un garçon très intelligent, répond Ryan. Pendant que Damien était aux mains des policiers, j'ai dit à ce merdeux que j'avais retracé les messages jusqu'au téléphone à carte qu'il avait acheté, à l'aide d'une triangulation par satellite que j'aurais ensuite recoupée avec le numéro de série du téléphone indiqué sur le relevé de transaction de sa carte de crédit.

Jamie le regarde, bouche bée.

—Tu peux faire ça ?

—Bien sûr que non. Mais tu n'es pas la seule à savoir jouer la comédie dans cette famille.

Il sourit.

—Ensuite, je lui ai dit que s'il ne faisait pas profil bas, nous révélerions publiquement son acharnement et utiliserions chaque centime à la disposition de Damien pour faire en sorte qu'il ne décroche plus jamais aucun boulot, à part dans un restaurant-grill sur une aire d'autoroute.

Jamie applaudit.

—J'adore.

—Je l'ai mis dans un tel état qu'il a sorti le téléphone de sa cachette pour me le donner. Ensuite, il a abandonné les poursuites.

—Tanner ne nous posera plus aucun problème, dit Damien. Et j'envisage sérieusement d'augmenter Ryan.

—Oh, génial, s'exclame Jamie.

—Voilà le problème, reprend Ryan. Il jure qu'il n'a pas envoyé le courriel avec la photo de Sofia. Et ce que j'ai vu sur son téléphone jetable le confirme. Il m'a aussi donné accès à son ordinateur et à son téléphone habituel, mais il n'y a aucune trace du message ni de la photo.

—Étant donné les circonstances, je ne pense pas qu'il nous mentirait, dit Charles.

—Alors ça signifie…, dis-je sans terminer ma phrase, tournée vers Damien.

Il soupire.

—Ça signifie que nous ignorons toujours qui t'a envoyé cette photo.

Evelyn agite la main d'un air évasif.

—Celle-ci t'a été envoyée par courriel. Ça pourrait être n'importe quelle personne mal intentionnée, sans aucune raison valable, qui aurait suivi vos histoires dans les actualités.

—Ou une folle persuadée sans jamais l'avoir rencontré que Damien aurait dû l'épouser, ajoute Jamie.

—Ou Giselle, dis-je.

Quoi qu'en disent Bruce et Damien, je n'accorde aucune confiance à cette femme.

—Peut-être, reprend Jamie. Mais ne t'inquiète pas pour ça. Il n'y a eu qu'un seul courriel. Laisse tomber, en tout cas pour l'instant.

Je suis obligée d'approuver ce sage conseil, mais Damien se renfrogne.

—Plus facile à dire qu'à faire.

Il passe un bras autour de moi et m'embrasse sur la joue.

—Prenez un café, un petit déjeuner ou ce que vous voulez, moi, je vais me coucher.

—D'accord, dis-je.

Tandis que je le regarde remonter les escaliers, un nœud d'angoisse glacial se forme au creux de mon ventre. Je suis tellement absorbée dans mes pensées que je sursaute quand Evelyn arrive derrière moi et pose une main sur mon épaule.

—Ça va aller, Texas, dit-elle lorsque je me retourne. En fin de compte, tout ira bien.

Je m'attarde toujours sur ces paroles dix minutes plus tard, une fois que j'ai raccompagné tout le monde dehors. Heureusement, ils ont tous décliné la proposition de boire un café, sans doute conscients que j'avais juste envie de rejoindre Damien au lit. Mais quand je retourne dans la chambre, je ne l'aperçois nulle part. Je croise les bras autour de ma taille, persuadée que je le trouverai au premier étage, dans la chambre d'enfants – un endroit que j'ai évité depuis la fausse couche.

Je me force à descendre les escaliers secondaires qui partent de la cuisine, mais il n'est pas là non plus.

Pendant un moment, je suis déboussolée, puis je me rends compte que je sais exactement où il est. Je descends les marches jusqu'au rez-de-chaussée et traverse en trombe l'immense cuisine de classe professionnelle en direction de la vaste salle de sport qui occupe la majeure partie de l'étage.

Comme je l'ai prévu, Damien est ici et s'acharne sur un sac de sable. Pieds nus, il a retiré son t-shirt et ne porte qu'un jean. Les muscles de son dos se crispent à chaque coup de poing, et toute son attention est focalisée sur ses assauts contre le sac en cuir.

Il ne porte pas de gants et il n'a pas bandé ses mains. Il a beau frapper avec force et rapidité, je peux voir les jointures de ses doigts virer au rouge. Quand son poing vient à nouveau s'écraser contre le sac, j'émets un petit grognement et il se tourne vers moi. Il a les yeux écarquillés et je ne suis même pas certaine qu'il se rende compte de ma présence. Il se laisse tomber à genoux sur le tapis de sol et murmure mon prénom.

Je m'empresse de m'agenouiller à côté de lui.

—Je suis désolée, dis-je. Je suis vraiment désolée.

Il fronce les sourcils.

—Pourquoi ?

—Je me suis montrée tellement égoïste.

Une larme roule sur ma joue.

—J'étais perdue dans ma propre douleur et je n'ai pas pensé à la tienne. Je suis désolée, je répète en sachant qu'il ne se serait pas emporté aussi vivement s'il n'était pas profondément malheureux. Je suis vraiment, vraiment désolée.

Pendant un moment, il me regarde et je perçois de la compréhension et de la chaleur dans ses yeux. Nous en avons besoin, je me dis. Nous avons besoin l'un de l'autre. Nous sommes tous les deux à fleur de peau. Brisés. Désespérés de trouver une quelconque libération.

Je sens mon corps se tendre dans une attente impatiente. Il va m'attirer contre lui, me prendre dans ses bras. Il va m'utiliser pour aller mieux, reprendre le contrôle de lui-même en me contrôlant, moi. C'est ce qu'il lui faut, et Dieu sait que moi aussi, j'en ai besoin.

Mais cette étreinte fougueuse ne vient pas.

Au lieu de ça, il m'attire délicatement et me berce contre lui.

Là, dans ses bras puissants qui m'ont toujours apporté du réconfort, je me sens aussi creuse qu'à l'hôpital.

CHAPITRE VINGT-DEUX

APRÈS AVOIR PASSÉ TOUTE la nuit debout, Damien a fini par laisser l'épuisement le terrasser et cela fait des heures qu'il est au lit. À présent, il est midi et je fais les cent pas dans la maison comme un tigre en cage, incapable de me calmer. Et surtout, incapable de dormir ne serait-ce qu'une minute de plus.

Je me sens décalée. Bon sang, tout me paraît décalé, et je ne sais pas quoi faire pour tout remettre d'aplomb.

Je n'utilise presque jamais notre salle de sport, mais je suis tellement désespérée que j'envisage de descendre pour frapper ce sac ridicule avec mes poings quand mon téléphone se met à sonner. Je m'en empare, contente d'avoir enfin une distraction, pour constater que c'est Frank qui m'appelle.

—Je suis vraiment désolé, dit-il dès l'instant où je réponds. Comment te sens-tu ?

—Je vais mieux. Ça a été difficile, mais ça va mieux. Ou alors je commence à m'habituer à la douleur.

Pendant un moment, je l'entends simplement respirer, puis il dit d'une voix très douce :

—J'aurais dû appeler plus tôt, mais je... j'ai l'impression que je devrais avoir des paroles de sagesse pour toi. Des conseils paternels. Sauf que je n'en ai pas. Je ne sais pas quoi dire si ce n'est que je suis désolé.

—C'est bien, tu sais, ça m'aide.

Bien sûr, c'est faux, mais c'est ce que font les gens. L'un dit qu'il est désolé, et l'autre lui répond que ça l'aide un peu. Et les deux ont l'impression d'avoir joué leur rôle.

Je fronce les sourcils, dégoûtée par ma réaction. Même dans le chagrin, je porte un masque. La Nikki endeuillée. Et je n'ai pas envie d'être cette fille-là avec cet homme. Maintenant qu'il fait partie de ma vie, je veux que ce soit bien réel.

—Que ferais-tu ? je demande, moi-même étonnée par ma question.

—Quoi ?

—Face à une tragédie. Que ferais-tu ? Pour aller mieux. Pour tourner la page.

—Oh.

Je sens que je l'ai pris au dépourvu et je le regrette aussitôt. Je suis sur le point de lui dire que cela n'a aucune importance quand il me répond, sur un ton très serein et réfléchi.

—Quelque chose uniquement pour moi, je pense. Je ne me sentirais peut-être pas tout de suite mieux, mais ça me permettrait de croire que ça pourrait finir par passer.

—Quoi, par exemple ?

Il expire.

—Euh, ma chérie, je ne sais pas. Je regrette. Je ne devrais pas te proposer des conseils à moitié valables.

—Non, je réponds avec empressement. Non, j'apprécie beaucoup. Ça m'est utile.

Aussi étrange que ce soit, c'est la vérité. J'aime le fait qu'il ne me serve pas ces platitudes toutes prêtes. Cette partie de sa réponse m'indique que je dois trouver mon propre moyen.

—Très utile, j'ajoute.

—C'est un peu à cause de ça que je ne t'ai pas appelée plus tôt, avoue-t-il. Je voulais te laisser du temps, bien sûr, mais j'ignorais aussi quoi dire.

—Non, je réponds. C'est bien. Vraiment.

—Veux-tu que je revienne ? Ça t'aiderait ?

Je suis émue par la tendresse de sa voix et je souris. C'est agréable. Inhabituel, mais agréable.

—Non, dis-je. Pas besoin de faire ça. Savoir que tu serais prêt à le faire me rassure, tu sais. Et je te verrai quand tu rentreras.

—Bon, d'accord. Ça marche. Appelle-moi si tu as besoin de quoi que ce soit.

—Je n'y manquerai pas.

—Très bien, ajoute-t-il sur un ton bourru. Et, Nikki ?

—Oui ?

Il hésite.

—Je... je suis content d'avoir appelé.

Mon sourire s'élargit.

—Moi aussi.

Je raccroche et je me sens mieux. Pas parfaite, pas guérie, mais mieux.

Malgré tout, il y a toujours un creux à l'intérieur de moi. Un vide que je dois combler. Je pense à ce qu'il a dit à propos de trouver une activité que l'on aime pratiquer, et après un moment de frustration, je comprends enfin ce qu'il me reste à faire. Je m'empare du Leica que Damien m'a offert quand nous avons commencé à nous fréquenter et je descends sur la plage.

Je marche pendant un moment, en prenant des photos au hasard – l'eau, des coquillages, des adolescents qui jouent au volleyball, deux jeunes hommes au loin, sur leurs planches de surf.

Mais ce n'est pas ce que j'ai envie de voir à travers mon objectif.

Je ne suis peut-être qu'une photographe amateur, mais je sais ce que j'aime et ce pour quoi je suis douée. Ce sont les visages qui m'ont toujours attirée. Comme si l'appareil photo pouvait m'aider à voir ce qui se cache sous le masque que les gens portent inévitablement.

Mais ce n'est pas de ce genre de révélations dont j'ai besoin aujourd'hui. J'ai envie de prendre des visages jeunes en photo. Des joues potelées et de grands yeux candides. Des visages pleins d'espoir. Des visages tournés vers l'avenir.

Je reviens en marchant dans les vagues et remonte le sentier qui conduit à notre maison. Je ne prends pas la peine d'entrer et je me dirige tout droit vers le garage pour prendre la Coop. J'ai l'intention de me rendre à Palisades pour passer du temps de qualité avec ma nièce et mon neveu.

Sauf que ce n'est pas ce que je fais.

Sans trop savoir pourquoi, en arrivant au virage, je continue de rouler sans m'arrêter jusqu'à me retrouver à Pasadena, devant les six hectares de terrain, encore en attente de développement pour la plupart, que possède la fondation Stark Children. Pour l'instant, ils sont remplis d'enfants de familles d'accueil, venus du pays tout entier pour les nombreuses sessions de camp d'été qui durent chacune une semaine.

Je salue le gardien, qui me laisse entrer sans poser de questions, et me dirige vers le bâtiment principal où se trouvent les bureaux, la cafétéria et les salles de classe. Je m'y arrête pour annoncer au personnel que je vais prendre quelques photos sur la propriété, puis je commence à me promener.

Les tuteurs de tous les enfants ont donné leur accord par écrit pour nous laisser utiliser les photos dans un but promotionnel. Ce n'est donc pas la première fois que je photographie les enfants lors d'une colonie ou dans d'autres activités de la fondation. Bien sûr, ce n'est pas mon métier officiel, mais je viens ici assez souvent pour que personne ne s'étonne de ma présence.

Aujourd'hui, je n'ai pas envie de prendre des photos publicitaires. Non, je cherche plutôt de l'espoir là où autrefois il y avait de la peur. De la joie là où il n'y avait que du chagrin.

J'ai désespérément besoin de trouver cette impression dans mon viseur, pour pouvoir la prendre sur le vif, comme s'il m'était possible de mettre en bouteille cet espoir éclatant, en dépit des apparences tragiques.

Pour observer, j'aime me percher sur les gradins près du terrain de football. Aujourd'hui, les enfants font de la course de relais et j'utilise mon zoom pour cibler les participants qui attendent leur tour. Je me concentre sur un garçon en particulier, visiblement ennuyé, qui essaie de toucher son nez avec le bout de sa langue. Puis, je balaie lentement le groupe pour m'imprégner de toutes les expressions et tous les visages. Soudain, j'ai l'impression de reconnaître l'un d'entre eux.

Je m'immobilise, le cœur battant, et baisse lentement mon appareil.

Elle porte le t-shirt bleu du personnel et une casquette de baseball blanche au logo de la fondation. Mais même sans le zoom, je reconnais ce visage.

Sofia.

Pendant un moment, je reste assise, certaine d'avoir été transportée dans quelque univers parallèle.

Puis, je remonte la lanière de mon appareil photo le long de mon bras, je me lève et je me précipite au bas des gradins.

Je suis presque arrivée à ma voiture quand elle m'appelle :

—Nikki ! Nikki, s'il te plaît, attends !

Je m'enjoins de continuer comme si de rien n'était, mais ça ne marche pas. Mes pieds s'arrêtent d'eux-mêmes et je me retourne pour découvrir son visage de lutin si familier et ses boucles auburn hirsutes.

—Toi, dis-je bêtement. Je te croyais à Santa Barbara. Honnêtement, c'était déjà bien assez près.

—Je suis désolée, dit-elle d'un air sincère. Je suis venue ici après ma conversation avec Damien. Je lui ai dit que ça faisait partie de ma convalescence. D'aider ici, pendant une semaine de camp, et... eh bien, j'ai appris ce qui t'était arrivé et... Je ne savais plus si je devais rester ou partir.

Elle baisse les yeux sur le sol sablonneux.

—Je suis venue te présenter des excuses. Je voulais m'excuser. Et je ne pouvais pas appeler et demander à Damien quoi faire. Pas avec tout ce qui s'est passé… tu sais. Alors, je suis restée.

Elle a parlé d'une traite, sans discontinuer, et quand elle se tait, un silence assourdissant s'abat sur nous.

—Tu m'as fait du mal, dis-je, d'une voix vibrante d'incrédulité. Tu as essayé de me pousser à me scarifier. Et tu as essayé de nous faire rompre, Damien et moi. Bon sang, tu as même failli réussir.

Je vois sa gorge frémir quand elle déglutit.

—Comme si ça ne suffisait pas, tu as fait semblant d'être mon amie. Et maintenant, tu veux que je reste là et te laisse me présenter des excuses pour t'aider à te sentir mieux ? Pour que tu puisses revenir dans les bonnes grâces de Damien ?

Elle bouge imperceptiblement la tête.

—Je… je ne… enfin, tu as raison. Tu as tout à fait raison.

Mais je suis loin d'avoir dit tout ce que j'avais sur le cœur. Je fourre la main dans ma poche arrière et en sors mon téléphone que je brandis sous son nez.

—C'est toi ? C'est toi qui m'as envoyé cette photo de Damien et toi ? Parce que je t'imagine bien en train de chercher à m'énerver.

—Quoi ?

Je la dévisage au moment où elle me répond. La ride sur son front. L'inclinaison de sa tête. Si elle n'est pas sincèrement troublée, c'est une excellente actrice.

—Ça, dis-je en ouvrant le courriel pour qu'elle puisse regarder le message et la photo.

Elle écarquille les yeux avant de repousser le téléphone vers moi comme si c'était un serpent.

—Non ! Nikki, non, je te le jure. Je ne ferais pas ça – plus maintenant.

—Damien te croit peut-être, mais pas moi.

Je vois alors ses yeux se remplir de larmes.

—Je ne t'en veux pas, dit-elle. Mais je te jure sur la tête de

Damien que je n'ai pas envoyé cette photo. Et je vais retourner en Angleterre – je vais le faire. C'est juste que... c'est juste que j'ai travaillé si dur. Tant de docteurs. Tant de traitements. J'étais bousillée – vraiment, salement bousillée. Mais je me suis battue pour remonter la pente, si bien que je le pense sincèrement quand je te dis que je suis désolée. Parce que je suis désolée, Nikki, je t'apprécie – je t'apprécie beaucoup. Et j'ai tout gâché.

Je ne dis rien, mais je serre les poings. Non pas pour me retenir de la frapper, mais pour me protéger contre son plaidoyer qui est en train de percer mon armure.

—Je suis contente que Damien t'ait auprès de lui, dit-elle. Tu le rends heureux, et c'est tout ce que je souhaite. Sincèrement.

Je la regarde. Nous savons toutes les deux que ce n'est pas uniquement ce qu'elle souhaite.

Elle secoue la tête comme si j'avais parlé à haute voix.

—Avant... je n'étais pas moi-même. D'ailleurs, je ne le serai peut-être jamais vraiment. Dans ma tête, je veux dire. Mais je me bats, et je suis en train de gagner, alors je ne veux pas baisser les bras.

Elle prend une profonde inspiration et fait légèrement rouler ses épaules, comme si elle s'était crispée jusqu'à présent et s'autorisait enfin à se détendre.

—Bon, dans tous les cas, c'est ma façon de te dire que je suis désolée. Et voilà, c'est tout. Ce n'est pas assez, j'en suis consciente, mais j'espère que tu accepteras mes excuses. Dans le cas contraire, je comprendrais tout à fait.

Ses paroles me submergent. Elles sont à la fois authentiques et dangereuses.

—Je...

Je déglutis sans savoir que répondre. Quoi, « je... » ? Je comprends son combat ? Je suis en proie aux mêmes tourments chaque fois que je suis tentée par une lame ?

J'ai passé toute une vie à essayer de prouver ma valeur

professionnellement ? De prouver que j'en étais digne même si ma mère a toujours suggéré que seul mon physique comptait ?

J'ai commencé abîmée, moi aussi, mais je me suis battue au quotidien ?

Dois-je lui dire que finalement, nous nous ressemblons plus que je le croyais – et que ça ne me dérange pas ?

Et que, vraies ou fausses, je crois à la sincérité de ses excuses ? Que je la crois quand elle me dit qu'elle n'a pas envoyé ce courriel ?

En fin de compte, je ne dis rien de tout ça. Je me contente de répondre :

—Excuses acceptées.

Au fond, je sais qu'elle me comprend.

***

Sofia et moi marchons côte à côte le long du chemin qui conduit jusqu'au bâtiment administratif. Nous ne sommes pas ensemble, pas vraiment, mais nous avançons dans la même direction, plus ou moins au même rythme.

Nous atteignons la lourde porte en bois qui ouvre sur la grande salle de réception et elle la tire pour l'ouvrir. Je m'engage à l'intérieur en la remerciant tout bas, mais je m'arrête net sur le seuil.

Damien est juste là, debout devant le bureau d'enregistrement. Un intense soulagement se devine sur son visage quand il m'aperçoit – aussitôt suivi par une stupéfaction teintée de méfiance quand il voit Sofia entrer derrière moi.

—Damien, dit-elle d'une voix chevrotante de surprise.

Comme je me tourne pour la regarder, elle fait un pas vers lui, puis s'arrête et se mord la lèvre inférieure. Elle me jette un œil et prend une inspiration.

—Je le pensais, dit-elle. Tout ce que j'ai dit. J'espère que tu le sais.

L'ombre d'un sourire passe sur mes lèvres.

—Je suis contente de t'avoir rencontrée.

Elle hoche la tête, puis regarde à nouveau Damien. Je m'attends à ce qu'elle le rejoigne, mais elle reste sur place.

—Je suis désolée pour le bébé, D. Mais je dois y aller. Je... je dois retourner auprès des enfants.

Après un dernier coup d'œil dans ma direction, elle disparaît par là où nous sommes arrivées.

Damien et moi demeurons immobiles. Le regard de la réceptionniste derrière le bureau alterne entre Damien et moi, puis elle bredouille : « Excusez-moi », et sort à son tour.

Il ne reste plus que Damien et moi dans cette petite pièce aux murs de pierre.

—D. ? je demande, à la fois étonnée par ce surnom et tendue par l'atmosphère qui pèse entre nous.

—Un vieux surnom. Son père n'utilisait que les noms de famille. Mais comme mon père évoluait dans le même milieu que nous, c'était ambigu. Alors je suis devenu D. et lui J.

Je fais un pas vers lui.

—Alors, tu ne cherches pas à lancer un *boys band* ?

Il s'avance à son tour.

—Non.

—Dommage, dis-je en esquissant un pas de plus.

—Tu veux que je te chante la sérénade ?

Un dernier pas le rapproche de moi.

—Non.

Il passe les doigts dans mes cheveux et m'attire à lui.

—Tu veux que je t'embrasse ?

—Oui, dis-je – ou du moins j'essaie.

Sa bouche se pose sur la mienne avant que je termine ma réponse et je m'abandonne à son baiser, à sa caresse. À cette passion que nous avons toujours partagée, qui m'a toujours sauvée et qui, même aujourd'hui, alors que nous sommes tous deux blessés et à bout de souffle, m'aide à ne pas perdre pied.

Ma respiration est forte quand nous nous séparons à contrecœur et je pose ma joue sur son torse. De son côté, il

caresse mes cheveux d'une main, son autre bras me maintenant contre son corps.

—Je ne savais pas qu'elle était ici, dit-il. Je suis désolé.

Je lève la tête.

—Vraiment ?

—Je lui ai dit qu'elle pouvait travailler au camp – pour
suivre le programme en douze étapes dont je t'ai parlé. Mais
après tout ce qui s'est passé… eh bien, je ne m'étais pas rendu
compte qu'elle s'était arrangée pour venir. Je n'aurais pas…
bref, je suis désolé si sa présence t'a déstabilisée.

—Alors, tu n'es pas venu ici pour la retrouver ?

Ce n'est qu'après avoir posé cette question que je prends
conscience que telle était ma supposition. Après tout, je ne lui
avais pas laissé de mot pour lui dire où je partais, et il ne
m'avait pas envoyé de texto pour en savoir plus. J'avais donc cru
qu'il était venu ici pour d'autres raisons, par exemple pour lui
annoncer qu'il m'avait enfin dit qu'elle voulait me présenter
des excuses en personne, mais qu'à cause de la fausse couche,
ce n'était sans doute pas le bon moment.

Damien secoue la tête pour balayer ma supposition.

—Je suis venu pour toi. Tu sais que je viendrai toujours te
chercher.

—Mais comment…

Je m'interromps aussitôt. Bien sûr, il savait où me trouver.
De toute façon, il le sait toujours.

Il sort son téléphone et me montre l'écran sur lequel est
affichée la liste de ses principaux contacts. Il effleure une icône
à côté de mon prénom et une carte apparaît. Juste là, sur la
carte schématisée, se trouve une petite photo de moi au beau
milieu de la fondation Stark Children.

—Malin, dis-je.

Mon téléphone a la même fonction, évidemment, mais je
ne pense jamais à m'en servir.

—Et mes excuses tiennent toujours, poursuit-il. Je suis
désolé si Sofia t'a prise au dépourvu.

—Non. Non, ce n'est rien. Elle...

Je laisse ma phrase en suspens pour chercher mes mots.

—Elle a l'air d'aller mieux. Et elle me paraît sincère.

Je regarde son visage et y aperçois une lueur d'espoir. C'était difficile pour lui, je le sais. Il l'aime – pas comme il m'aime, moi, mais elle compte pour lui au même titre que Jamie et Ollie comptent pour moi. Et je les aimerais toujours même s'ils prenaient des chemins douteux.

—Elle ne sera jamais ma meilleure amie, dis-je à Damien, car j'en suis absolument convaincue. Mais je crois que nous pouvons passer à autre chose.

Je vois le soulagement envahir son regard et je soupire quand il m'attire contre lui pour un long et intense baiser. Je me fonds contre son corps et, quand je sens son érection sur mon ventre, chacune de mes cellules s'embrase. J'ai envie de lui – nous nous sommes enlacés tendrement chaque soir depuis la fausse couche, mais cela fait trop longtemps que nous n'avons pas fait l'amour.

Maintenant, j'ai une folle envie de lui, et je suis prise d'un profond désespoir. Tous mes sens sont en éveil et je regrette profondément que nous ne soyons pas ailleurs, loin de l'accueil de cette fondation pour enfants.

Nous haletons quand nous nous séparons enfin et nos regards se rencontrent pendant une éternité. Mon cœur cogne dans ma poitrine et je sens mon sang qui coule énergiquement dans mes veines.

J'ai envie de sortir d'ici.

J'ai envie de me déshabiller et de rouler à terre sans me soucier d'être vue.

—Suis-moi, dit brusquement Damien en m'entraînant derrière lui.

Il passe d'un pas précipité devant la banque d'accueil pour s'engager dans le hall. Au bout du couloir, nous entrons dans son bureau personnel. Il l'occupe rarement, n'y travaillant que lorsqu'il y organise une réunion en lien avec l'organisme ou qu'il reçoit des donateurs potentiels – mais il est meublé d'un bureau et d'un canapé.

Et mieux encore, la porte ferme à clé.

Il la referme et tire le verrou, avant de me plaquer contre le mur, la main sur ma nuque.

—Nikki, murmure-t-il, puis il presse vivement sa bouche sur la mienne.

Son autre main effleure mon corps pour venir se poser contre mon sein avant de descendre jusqu'à ma taille. Ses doigts retroussent habilement ma jupe et il passe sa main sur ma cuisse. J'étouffe un cri contre ses lèvres quand il referme la paume sur mon sexe.

Je gémis, avide de caresses plus intimes, et je ne suis pas déçue. Ses doigts glissent sous ma culotte détrempée et il les enfonce en moi pour me baiser, se calquant sur le rythme de sa langue dans ma bouche.

Je me cramponne à ses épaules tout en gémissant d'envie. J'en veux plus, tellement plus. Plus de ferveur, plus d'intensité. Quand il me soulève dans ses bras pour m'emmener sur le canapé, j'anticipe la montée en puissance de notre éteinte sauvage.

Je sais à quel point tous ces rebondissements concernant Sofia ont pesé sur lui. Puis, il y a eu la fausse couche, l'arrestation, ma mère – avec tout ça, il doit être sur le point d'exploser. Or, au lieu de me rejoindre, il a préféré boxer dans la salle de sport pour évacuer toutes ses frustrations.

Je sais qu'il essayait de me laisser le temps de guérir. Mais maintenant je vais bien, physiquement, et j'ai besoin de cette intensité. De cette fougue éperdue et animale qui a toujours fait notre force.

J'en ai besoin, et parce que je sais qu'il éprouve cette même envie impérieuse, j'imagine qu'il va me prendre brutalement, se servir de moi comme exutoire pour ses peurs et ses appréhensions.

Et pourtant, il n'en fait rien.

Au lieu de ça, il baisse ma culotte et m'allonge sur le canapé. Il m'embrasse, me câline, m'excite. Chaque caresse est un trésor. Chaque passage de sa main aiguise mes sens et me rend folle de désir. Chaque fois, je m'attends à ce qu'il augmente la pression.

Je suis si humide que mes cuisses palpitent d'envie. Quand j'écarte les jambes, il se glisse en moi et m'embrasse tout en me faisant l'amour. Ses doigts m'aident à monter vers l'extase et m'entraînent dans une spirale de plaisir jusqu'à ce qu'un orgasme inattendu me traverse. J'éclate alors en un million de particules et soupire sous son corps, réchauffée et comblée, tandis qu'il me chuchote qu'il m'aime.

Il m'a fait l'amour de la plus belle des manières, avec une douceur qui me remplit de tendresse et je rayonne de bonheur – non sans ressentir un soupçon d'insatisfaction.

Je me blottis contre lui, furieuse d'éprouver autre chose que de la joie pure en nous voyant en si bonne voie de guérison. Pourtant, quelque chose me tracasse. En dépit de tout ce bonheur, je ne peux faire abstraction d'une angoisse naissante. Je crains qu'il fasse taire ses propres besoins parce qu'il m'estime fragile et cassante.

Et surtout, j'ai cette peur tenace que nous ne parviendrons jamais à dépasser cette tragédie si nous sommes incapables de retrouver exactement ce que nous attendons l'un de l'autre.

CHAPITRE VINGT-TROIS

JE PASSE les trois jours qui suivent à travailler dans la cuisine du deuxième étage. La table me tient lieu de bureau, mon ordinateur portable trône au centre et toute ma documentation pour le projet Greystone-Branch est étalée sur le bois ciré.

Je reste si longtemps assise que mes fesses sont endolories et je bois plusieurs fois mon poids en café. Je ne dors que lorsque c'est nécessaire et tout ce que je mange m'est livré.

Damien m'a dit qu'il cuisinerait pour moi, ce qui est tentant, car il est étonnamment doué dans ce domaine, mais je lui ai dit que si je retournais au travail, alors il devait en faire de même. Je ne compte pas accepter sa charité alimentaire si cela doit le séparer de son empire.

Je ne suis pas vraiment sûre qu'il abatte beaucoup de travail, mais il passe quelques heures par jour à son bureau, dans la mezzanine, et plus de temps encore au téléphone, à jongler entre diverses conférences téléphoniques.

Le quatrième jour, cependant, il s'avance derrière moi et pose les mains sur mes épaules.

—Tu dois lever le pied, dit-il. Sinon, tu vas te rendre malade.

Je songe à ce qu'a dit Sofia. Elle a travaillé dur pour

remonter la pente. Si elle a pu préserver sa santé mentale, je peux bien sauver mon entreprise.

—J'ai déjà trop perdu, dis-je à Damien. Je ne veux pas perdre en plus ce contrat.

Il tire la chaise à côté de moi et s'assoit, puis il pose sa main sur la mienne pour me forcer à arrêter d'écrire. Je lève les yeux, agacée, car honnêtement, je suis déjà dans le rouge et si je ne termine pas dans les temps, je vais devoir me retirer du projet. Attendre plus longtemps ne serait pas professionnel et je laisserais Greystone-Branch dans de beaux draps, car il me serait impossible de terminer dans les délais impartis.

—Tu ne peux pas te démener comme ça pendant les trois prochains mois.

—J'ai pris un engagement. Et puis, je me suis déjà démenée pour décrocher ce poste. Je ne vais pas le laisser m'échapper.

Je sais que je suis à la limite du raisonnable, mais je ne supporte pas l'idée de perdre ce travail après avoir perdu le bébé. C'est trop – beaucoup trop.

Il hoche tristement la tête et dépose un baiser sur mon front.

—Je sais. Mais tu repousses tes limites.

—Bon sang, je n'ai pas le choix.

Je m'appuie contre le dossier et lève les mains.

—Désolée, je ne voulais pas parler sèchement, mais j'ai le couteau sous la gorge et je dois me concentrer. Je travaille sur une section délicate et le code est complexe.

Il reste assis une minute et me dévisage avant d'opiner du chef.

—D'accord. Que puis-je faire pour t'aider ?

Je penche la tête.

—Au cas où tu l'aurais oublié, tu as un univers à gérer.

—Nikki...

—Si tu as vraiment envie de m'aider, c'est ce que tu dois faire. Moi, j'ai juste besoin de temps. S'il te plaît, Damien. C'est tout ce que je te demande.

Pendant un moment, je crois qu'il s'apprête à objecter, mais il se lève et s'éloigne avec ma tasse de café. Il revient quelques instants plus tard après l'avoir remplie et me tend un Milky Way glacé.

Je m'efforce de ne pas rire.

—Merci, monsieur Stark.

—De rien, mademoiselle Fairchild.

Il se dirige vers l'ascenseur, le plus court chemin vers la mezzanine, et je retourne à mon codage informatique. Quelques minutes plus tard, j'entends le murmure de sa voix quand il commence à passer des appels téléphoniques. Je l'oublie et me replonge dans mon travail, car j'ai plus de code à écrire qu'il n'y a d'heures dans une journée.

Je suis en plein dans mon document quand j'entends la sonnette de l'entrée. C'est curieux, car en général les visiteurs n'accèdent pas à la porte sans passer par la barrière de sécurité. Sans doute étais-je trop concentrée pour entendre l'interphone, Damien s'en sera chargé.

Je m'apprête à reprendre le travail quand j'entends des voix d'hommes au rez-de-chaussée, puis deux paires de pieds qui gravissent les marches. Je jette un œil à mon pantalon de yoga miteux et mon vieux t-shirt Sea World et gémis tout bas. Damien me trouve peut-être magnifique en toutes circonstances, mais dans l'ensemble, j'aime pouvoir au moins me donner un coup de peigne.

Je décide de détaler dans la chambre pour me préparer à la hâte quand ils apparaissent. Je m'arrête à mi-chemin de la cuisine, troublée, car Damien est en compagnie de Noah Carter.

—Salut, dis-je en regardant les deux hommes et en me demandant pourquoi Damien ne m'a pas prévenue que nous avions de la compagnie. Vous avez une réunion prévue, tous les deux ?

—Tu m'as dit que tu avais besoin de temps, dit Damien en désignant Noah. Je t'ai apporté ce qui y ressemble le plus.

Je le dévisage, puis me tourne vers Noah, et à nouveau vers Damien.

—D'accord, je donne ma langue au chat. De quoi parles-tu ?

—J'ai un mois avant le début de mon contrat chez Stark Applied Technology, dit Noah comme si cela expliquait tout.

Je ne comprends toujours pas.

Je regarde Damien et lève les mains comme pour lui dire : *Je ne saisis pas.*

—Embauche-le, dit Damien. Je te promets que tu ne le regretteras pas. Tu as du code à effectuer ? Cet homme est un génie.

—L'embaucher, je répète tout en réfléchissant à la proposition de Damien.

Puis je souris, d'abord à Noah, et ensuite à mon mari.

—Tu es vraiment formidable.

Damien sourit.

—C'est ce qu'elles disent toutes.

—Très bien, dis-je à Noah. Vous êtes engagé.

—Excellent, fait-il en penchant la tête. Vous proposez de bonnes assurances et des indemnités de licenciement, n'est-ce pas ?

Je lève les yeux au ciel en désignant la table de la cuisine.

—Votre poste de travail. Venez, je vais vous montrer ce que je suis en train de faire et nous installerons un protocole de partage de fichiers.

Il hoche la tête et me suit. Damien s'attarde, appuyé contre le réfrigérateur.

—Ne prends pas cet air supérieur, lui dis-je avant d'articuler silencieusement : *Merci.*

Quand il s'en va, il affiche en effet un petit air satisfait, mais je me rends compte que j'ai le sourire aux lèvres. Je lui pardonne pour cette fois.

Noah est aussi vif qu'on me l'avait présenté et sa présence me donne un peu de temps pour respirer. Nous passons les jours qui suivent à peaufiner le produit livrable, à définir l'étape suivante, et je dégage même assez de temps pour flâner sur Internet et explorer quelques idées qui me trottent dans la tête.

Pour la première fois depuis bien longtemps, je me sens simplement bien.

Je fais une pause pour permettre à cette émotion agréable de faire son chemin. Ces derniers temps, c'est bien trop rare, et même si c'est merveilleux d'avoir à nouveau le cœur léger, je ne peux m'empêcher d'éprouver une pointe de culpabilité. Comme si je n'étais pas encore autorisée à rire.

Néanmoins, je parviens à chasser ce sentiment négatif. Je n'en ai pas besoin. Pas encore. Pas tant que des vagues successives de chagrin continuent de déferler sur moi.

L'interphone émet une sonnerie et je quitte ma place en face de Noah pour aller répondre au gardien.

—Salut, Jimmy. Avons-nous une livraison ?

—Une invitée, madame Stark. Elle se présente comme votre mère ?

C'est une question qu'il me pose et je n'ai pas franchement envie d'y répondre.

—Oh. Bon, d'accord. Vous pouvez me l'envoyer.

Damien est dans la salle de sport, mais je l'appelle par l'interphone. J'ai le temps de transférer quelques fichiers à Noah avant de descendre. Quand j'arrive, il m'attend déjà dans l'entrée, en pantalon de jogging gris et t-shirt UCLA.

—Je peux la renvoyer, dit-il. Tu n'es même pas obligée de la voir.

Je secoue la tête. Auparavant, elle m'occupait déjà beaucoup l'esprit, mais depuis la fausse couche, je n'ai pas cessé de penser à la famille, aux parents, aux relations mère-fille.

—Non, dis-je. On a beau lui reprocher des choses, elle n'en reste pas moins ma mère. C'est ma famille.

—Elle t'a fait du mal.

Je hoche la tête, car c'est la pure vérité.

—Je le sais. Mais Sofia aussi t'a fait du mal. Elle nous a fait du mal à tous les deux.

Je lève la tête pour regarder Damien.

—Elle fait partie de la famille, elle aussi, n'est-ce pas ? Ce n'est pas ce que tu as dit ?

Je vois bien à sa mine qu'il a envie de protester – et honnêtement, je connais les arguments qu'il avancera, car je suis moi aussi capable de les formuler. À savoir qu'Elizabeth Fairchild n'a jamais été une vraie mère pour moi. Que je n'étais qu'une jolie poupée pour elle, pas une fille. Et que, une fois que j'ai cessé de lui être utile, elle ne s'est plus souciée de mon sort. Du moins, jusqu'à ce que j'épouse Damien. À ce moment-là, j'ai retrouvé de l'intérêt à ses yeux – le temps qu'elle se rende compte qu'elle n'obtiendrait pas un sou de lui.

Je sais tout cela, je le sais bien. Et pourtant, j'ai toujours dans le cœur un vide en forme d'amour maternel. J'ai beau savoir que ma sœur est tombée dans ce vide sans jamais réussir à s'en sortir, je suis incapable d'éviter sa tentation tenace.

—Ma chérie, dit-il.

Mais à sa voix, je devine qu'il a compris que ma décision est prise.

—Tu vas en souffrir.

—Peut-être, j'avoue. Mais tu seras là pour moi.

Quand la sonnette retentit, je sursaute, puis m'empresse de la laisser entrer, non sans avoir marqué un temps d'arrêt pour prendre une inspiration avant d'ouvrir la porte toute grande.

—Mère.

J'hésite avant de m'écarter.

—Entre donc.

—Elizabeth, dit Damien. Qu'est-ce qui vous amène ici tout d'un coup ?

Elle lui adresse son sourire le plus charmant.

—Vous êtes resplendissant, comme d'habitude, même aussi mal attifé. Bien sûr, je suis venue à cause de la tragédie.

Elle se tourne vers moi.

—Je t'ai vue à l'avant-première, dit-elle en s'avançant, avant de s'arrêter pour embrasser la vaste salle du regard. Je faisais partie de la foule. Je t'ai appelée – tu ne m'as pas entendue ?

—Je t'ai entendue, Mère, mais j'étais un peu préoccupée, tu sais, en train de perdre mon bébé et tout ça.

Elle émet un « tss-tss » méprisant, et bien qu'elle ne dise rien, j'ai la nette impression qu'elle me critique de m'être donnée en spectacle.

Je broie la main de Damien, reconnaissante envers lui quand je constate qu'il garde le silence et me serre la main en retour.

Ma mère pousse un profond soupir en se dirigeant vers le sofa, où elle s'assoit.

—Je voulais venir te voir à l'hôpital, mais j'ignorais combien de temps tu y resterais.

—C'est bon, dis-je. Je n'étais pas d'humeur à recevoir des visites.

—Tu veux dire que tu ne voulais pas me voir. Non, ne proteste pas, dit-elle, même si je n'ai pas fait mine de la contredire. Tu ne le sais peut-être pas, mais par moments, une fille a simplement besoin de sa mère.

Je pince les lèvres et hoche la tête. La guérison à laquelle je me suis consacrée à de nombreux égards ces derniers jours semble me glisser entre les doigts lorsque mes yeux se remplissent de larmes. Parce qu'elle a raison. Je n'échangerais Damien, mes amis et leur soutien pour rien au monde, mais je ne peux nier que j'aurais aimé les bras d'une mère pour m'accompagner dans cette rude épreuve.

Cependant, je ne suis pas folle au point de croire que la mère de mon imagination puisse être Elizabeth Fairchild. Malgré tout, j'ai un infime bourgeon d'espoir en moi et je ne sais pas si je dois l'entretenir ou au contraire l'écraser sous mon talon avant qu'il se mette à lui pousser des épines.

—Vous avez vendu votre maison, dit Damien, probablement pour combler le silence qui commence à s'éterniser. Avez-vous emménagé à Los Angeles ?

—En effet, dit-elle avant de m'offrir à nouveau son plus beau sourire. Ça fait quelque temps que je suis ici.

—Où habitez-vous ? insiste-t-il.

Ma mère a l'air agacée, mais elle sourit de bonne grâce.

—Je ne me suis pas encore véritablement installée. Pour l'instant, je loue quelque chose dans un coin charmant de la Vallée.

Il hoche la tête comme si ce qu'elle vient de dire était fascinant.

Sans doute essaie-t-il juste d'être poli, mais je ne m'embarrasse pas d'autant de manières.

—Tu m'espionnais.

Elle se tord les doigts sur ses genoux.

—Oui, eh bien, tu dois avouer que la dernière fois que nous nous sommes vues, ça ne s'est pas bien terminé. Je craignais que tu ne veuilles plus me revoir, mais j'avais très envie de retrouver ma petite fille. Je n'étais pas sûre que tu m'avais repérée. J'espère que je ne t'ai pas trop perturbée ?

—Non, je mens en m'efforçant de rester impassible.

Elle dit peut-être la vérité. Je l'ai renvoyée au Texas avant notre mariage et lui ai clairement fait comprendre qu'elle n'avait pas le droit de se mêler de ma vie.

—Pas du tout.

Ma mère a les mains jointes sur ses genoux.

—Eh bien, quoi qu'il en soit, il fallait que je vienne. Je me fais vieille, tu sais. Et c'est le genre de choses auxquelles on pense.

Elle regarde Damien et sa voix chevrote quand elle reprend la parole.

—J'aimerais beaucoup réparer ma relation avec ma fille.

Elle baisse alors la tête et, dans le court laps de temps où j'aperçois ses yeux, je crois y distinguer des larmes.

J'ai le ventre noué et je songe à Sofia, que je crois, et à ma mère, que j'aimerais croire sans parvenir à franchir le pas.

—Je ne veux pas vous déranger, dit-elle. Je sais à quel point votre travail compte pour vous deux, et nous sommes en pleine journée. Je voulais juste te dire que j'étais là. Et je voulais aussi te donner ceci.

Elle glisse la main dans son sac et en sort une petite boîte qu'elle me tend.

Je l'ouvre pour découvrir un collier en or familier, auquel est accroché un pendentif gravé. C'est un cœur, avec les initiales NLF.

—Tu es toujours ma petite fille, dit-elle.

—Je me souviens de ça, dis-je. Je croyais l'avoir perdu.

—Il est dans ma boîte à bijoux depuis des années, répond-elle d'une voix guillerette, comme si j'avais pu penser à le chercher là-bas quand j'avais neuf ans au lieu de croire que le cadeau de ma sœur avait disparu. Tu refusais de l'enlever pour aller à l'école. Nous ne voulions pas risquer de le perdre, n'est-ce pas ?

Je sens une flamme se mettre à brûler à l'intérieur de moi et je serre vivement les poings, jusqu'à ce que mes ongles s'enfoncent dans ma chair. Je me suis mise dans tous mes états pour ce collier, que je croyais vraiment avoir perdu. Je me sens mal, comme déséquilibrée, et je sais que sans Damien qui me tient la main à côté de moi pour me soutenir, la première chose que je ferais après le départ de ma mère, ce serait de trouver une lame pour m'arracher cette affreuse sensation.

Je me lève d'un coup, effrayée par la direction que prennent mes pensées.

—Je... je ferais mieux de me remettre au travail.

Ma mère hausse les sourcils, l'équivalent d'un ordre silencieux.

—Merci pour le collier, je déclare d'une voix monocorde.

—Raccompagne-moi à la porte, ma chérie, dit-elle avant de regarder Damien. Ça ne vous dérange pas, si ?

De toute évidence, ça ne lui plaît pas, mais je me contente d'acquiescer pour indiquer que tout va bien, avant d'emboîter le pas à ma mère.

—Tu dois savoir que rien n'arrive sans raison, me dit-elle quand nous nous arrêtons devant la porte ouverte. Les bébés, ça prend tellement de temps, et nous savons toutes les deux à quel point tu peux te montrer égoïste quand tu veux faire quelque chose.

Je la dévisage.

—Allons, Nichole, tu sais que j'ai raison. Tu as mutilé ton propre corps uniquement pour me fâcher.

Je reste pétrifiée, sidérée par ses paroles. La *fâcher* ? J'étais en train de me noyer dans le monde des concours de beauté, forcée d'être son jouet mécanique, son singe savant. Je l'avais suppliée d'arrêter, de réduire le rythme à un concours par an. Je l'avais implorée de me soulager par un quelconque moyen, mais elle m'avait tout refusé.

À l'époque, j'avais déjà commencé à me scarifier – c'était le seul moyen de préserver ma santé mentale, de rester ancrée au sol pour ne pas dériver dans un affreux cauchemar mélancolique. Mais j'étais prudente et je ne retournais jamais ma lame sur des endroits que risquait de révéler une robe du soir ou un maillot de bain, car je savais quelles seraient les conséquences si ma mère apprenait ma faiblesse.

Pourtant, j'avais fini par en avoir assez. Et quand j'ai su que je ne pouvais plus le supporter, j'ai enfoncé ma lame dans des parties de mon corps qui seraient mises à nu. Mes hanches. Mes cuisses. La pire cicatrice court à l'intérieur de ma cuisse – une vilaine balafre à l'endroit où je me suis profondément entaillée avant de me constituer un kit de premiers secours de fortune, avec de la colle forte, du ruban adhésif et une bande de sparadrap.

C'est ce qui a marqué la fin de ma carrière dans le monde de la beauté. Et pour ma mère, un immense affront à sa réputation et son statut social.

—Bien sûr, tu as réussi dans la vie, continue-t-elle posément, comme si elle ne m'avait pas torpillée par ses paroles. Ton entreprise. Ton riche mari.

Elle se penche pour m'embrasser sur la joue. J'ai un mouvement de recul, mais je suis arrêtée par l'encadrement de la porte.

—Cela dit, n'oublie pas ce qui est arrivé à Icare quand il s'est trop approché du soleil. Perdre ce bébé, c'était peut-être une façon de te brûler les ailes pour redescendre sur terre.

J'ai envie de tout lui envoyer à la figure, de lui dire que c'est une folle doublée d'une méchante femme, et qu'elle est une mère pitoyable.

Mais je ne trouve pas les mots. La seule chose à laquelle je pense, c'est la lame qui m'a obnubilée ces derniers jours. J'ai désespérément besoin du soulagement qu'elle m'apporterait. J'en ai besoin pour me recentrer.

Je garde le silence. Après tout, si elle me dit que le rôle de mère n'est pas pour moi, elle a peut-être raison.

CHAPITRE VINGT-QUATRE

DAMIEN POSE les mains sur mes épaules lorsque la porte se referme derrière ma mère. Lentement, il commence à me masser les muscles et je soupire en regrettant qu'il ne puisse pas chasser tout le ressentiment qu'elle a laissé en moi.

—Tu veux m'en parler ? demande-t-il.

Je ferme les yeux, à cause de l'extase que me procure sa caresse, mais aussi de la douleur des mots qu'elle a eus pour moi en partant.

—Oui. Non. Plus tard.

Je prends une inspiration.

—Ce n'est que ma mère. Comme d'habitude.

Il suspend son massage.

—Tu en es sûre ?

Je garde le dos tourné, car si je le regarde, il remarquera le chagrin dans mes yeux et nous souffrons déjà bien trop tous les deux.

—Je veux juste remonter travailler, dis-je avec honnêteté. Je n'ai pas envie de penser à elle une minute de plus.

Il me retourne dans ses bras et me dévisage attentivement. Je ne pense pas qu'il soit convaincu, mais il me connaît assez pour ne pas insister. Ou du moins, pas encore.

Comme le travail est vraiment le meilleur remède contre ma mère, je remonte là où Noah est toujours attelé à la tâche. Je regarde brièvement ce qu'il a fait et je me remets à coder pour me perdre dans l'architecture du projet et laisser le reste du monde s'effacer tout simplement.

Il y a tant de choses à faire qu'il est facile de trouver un rythme et de laisser le travail m'engourdir, agissant comme un baume contre la douleur persistante.

Nous travaillons d'arrache-pied pendant le reste de la semaine. Quand vendredi arrive, j'ai la certitude que nous terminerons à temps. D'ailleurs tout s'améliore. La vie a retrouvé son cours. Damien est retourné au bureau au lieu de travailler de la maison, j'ai fait passer quatre excellents entretiens téléphoniques à de futures recrues potentielles. Noah et moi progressons dans les tâches à accomplir pour les grandes lignes du projet Greystone-Branch, à un rythme qui dépasse toutes mes attentes.

Nous venons à peine de terminer une autre étape quand Noah se lève pour s'étirer.

—Vous savez quoi ? dis-je. Finissons plus tôt aujourd'hui.

Il se penche sur le côté, la tête inclinée et les sourcils froncés, pour me toiser de la tête aux pieds.

—Vous ressemblez à Nikki Stark…

—Ah, ah.

Je prends ma tasse et me dirige vers la cafetière pour la remplir.

—Nous sommes sur les rails et tout fonctionne très bien. Levons le pied et profitons-en un peu. Prenez votre après-midi. Ce week-end, Damien et moi pourrons transférer tout ce chaos dans mon bureau, en ville, dis-je en désignant les feuilles éparses et les piles de dossiers. Nous terminerons le mois là-bas et avant que je vous libère pour que vous partiez travailler à la Tour Stark, je vous demanderai de m'aider à me préparer pour ma première réunion à Dallas, où je présenterai nos avancées. Ça vous convient ?

—Parfaitement. Je suis content d'avoir mon après-midi et mon week-end.

—Vous devriez vous amuser un peu. Allez à la plage. Apprenez à faire du surf. Je peux aussi vous trouver quelqu'un qui vous fera visiter. Qui sait où cela pourrait vous mener.

J'espère qu'il me prendra au pied de la lettre. Plus j'apprends à le connaître, plus j'apprécie Noah. Il est affûté, drôle et dévoué. Mais il est aussi très calme et on le sent égaré.

—Merci pour la proposition, dit-il. Mais je vous promets que je sais comment remplir un week-end.

Je réprime une moue, car très sincèrement, je n'en ai pas l'impression. Cela dit, je me rappelle ce que m'a dit Jane au sujet de sa femme disparue et récemment déclarée morte. Même si Noah était sur le point de passer à autre chose, je vois bien que ce changement dans le statu quo l'a stoppé net dans son élan.

Je l'apprécie beaucoup et j'aimerais pouvoir faire quelque chose.

—Vous êtes sûre que vous voulez terminer pour la journée ? demande-t-il en remballant ses affaires avant de se baisser pour gratter Sunshine sur la tête. Je peux rester. Nous pouvons encore faire du bon boulot.

—Non, je déclare fermement. C'est le moment de nous aérer l'esprit.

Il se trouve que Damien a un emploi du temps léger aujourd'hui, et je le sais. Maintenant que le monde commence à me paraître plus lumineux, j'ai l'intention de prendre une pause de nature bien différente dans mon travail.

—Très bien.

Noah retire ses lunettes et les jette sur la table, tel un super-héros qui quitte ses attributs de simple mortel. Quand il m'adresse un sourire plein de charme, je me dis que c'est vraiment dommage qu'il ne soit pas intéressé par de nouvelles rencontres. Car je connais bien une dizaine de filles, chez Stark

International, qui tomberaient amoureuses de lui en un clin d'œil.

Il récupère son ordinateur portable et se dirige vers les escaliers, tout en listant les points que nous devrons reprendre dès lundi.

—Filez, lui dis-je en riant. Et essayez de passer au moins cinq minutes ce week-end à faire quelque chose qui n'implique pas de lignes de code ni d'ingénierie, ni Dieu sait quel gadget vous inventez dans cette cervelle.

—Oui, patron, dit-il.

Je lève les yeux au ciel en réprimant un sourire.

Dès qu'il est parti, je m'assois à nouveau à table et m'empare de mon téléphone. Sunshine me rejoint en trottinant et saute sur mes genoux. Je la frotte derrière les oreilles pour faire démarrer son petit moteur avant d'appeler Damien.

Il répond dès la première sonnerie.

—Que puis-je faire pour toi, mademoiselle Fairchild ?

—J'ai renvoyé Noah chez lui, dis-je sur le ton de l'invitation.

—Vraiment ?

J'entends la chaleur dans sa voix et je sens mon propre corps se tendre de désir.

—C'est une information très intéressante.

—D'après ce que je sais, tu es un expert pour utiliser les informations à ton avantage.

Je prends Sunshine et la dépose sur le sol pour pouvoir me lever. J'ai envie de bouger et mon esprit s'échauffe aux simples sous-entendus échangés avec mon mari.

—C'est une réputation bien méritée. Je vais peut-être devoir te le prouver.

—Peux-tu arriver vite ?

—Tu n'as qu'à me chronométrer, me dit-il, déclenchant mon hilarité.

—L'horloge tourne, monsieur Stark.

—À bientôt, mademoiselle Fairchild.

Puis, il raccroche et je reste dans ma cuisine, un sourire

dément placardé sur le visage. J'ai vraiment l'impression que nous guérissons, que nous redevenons ceux que nous étions.

Je fredonne tout en ouvrant une bouteille de vin et je me sers un verre. Je viens juste de boire une gorgée quand la sonnette retentit et je fronce les sourcils, étonnée. Comme Gregory est au marché, je descends moi-même les escaliers. Je m'apprête à appeler le portail pour demander qui l'on a laissé passer quand je reçois un texto de Jimmy pour m'annoncer qu'il s'agit d'une livraison et qu'il a donné l'autorisation qu'elle soit déposée sous notre porche.

Curieuse, j'accélère le pas. J'ouvre la porte tout en me demandant si Damien a prévu une surprise, mais je m'arrête brusquement en découvrant l'épaisse boîte plate et les mots tamponnés sur le côté : *Berceau, Blanc, Motif animaux de zoo.*

Le chagrin m'agresse avec la violence d'un coup de poignard. Mon corps se liquéfie, mon verre de vin m'échappe des mains et je titube en arrière. Je porte une main à ma bouche tandis que les larmes dévalent mon visage.

Non.

Ce mot se répercute en moi avec une telle force que je me sens contusionnée de l'intérieur. Je ne pense qu'à ça. Qu'à ce *non*. Il n'y a rien d'autre. Tout est gris. Tout n'est que malheur.

Je ne perçois que le martèlement de mes pieds dans les escaliers et le déplacement de mon corps à travers la maison, de la douleur de mes genoux quand ils tombent durement sur le sol de ma penderie, car j'ai envie de m'en aller. J'ai envie de me cacher.

Tout allait mieux. J'ai cru que moi, j'allais mieux. Mais c'est faux.

Seigneur Dieu, c'est cruellement faux.

Un seul symbole, un seul souvenir, et tout se délite. Le monde tournoie autour de moi, prouvant que ce travail de guérison que nous avons effectué n'était qu'un camouflage. J'ai cru que mon retour au travail était la preuve que je m'étais améliorée, mais c'était juste un masque. Une pommade contre la douleur. Et maintenant que le bandage a été si brutalement arraché, je ne suis pas sûre d'être capable de le supporter.

Je veux Damien – j'ai *besoin* de lui. Mais il n'est pas là et je suis perdue.

Ma poitrine est douloureuse, j'ai du mal à respirer, à trouver mon souffle au milieu des sanglots qui m'ébranlent le corps. Il me faut quelque chose – non, pas *quelque chose*. Il me faut souffrir. Me libérer.

Je dois m'entailler.

Il suffirait d'un simple coup de lame pour libérer la tempête qui fait rage en moi. Rien de plus que l'acier contre ma peau. Un mouvement vif et ce serait fini. Juste une coupure. Juste une ligne de sang, nette et précise.

Cela me suffirait.

Et ce serait si facile. Tellement facile.

À présent, je respire plus calmement et je me relève avant de rejoindre l'échelle de ma penderie, semblable à celle d'une bibliothèque. Je la dirige le long de son rail jusque dans l'angle et je monte tout en haut. Il y a un carton à chapeau décoratif dans le coin et je m'en saisis avant de redescendre précaution-neusement pour déposer la boîte par terre.

Je m'agenouille juste à côté et je retire son couvercle. Le carton est rempli de souvenirs et je fouille à l'intérieur à la recherche du petit étui en cuir qui renferme les vieux scalpels que j'y ai dissimulés. Ce n'était pas pour m'en servir à nouveau, mais pour me rappeler que j'ai la force de ne plus jamais les toucher.

Or, en ce moment, je ne trouve pas cette force en moi. Je ne suis pas forte du tout.

Il est là, le cuir brun lustré par un usage répété. Je le sors et le pose dans ma paume tout en m'imaginant les lames brillantes. L'éclat des instruments tranchants, scintillant comme des fées dans la lumière tamisée du placard. Et la sensation de l'acier froid sur ma chair brûlante. Le soulagement. Cette douleur vive et exquise capable de vaincre la rage qui m'habite.

Lentement, j'ouvre l'étui et regarde fixement ces lames, belles et parfaites.

Je peux le faire.

J'ai besoin de le faire.

Je veux le faire. Je le veux, bon sang. Je le veux, je le veux, *je le veux*.

Et pourtant, non.

Ce que je veux, c'est Damien, et dans un cri de frustration si animal qu'il me déchire la gorge, je jette les scalpels à l'autre bout de la penderie. L'étui toujours ouvert produit un bruit mat contre le mur près de la porte et les instruments, éjectés de leurs compartiments, se répandent sur le sol.

Je m'élance vers eux avant de me forcer à reculer en criant un « non » farouche.

Puis, je me roule en boule contre l'îlot en granite et pose mon front sur mes genoux pour éclater en pleurs.

***

Je suis toujours par terre quand je sens les mains de Damien sur mon dos, puis autour de ma taille.

—Tu t'es coupée ?

Il me retourne et fait courir ses doigts le long de mes jambes. Ses gestes sont vifs, son regard déterminé.

—Bon sang, Nikki, le sol est jonché de lames. Tu t'es coupée ?

—Non, dis-je d'une voix étranglée. J'en ai eu envie, je crois que j'ai voulu le faire, mais non. Non, je te le jure, non.

Il m'attire violemment contre lui et fait pleuvoir des baisers sur mes lèvres, mon visage, mes cheveux. Il me berce contre son torse, me serrant si fermement que j'ai du mal à respirer.

—Nikki, oh, Seigneur. Je suis rentré. La porte était ouverte et la boîte de ce foutu berceau était juste là. Puis j'ai vu le verre à vin brisé, les éclats partout. Tu n'étais nulle part, bébé. Seigneur, il m'a fallu une éternité pour te retrouver.

Sa voix se brise et il penche la tête pour poser son front contre le mien.

—Je suis tellement désolé de ne pas avoir été présent, bébé. Je suis tellement, tellement désolé.

Je ne me rends pas compte que j'ai recommencé à pleurer, mais quand j'essaie de parler, je m'étrangle avec mon chagrin. J'abandonne cette idée et me contente de me blottir contre lui, laissant les larmes couler tandis qu'il me berce tendrement.

—Je croyais aller mieux, dis-je quand je parviens enfin à m'exprimer. Je croyais être en train de guérir. Je n'ai pas… je ne…

Je secoue la tête et essaie à nouveau.

—Je ne sais pas ce qui s'est passé. J'ai vu la boîte et j'ai juste…

Un sanglot lourd m'échappe et je frissonne avant de baisser les yeux, bêtement honteuse.

—Non, dit-il en me relevant la tête. Explique-moi.

Je rencontre son regard et j'y vois le reflet de ma propre tristesse.

—Cela va au-delà de la perte du bébé. C'est savoir que je n'en aurai sans doute jamais.

—Ma chérie, murmure-t-il.

Il y a une telle douleur dans ses paroles que je crains de me remettre à pleurer.

—Nous avons perdu plus qu'un enfant, Damien. Nous avons perdu la possibilité de continuer. C'est comme si je nous avais privés de l'avenir. *Notre* avenir.

—Non, déclare-t-il avec assurance. Ma chérie, non.

—Je croyais être en train de guérir, lui dis-je à nouveau. Mais je ne sais pas comment aller de l'avant. Je ne peux pas.

De nouvelles larmes ruissellent le long de mes joues.

—Je ne peux pas le faire sans toi.

—Bébé, je suis juste là.

—Non. *Non*, je répète.

Cette fois, ma voix est forte, nourrie par un tourment et une frustration qui me poussent à me lever.

—Tu n'es *pas* là, dis-je. Mais bon sang, Damien, il le faut. Tu es tout aussi anéanti que moi, tu ne le vois pas ?

Je tourne en rond dans la penderie, le cœur battant la chamade.

—Tu t'en es pris à Tanner. Tu t'acharnes sur ce sac de frappe en bas. Tu te fais mal et tu trouves du soulagement là où tu le peux, mais pas avec moi, Damien.

Ma voix se brise.

—Pas avec moi.

Il me regarde et, lorsqu'il se lève, je remarque une douleur toute nouvelle dans ses yeux. La douleur de quelqu'un qui a compris. Qui regrette.

—Nikki...

Mais je n'ai pas terminé.

—Tu me traites avec mille précautions, dis-je. Enfin, tu sais ce dont j'ai besoin. Et toi aussi, tu en as besoin. Mais tu nous en prives tous les deux, parce que tu me traites comme une petite chose fragile. Je ne suis pas fragile, je suis forte. C'est ce que tu me dis tout le temps. Je suis forte *avec* toi, Damien. Sans toi, je me brise. Sans toi, c'est ça que je suis, dis-je en désignant les scalpels sur le sol. S'il te plaît, je l'implore. Ne te retiens pas. Ne te détourne pas de nous. Tu me vois avec une telle netteté. Comme toujours. Alors ne fais pas semblant de ne pas comprendre. Aide-moi.

Mes paroles s'écoulent avec la fluidité d'une cascade, vive et torrentielle.

—Aide-moi à être forte, et toi...

Mais je ne finis pas ma phrase, car il m'a repoussée contre l'étagère de vêtements. Ses mains se referment autour de mes bras et sa bouche attaque la mienne avec une telle ferveur que nos dents s'entrechoquent et que je sens le goût du sang.

—C'est ce que tu veux ? demande-t-il en s'écartant suffisamment pour retirer la ceinture de ma robe de chambre en soie qui pend à quelques centimètres sur sa droite. Que je te prenne violemment ? Que je te baise ? Que je t'utilise ? Tu veux sentir ma paume te brûler les fesses ? Tu veux que je t'attache pour t'empêcher de t'enfuir ? Pour te forcer à tout ressentir ? Le plaisir, la douleur, implacables et impitoyables ?

—Oui, je gémis en fermant les yeux.

Il sait que c'est exactement ce dont j'ai besoin et son brusque retour me traverse comme une tornade. Je suis follement excitée et éperdument soulagée. Mon corps est en feu. Mes seins sont lourds et mes tétons durs. Et surtout, je suis terriblement mouillée.

Il glisse les mains sur ma peau jusqu'à atteindre mes poignets, puis il me relève les bras. Je tressaille et ouvre les yeux. Je fonds encore davantage en voyant la passion assumée et la chaleur sur son visage. À l'aide d'une extrémité de la ceinture, il me lie les poignets, puis il noue l'autre bout au portant de la penderie pour me forcer à rester droite, les bras au-dessus de la tête.

Je porte des vêtements de travail classiques – un simple débardeur en soie assorti à une jupe droite, et il m'effleure du bout des doigts, du poignet jusqu'à la bretelle, avant de suivre le contour du décolleté sur ma peau.

—Tu aimes ce haut ? me demande-t-il.

Mais avant que j'aie pu lui répondre, il s'est emparé des deux côtés du décolleté pour le déchirer comme une veste. Le tissu fragile se déchire et expose mon soutien-gorge. Le bruit est dangereusement sec – et merveilleusement provocant.

—Je t'en achèterai un autre, dit-il en tirant sur mon soutien-gorge pour libérer ma poitrine avant de me pincer un téton si fort que je pousse un cri. Dis-moi pourquoi, ordonne-t-il sans relâcher la pression de ses doigts.

Il se penche en avant pour me murmurer à l'oreille :

—Dis-moi pourquoi tu as pensé à te taillader. Dis-moi pourquoi tu as besoin de la douleur.

—Parce que…

Mes mots ne parviennent pas à franchir les sensations qui m'inondent. La douleur. Le plaisir. La chaleur. Le désir.

J'ai l'impression qu'une corde brûlante relie mon sexe à mes poignets, puis à mes lèvres et chaque cellule de mon corps. Je suis tellement excitée que même le frôlement d'un souffle sur mon clitoris me ferait basculer – mais je n'en ai pas envie. Pas encore. Je veux rester ici, en équilibre sur une lame de rasoir, hésitant dans ces limbes entre la douleur et le plaisir, le désir et la satisfaction.

Damien le sait – bon sang, il l'a toujours su. Et Dieu merci, il est de retour et enfin – *enfin* – il me prend au mot.

—Dis-le-moi, insiste-t-il. Pourquoi as-tu besoin de la douleur ?

—Pour l'inverser, dis-je en m'efforçant de parler distinctement. Pour l'absorber, la retourner et la combattre. Pour savoir que je peux gagner.

J'affronte son regard.

—Pour la contrôler, dis-je, et transformer ce qui est dur en quelque chose d'exceptionnel.

—La douleur en plaisir, murmure-t-il en me pinçant le téton encore plus fort. C'est ce que je te donne ? C'est ce que tu veux ?

—Oui, dis-je. Oh mon Dieu, oui.

—Gentille fille.

Il me lâche le sein et je pousse un cri en sentant le sang déferler à nouveau, net et vigoureux. J'ai l'impression d'avoir un fil sous tension tendu de ma poitrine jusqu'à mon centre névralgique.

—Et moi, de quoi ai-je besoin, bébé ? demande-t-il en me retournant face aux vêtements de la penderie. Pourquoi suis-je dur en te voyant ? Pourquoi te voir attachée, les fesses rouges sous ma paume, me donne-t-il envie de te baiser jusqu'à ce que tu hurles mon nom ?

—Le contrôle, je chuchote avant de l'entendre souffler pour

marquer son approbation. Parce que même si le monde s'écroule autour de nous et que tu as l'impression de ne rien contrôler, tu peux toujours me contrôler, moi. S'il te plaît, je supplie, excitée par ses mots. S'il te plaît.

Il soulève ma jupe et baisse ma culotte autour de mes chevilles. Je m'en débarrasse et il me caresse les fesses. Fermant les yeux, j'imagine sa paume qui me marque au fer rouge. Je l'appelle. C'est bien plus doux que la lame, mais je suis capable de m'y raccrocher pour me hisser hors de ce bourbier.

—Je te donnerai toujours ce dont tu as besoin, dit-il en ponctuant ses paroles d'une tape sur mes fesses.

Je pousse un cri en imaginant ma peau rougie, puis je ferme les yeux quand il passe la main sur ma chair tendre.

—Ce dont tu as besoin, comme tu en as besoin, me dit-il avant de me fesser à nouveau.

Cette fois, il glisse les doigts entre mes jambes après l'impact et gémit en me découvrant mouillée, ouverte et prête.

—Tu aimes ça.

Ce n'est pas une question et je suis contente qu'il connaisse ma réponse, car je suis trop étourdie pour parler. J'entends sa fermeture éclair, puis le bruissement du tissu lorsqu'il se déshabille. Je m'attends à sentir la pression de sa queue contre moi, mais au lieu de ça, ce sont ses doigts qui effleurent mon périnée et me font trembler d'impatience.

Il me frappe, encore et encore. Quatre fois, cinq, jusqu'à ce que je n'y tienne plus. Non pas à cause de la douleur, qui s'est muée en une délicieuse chaleur, mais à cause de la sensation lancinante et désespérée de mon besoin de le sentir en moi. Et je le supplie, je l'implore de me baiser.

—Comme tu voudras, dit-il d'une voix taquine.

Il me retourne et, mes poignets toujours liés, me soulève pour enrouler mes jambes autour de lui quand il me pénètre. Il maintient mes fesses à une main et me soutient en posant son autre paume dans mon dos.

Je suis totalement ouverte, vulnérable, et il a le contrôle

absolu. Il me prend avec force et férocité, s'enfonçant si profondément que j'ai l'impression de me fendre en deux. Quand un violent orgasme me secoue, je tremble dans ses bras et mon sexe se referme autour de lui, l'attirant à l'intérieur de moi jusqu'à ce qu'il explose à son tour. Il me serre et je reste suspendue dans les airs, malgré mes sens qui redescendent doucement sur terre.

Lorsque nous sommes à nouveau capables de bouger, il détache mes jambes de lui, puis il me délie les poignets. Nous nous effondrons sur le sol et nous pelotonnons l'un contre l'autre.

—Je suis vraiment désolé, me dit-il à mi-voix. Je n'avais pas l'intention de m'éloigner. Je ne voulais mettre aucune distance entre nous. Je voulais juste te laisser une chance de guérir.

—Comment le pourrais-je sans toi ?

—Comment le pourrions-nous l'un sans l'autre ? dit-il.

Son excuse me suffit. Quand nous émergeons enfin de la penderie, Damien me prend la main.

—Habille-toi, dit-il. Nous avons quelque chose à faire.

Je ne sais pas ce qu'il a en tête, mais j'enfile un jean et un t-shirt et le suis dans le salon du deuxième étage. Il jette un regard circulaire et choisit enfin le pot de marguerites que Jamie et Ryan nous ont envoyé.

—Viens, dit-il en m'entraînant vers les marches.

Je le suis à l'extérieur et nous nous dirigeons vers le bord de la maison où se trouve un petit parterre de fleurs. Quelqu'un a laissé une bêche sur le banc, et comme je connais assez bien le personnel pour savoir qu'aucun ne laisserait traîner un outil, je suis certaine que c'est Damien qui l'a posée là un peu plus tôt.

Je lève les yeux, intriguée.

—Qu'est-ce que nous...

—Nous allons planter les fleurs, dit-il. En sa mémoire.

Les yeux me piquent, mais je ne pleure pas. Je me contente de hocher la tête, submergée par les émotions et la mélancolie. Puis, je me mets à genoux et prends la bêche qu'il me tend. Je creuse un trou et dépose les fleurs à l'intérieur, avant de tapoter la terre tout autour.

Nous restons assis un moment et je me rends compte que je ne sais pas quoi dire. C'est Damien qui prend la parole en premier.

—Repose en paix, gentil bébé, dit-il.

J'acquiesce en songeant que cela suffit amplement.

Nous demeurons sur le banc à échanger ce moment doux-amer en silence jusqu'à ce que je dise enfin :

—Ma mère m'a dit que c'était pour le mieux.

Je ne le lui ai pas rapporté sur le moment, mais à présent, je veux qu'il le sache. Non seulement ce qu'elle a dit, mais aussi que je suis capable d'affronter ses paroles.

—Elle a dit que je ne serai jamais une bonne mère.

Ses yeux m'observent intensément.

—Tu la crois ?

—Non. Je l'ai cru, ou j'en ai eu envie. J'ai eu l'impression de recevoir un coup de poing dans le ventre, dis-je avant de sourire. Mais maintenant, je me sens plus forte.

—Ta mère est insensée, car tu aurais fait une mère exceptionnelle pour cet enfant. Tu le sais aussi bien que moi, mais tu as laissé ta mère s'infiltrer dans ta tête. Cette femme ne mérite pas de fouler le même sol que toi, et encore moins d'accéder à ton esprit.

—Je le sais, dis-je.

Mais je n'ai pas dû lui paraître convaincante, car il poursuit :

—Tu crois que tu serais une mauvaise mère parce que tu te scarifies ? Je crois qu'en surmontant la tentation et en prouvant constamment ta force, tu montres au contraire que tu serais un merveilleux parent.

Il me serre la main tandis que je laisse ses mots doux m'imprégner et me remplir d'une force toute nouvelle.

—Elle dit que tu es faible ? C'est faux. Et quand bien même, qu'est-ce que ça peut faire ? La force sans faiblesse, c'est du cinéma. Mais toi, bébé... tu sais le chemin parcouru.

—Avec toi à mes côtés, je lui rappelle.

—Et avec *toi* à *mes* côtés. Tu es ma force, Nikki. Nous le savons tous les deux. Il n'y a aucune honte à avoir besoin de la personne qu'on aime.

Son sourire atteint son regard.

—Je crois même que c'est crucial.

Quand je ris, je sens le sel de mes larmes.

—Je t'aime, lui dis-je.

Puis, je lui prends la main et nous baissons les yeux sur les marguerites fraîchement plantées.

Il est temps de passer à autre chose, je pense. Et avec Damien à mes côtés, je sais que j'en suis capable.

CHAPITRE VINGT-CINQ

LES SEMAINES qui suivent passent rapidement et avec facilité, confortant ma certitude que, même si nous ne sommes pas entièrement guéris, nous sommes en bonne voie.

Noah ne travaille plus pour moi, même s'il m'a aidée à choisir les deux nouveaux employés qui ont pris sa place et se sont rapidement installés. Éric et Abby sont non seulement compétents, mais ce sont également des personnes charmantes.

J'ai effectué deux trajets jusqu'à Dallas et Damien m'a accompagnée. Les réunions se sont bien passées et le projet se déroule sans accroc – nous avons même une semaine d'avance sur le programme.

Mieux encore, il n'y avait pas de fantômes à Dallas.

Maintenant, je suis tranquillement assise à mon bureau en attendant qu'Éric et Abby arrivent. Je parcours les notes de ma conférence téléphonique de la veille avec Bijan. J'ai envie de les organiser au plus vite pour pouvoir les communiquer à Abby, car je dois m'occuper d'autre chose.

J'ai passé la dernière semaine taraudée par une question qui n'a aucun rapport avec le travail. J'ai effectué de longues heures de recherche sur Internet, à me renseigner. Je sais exactement ce que je veux faire.

Et j'espère vivement que Damien sera d'accord avec moi.

À neuf heures moins le quart, Abby passe la tête dans mon bureau, faisant rebondir ses boucles blondes.

—Bonjour, je voulais juste vous dire que j'étais arrivée. Je vais travailler au débogage de ce...

—Attendez, lui dis-je. Je viens de vous envoyer par courriel mes notes de la conférence d'hier soir. Pouvez-vous les regarder pour établir la priorité des tâches avant de vous partager le travail avec Éric ?

—Euh, bien sûr.

Elle se rembrunit.

—Vous ne voulez pas le faire vous-même ?

Je ris, car je me rends compte qu'en peu de temps, elle a déjà appris à me connaître.

—Je travaille sur mes capacités à déléguer, lui dis-je. Et puis, je dois aller quelque part. Ça ne vous dérange pas ?

—Pas du tout, dit-elle en se redressant.

Elle est jeune, mais ambitieuse, et maintenant que je lui ai confié ce projet, j'en ai la pleine confirmation.

—Prenez votre temps, dit-elle. La journée, s'il le faut.

—Je le ferai peut-être, dis-je avant de prendre mon sac à main. Je vous tiendrai informée.

Je souris en empruntant les escaliers pour descendre dans le hall, puis me rendre au stationnement. Mon sourire n'a pas quitté mes lèvres quand j'arrive au camp de la fondation Stark Children.

Damien est déjà là, adossé contre un poteau en bois taillé. Il est en train de répondre à ses courriels sur son téléphone. En me voyant, il lève les yeux et fronce les sourcils.

—Je devrais être inquiet ?

—Inquiet ? Pourquoi ?

Il penche la tête et commence à énumérer les raisons sur ses doigts.

—Parce que tu es dans ton projet jusqu'au cou, que tu as parlé à Bijan hier soir et que tu ne laisserais pas Abby et Éric se débrouiller seuls sans une très bonne raison.

—C'est vrai. J'ai une très bonne raison. Mais tu n'as pas de souci à te faire.

Je me dirige vers le chemin qui contourne le bâtiment principal.

—J'aimerais te montrer quelque chose.

Nous marchons ensemble jusqu'à l'arrière du bâtiment, puis nous gravissons les marches menant au balcon du premier étage. De là, nous avons une vue imprenable sur le site et les enfants qui sont dehors. Certains jouent au ballon, d'autres nagent. Quelques-uns montent à cheval au loin. D'autres encore sont assis en petits groupes et discutent.

Tous ont l'air heureux.

—C'est grâce à toi, tu sais, dis-je.

Je lis l'interrogation sur son visage quand il se tourne vers moi.

—Cet endroit, je lui explique. C'est toi qui l'as bâti et c'est formidable. Grâce à toi, ces enfants sont pleins de vie. Ils savent que quelqu'un se soucie d'eux.

—Oui, dit-il malgré sa confusion. C'est le but essentiel de cette fondation.

—*Ta* fondation.

Je lui prends la main.

—Tu feras un père incroyable, tu sais.

J'entends son souffle s'accélérer. Nous n'avons pas parlé d'enfants depuis des semaines, même si nous nous assoyons souvent sur le banc devant les marguerites.

—Ne t'inflige pas ça, bébé, dit-il d'une voix douce. Ne me fais pas ça.

Je ne réponds pas, mais l'attire par le bras.

—Suis-moi, je lui ordonne avant de franchir les portes qui conduisent du balcon au premier étage du bâtiment.

Nous descendons les marches et empruntons le couloir

menant jusqu'à son bureau. À l'intérieur, je me connecte à son ordinateur et ouvre un site Web sur lequel j'ai passé beaucoup de temps dernièrement.

—Voilà, dis-je en désignant l'écran.

Il le regarde attentivement, si longtemps que je commence à craindre que l'idée lui déplaise. Puis, il se tourne vers moi, et je vois sur son visage le même espoir que je ressens dans mon cœur.

—L'adoption, dit-il. Tu veux adopter un bébé en Chine ?

—Un petit enfant, à vrai dire. Oui, ça fait un moment que j'y pense.

Je prends sa main dans la mienne.

—J'en ai envie. Je veux une famille, Damien. Je veux que nous fondions une famille.

En dépit de mes propos, je suis consciente de l'ironie de la situation. Pendant très longtemps, je n'ai pensé qu'à mon entreprise avant de songer aux enfants. À présent, c'est l'idée d'une famille qui m'obsède. La triste vérité, c'est qu'il y a peu de chances que je puisse jamais sentir un bébé grandir en moi, mais ça ne veut pas dire que je ne peux pas devenir maman.

Il se tourne à nouveau vers l'écran.

—Ils ont tous des problèmes de santé, dit-il en lisant les informations.

—Oui, j'acquiesce. Mineurs, pour la plupart. Mais tous les bébés du système ont un souci de santé. On les appelle des enfants en attente. Ils ont besoin de notre aide, comme les enfants qui sont ici.

Je me lève derrière lui pour voir l'écran, les mains sur ses épaules.

—En fait, j'ai même pensé adopter un enfant de la fondation. Il y en a tellement qui ont besoin d'un foyer permanent. Mais je me suis dit que cela reviendrait à en désigner un, et je ne voulais pas que les autres se sentent lésés.

—Oui, dit Damien. C'est logique.

Je m'avance à côté de lui et pose ma main sur le bureau.

—Alors, cette idée te convient ?

J'ai cru que j'allais devoir aborder le sujet avec délicatesse, lui donner le temps de réfléchir. Mais il a l'air prêt. Bon sang, il a même l'air enthousiaste.

—Elle me plaît. Pour être honnête, moi aussi, j'ai pensé à l'adoption ces derniers temps.

—Vraiment ?

Savoir que nous sommes sur la même longueur d'onde me réchauffe le cœur.

—Et ça ne te dérange pas que l'enfant ne soit pas génétiquement le nôtre ?

—Tu plaisantes ? fait-il sur le ton de l'évidence. Le sang, c'est une question de biologie. Rien à voir avec la famille.

Mon sourire est si rayonnant qu'il en est presque douloureux.

—Je veux te montrer quelque chose, dis-je en passant devant lui pour m'asseoir au clavier. Je sais que c'est rapide.

Je manie la souris pour cliquer sur plusieurs liens jusqu'à trouver l'image que je cherche – une petite fille de près d'un an au visage triste. Son regard m'a percutée dès l'instant où je l'ai vue.

—J'ai vu sa photo et elle m'a attirée. Elle a besoin d'une famille, Damien, dis-je. Je crois qu'elle a besoin de nous.

Je lève les yeux vers lui et vois son menton trembler lorsqu'il tend la main pour effleurer l'écran du bout des doigts.

—Oui, dit-il d'une voix douce. Je crois qu'elle a besoin de nous.

Au fil des jours, nous organisons toute une série de dîners et de cocktails avec nos amis pour leur partager la bonne nouvelle. Ils se sont tous montrés enthousiastes, mais je crois que c'est Sylvia qui a poussé le cri le plus fort. Après tout, c'est logique, elle a adopté Ronnie juste après avoir épousé Jackson.

Jamie a manqué de me broyer les côtes dans son étreinte, et elle m'a promis d'être la meilleure tante du monde.

—Sérieusement, a-t-elle dit. La meilleure tante. Bon sang, je m'inscrirai même aux cours du soir s'il le faut. Au cas où il y ait des règles ou d'autres bêtises à connaître.

Ryan a gratifié Damien d'une tape virile dans le dos et lui a dit qu'ils devaient fêter ça en fumant un cigare dans le jardin de derrière.

Evelyn n'a pas trouvé les mots, avant de parvenir à se ressaisir. Sofia a tapé dans ses mains comme une fillette. Elle s'apprêtait à sauter au cou de Damien pour l'enlacer, mais elle s'est interrompue pour me regarder avant de le prendre dans ses bras en voyant que je lui donnais ma bénédiction.

Frank est celui qui m'a le plus étonnée. J'ai vu de vraies larmes dans ses yeux et quand il m'a serrée contre lui en me disant qu'il était fier de moi, je me suis mise à pleurer.

Mais je savais que ces gens-là nous témoigneraient leur soutien. Je retrouve ma mère dans une heure et je ne m'attends absolument pas à un accueil aussi chaleureux.

—Tu n'es pas obligée de lui expliquer quoi que ce soit, me dit Damien.

Nous sommes dans l'appartement de la Tour et je fais les cent pas devant la baie vitrée qui surplombe la ville.

—Si, dis-je, incapable de justifier une telle assurance.

J'espère peut-être lui donner une dernière chance. Je me donne peut-être un grand coup de pied aux fesses pour accélérer les choses et avoir l'élan nécessaire pour enfin couper le cordon une bonne fois pour toutes.

Quoi qu'il en soit, je m'apprête à descendre en bas de l'immeuble. Je lui ai dit que je voulais prendre un café avec elle chez Java B, à l'extérieur.

—Tu veux que je vienne ? demande-t-il.

—Je voudrais bien, oui. Mais je crois qu'il vaut mieux que je sois seule. Si j'ai besoin de toi, tu n'es jamais qu'à cinquante-six étages de là.

Il se penche pour m'embrasser.

—Je ne suis jamais très loin.

Je hoche la tête et reste contre lui pendant un moment.

—Souhaite-moi bonne chance.

—Bonne chance, dit-il en m'accompagnant jusqu'à l'ascenseur.

La cabine est déjà là, mais il me prend le bras pour me retenir avant que je m'y engage.

—J'ai mené ma petite enquête, dit-il. La maison de ta mère à Dallas a été vendue suite à une saisie.

—Quoi ?

—Elle est ruinée, dit-il. Je ne sais pas quelle est la vraie raison de sa venue à Los Angeles, mais j'ai le sentiment qu'elle espère toucher un joli chèque au bout du compte.

Je ne suis pas franchement étonnée, mais un peu hébétée.

—Je voulais que tu le saches avant de lui parler.

—D'accord. Merci.

Je me hisse sur la pointe des pieds pour l'embrasser.

—Nous verrons bien, dis-je avant de monter.

Bientôt, je sors de l'ascenseur et traverse le hall de l'immeuble en direction de la place. Elle est déjà là, debout bien droite près de la fontaine.

—Ils ont des tables par là-bas, lui dis-je. Installe-toi, je vais nous chercher un café au lait.

Elle s'assoit et je prends quelques instants pour retrouver ma contenance, le temps de passer commande et d'attendre que l'on me serve. Enfin, je la rejoins à table et décide de trancher dans le vif.

—Je voulais te voir pour t'annoncer la nouvelle. Damien et moi avons décidé d'adopter.

—Vraiment ?

Elle hausse les sourcils presque imperceptiblement.

—En Chine, je poursuis. Nous avons soumis les documents initiaux pour l'adoption d'une petite fille. Nous avons rendez-vous demain avec l'agence, puis nous commencerons la procédure d'enquête familiale. Et la longue attente.

—L'enquête familiale, dit-elle. C'est quand un inconnu vient chez vous pour vous évaluer ?

J'affiche un sourire réjoui.

—Oui, en quelque sorte.

—Hmm, fait-elle avant de siroter son café. Et vous adoptez en Chine ? La fille de mon amie Angelica vient d'adopter en Chine. Elle était stérile, elle aussi.

Sa voix me fait penser à des ongles sur un tableau noir.

—À ce qu'il paraît, tous ces enfants ont quelque chose qui cloche.

Une boule de rage se forme dans mon ventre et je m'efforce de l'ignorer.

—Je ne le présenterais pas comme ça, mais disons que tous les enfants du programme ont des besoins spéciaux.

—Et cet enfant qui vous intéresse ? Quel est son problème ?

J'ai envie de me frapper la tête contre la table.

—Elle a un orteil de trop à chaque pied. C'est trois fois rien. Nous avons déjà discuté avec un chirurgien pour savoir ce qu'il faudrait faire pour corriger cela.

—Je vois, dit-elle, même si je doute sincèrement qu'elle comprenne ma démarche.

—Eh bien, dis-je. C'est tout ce que je voulais te dire. Je suis sûre que tu as une journée chargée, alors...

Elle n'a pas l'air de vouloir bouger.

—Je ne peux pas dire qu'il m'est déjà arrivé d'envisager l'adoption, mais je pense qu'il est normal qu'une femme veuille des enfants, surtout si elle peut garder la ligne et rendre son mari heureux.

Elle me toise d'un air évaluatif.

—Au moins, tu n'auras pas à craindre de prendre du poids. Mais crois-tu que Damien sera content d'avoir un enfant qui n'est pas de son sang ?

—Oui, il sera content.

Elle pince les lèvres et inspire bruyamment par le nez.

—Tu es aveugle, Nichole. Tu l'as toujours été en ce qui concerne cet homme. Crois-tu vraiment qu'un homme tel que Damien Stark voudra d'un enfant qui n'est pas issu de sa chair et de son sang ? Non. Je le sais d'expérience, tu sais. On ne peut pas garder un tel homme sans lien du sang.

—Mais de quoi parles-tu ?

—Mon père, ton grand-père, était le second mari de ma mère, mon beau-père. Tu crois qu'il se souciait de moi ? Je n'étais jamais à la hauteur. Jamais assez raffinée, ni assez jolie. Je n'ai fait que l'agacer, jusqu'à ce que je grandisse et que je sois son héritière pour la simple raison qu'il n'en avait pas d'autres.

Je n'avais jamais entendu ma mère parler ainsi de mon grand-père.

—Je l'ignorais, dis-je. Mais Damien n'est pas comme ça.

—C'est ce que tu dis maintenant. Les hommes ne restent pas. Ta sœur l'a appris à ses dépens. Je ne veux pas que tu souffres comme elle, mais c'est inévitable. Il te quittera. Si tu donnes à cet homme un enfant qui n'est pas le sien, il partira.

—Non, il ne partira pas.

Je m'adosse contre mon siège.

—Vois-tu, je pense beaucoup à la famille. La famille, ce n'est pas que le sang. Le sang, c'est un hasard. C'est de la biologie. La famille, c'est de l'amour, du respect, des attentions et de l'engagement.

—De l'engagement ! C'est pour ça qu'il s'amuse avec cette garce de Londres complètement folle à lier ?

—Sofia ?

Je penche la tête pour la dévisager.

—Que sais-tu au sujet de Sofia ?

Elle détourne le regard et j'ai l'impression qu'elle se reproche d'avoir parlé trop vite.

—J'en ai entendu parler en ligne, dit-elle sur un ton évasif.

—Depuis quand consultes-tu les réseaux sociaux ? Bon

sang, Mère ! dis-je en repoussant ma chaise pour me lever. C'est toi qui m'as envoyé ce courriel ?

—Je ne vois pas de quoi tu veux parler. Mais si tu sous-entends que quelqu'un t'a prévenue au sujet de ton mari et de cette traînée, alors j'estime que tu devrais le remercier.

—Va-t'en, dis-je.

—Quoi ?

—Tu m'as entendue. Je veux que tu t'en ailles. Nous en avons terminé toutes les deux.

—Mais... Je ne...

—Tu m'as très bien comprise, dis-je. Et il est temps que tu t'en ailles.

—Très bien.

Elle repousse à son tour sa chaise et se lève.

—Tu as toujours été une enfant impossible.

Elle hisse son sac sur son épaule.

—Tu crois vraiment qu'ils vous donneront l'autorisation d'adopter ? Avec tes... problèmes ?

Son ton est glacial. Je tends la main vers le dossier de ma chaise pour me soutenir.

—Tu parles du fait que je m'entaillais la peau ?

—Je pense que l'agence d'adoption serait très réticente en le sachant. S'ils devaient l'apprendre. S'ils découvraient des photos, apprenaient des histoires. Bien sûr, ce serait terriblement gênant si cela devenait public.

—Es-tu en train de me *menacer* ?

Elle se rassoit.

—Je m'inquiète pour ton bien-être. Je ne veux pas que tu te charges plus que tu ne pourrais le supporter. Évidemment, je pense aussi à l'intérêt de l'enfant.

La rage cogne dans mes oreilles et je m'agrippe si violemment au dossier de la chaise que je crains bien de le briser. Mais je prends alors une grande inspiration en comprenant ce qui se trame. Car cela ne concerne pas vraiment Damien, mon enfant, ni moi. Dans l'esprit de ma mère, ce n'est jamais le cas.

Tout tourne autour d'elle, et je sais exactement ce qu'il me reste à faire.

—Tu sais quoi, Mère ? Tu as gagné.

—Pardon ?

—Tu as gagné. Tu vas retourner au Texas. Dans ta nouvelle maison intégralement payée, ta somptueuse Mercedes et un compte en banque à six chiffres.

—Mais que diable...

—Ne joue pas la surprise, c'est ce que tu veux. Et tout ce que je te dis est à toi. Si tu pars demain matin. Et si tu te tiens à l'écart de ma vie.

—Tu te crois spéciale maintenant que tu as de l'argent ? Tu crois pouvoir prendre en pitié ta pauvre mère qui a perdu sa fortune ? Ce n'était pas ma faute, tu sais. Et cet argent ne t'appartient pas.

—C'est à prendre ou à laisser, Mère. Mais tu dois te décider maintenant.

C'était son objectif depuis le début. Des espèces sonnantes et trébuchantes. Et je suis contente de m'en être rendu compte. Parce que je veux que tout cela se termine. Je veux qu'elle s'en aille.

—Sois à l'aéroport demain matin, je lui ordonne. Tu te rappelles le hangar où est rangé le jet privé ? Si tu ne t'y présentes pas, notre accord est rompu.

—J'y serai, me dit ma mère. Mais uniquement parce que tu as une perception déformée de la situation. Je sais que ce n'est pas définitif, quoi que tu en dises. Tu es comme ta sœur et tu finiras par me revenir en rampant. Tu n'as jamais su te débrouiller toute seule. Et quand il s'en ira, nous savons toutes les deux que tu seras anéantie.

—Il ne s'en ira pas, dis-je. Je le sais. Et tu sais quoi, Mère ? Tu le sais, toi aussi. Ashley n'était peut-être pas assez forte. Mais moi, si.

Je contourne la table pour m'approcher d'elle.

—Nous n'avons pas besoin de nous disputer sur ce point. Tu as gagné, de toute façon.

Je commence à m'éloigner, mais je m'arrête pour la regarder une dernière fois.

—En fait, je crois que nous gagnons toutes les deux au change. Parce que tu vas enfin t'en aller. Au revoir, Mère. C'est terminé.

Sur ces mots, je lui tourne le dos et, le cœur battant furieusement, je retourne dans la Tour Stark pour monter rejoindre Damien.

CHAPITRE VINGT-SIX

—Tu es sûr que ça ne te dérange pas ?

Nous sommes au lit et je suis appuyée contre lui. Mes doigts dessinent des motifs sur son torse tandis que je lui explique la scène qui s'est déroulée entre ma mère et moi.

—De payer pour nous débarrasser d'elle ? Je crois que c'est un excellent investissement.

Je soupire, soulagée.

—Bien. Je sais que j'aurais dû te le demander avant, mais…

—C'est aussi ton argent, me rappelle-t-il, conscient que j'ai toujours tendance à l'oublier.

—Tu crois qu'elle parlera quand même à l'agence ? À propos de mes scarifications ? Une fois qu'elle aura le titre de propriété de la maison, nous ne pourrons plus faire grand-chose. Du moins, pas aussi facilement. Et elle peut les prévenir de manière anonyme, de sorte que nous ne puissions même pas l'accuser concrètement.

—C'est possible, dit Damien. Elle en est bien capable.

Je ferme les yeux et expire lentement.

—Peu importe. Je vais le leur dire moi-même.

Il se tourne et incline mon menton pour me forcer à le regarder en face.

—Tu en es certaine ?

—Mieux vaut être directe et franche, dis-je en hochant la tête. Et puis, je veux tout faire dans les règles de l'art. Ils effectuent une évaluation. Ils parlent avec la famille au préalable. Je ne veux éviter aucune question. Je veux simplement être moi. La vraie moi, sans aucun masque.

—Aucun enfant ne pourrait rêver d'une meilleure mère.

J'arque un sourcil en le regardant.

—Avec un peu de chance, l'agence et la Chine seront d'accord avec toi.

Je me redresse, l'esprit toujours préoccupé par ma conversation avec ma mère.

—Qu'y a-t-il ? demande Damien.

—C'est juste que... eh bien, elle a dit que j'étais incapable de me débrouiller toute seule. Que si tu partais, je serais anéantie.

Je déglutis et me tourne vers lui.

—Elle a raison, tu sais. Je t'aime tellement.

Il secoue la tête.

—L'amour, ce n'est pas de la dépendance, bébé.

Il me caresse les cheveux et plonge son regard dans le mien.

—La vérité, c'est que tu es capable de te débrouiller toute seule. Mais tu choisis de rester avec moi.

—Oui.

J'ai presque murmuré et je me blottis contre lui, submergée de soulagement et de reconnaissance.

—Oui, je répète. Je te choisis.

—Ce qui fait de moi le plus heureux des hommes.

—Damien ?

—Oui ?

—Tu veux bien me faire l'amour maintenant ?

Je sens les vibrations de son rire grave dans ma poitrine.

—Bébé, dit-il en roulant sur le côté pour me prendre au piège sous son corps. Avec plaisir.

Lentement, il retire le t-shirt que je porte, me laissant toute nue. Il en fait de même avec son pantalon de survêtement, qu'il jette en tas sur le sol. Il m'embrasse tendrement tout en me couvrant de caresses attentionnées, avec des gestes sensuels.

Il n'y a rien de fougueux dans notre manière de faire l'amour ce soir, et pourtant ce n'en est pas moins passionné que lorsqu'il me prend sauvagement pour me posséder avec une telle ferveur que j'en reste pantelante.

Ce soir, ce sont ses tendres baisers qui me coupent le souffle. Et quand il m'écarte les jambes pour se glisser à l'intérieur de moi, je soulève les hanches pour le rencontrer, l'attirant dans un rythme régulier, jusqu'à ce que nous ne formions plus qu'une seule personne, fusionnant les limites qui nous distinguent.

—Oui, je murmure en sentant l'extase frapper à ma porte. Oh, Damien, oui.

Il redouble d'ardeur et sa bouche se referme sur la mienne. Je m'agrippe à son dos, faisant glisser mes mains le long de ses fesses. J'ai envie de le sentir encore plus profondément. Soudain, le tempo de ses va-et-vient augmente et je sens tout son poids me plaquer contre le matelas. La tension ne cesse de prendre de l'ampleur jusqu'à ce que j'entende Damien me demander à l'oreille de jouir en même temps que lui, d'exploser avec lui.

Comme si sa voix était un ordre, je me plie à la force de sa volonté et un million de lumières éclatent lorsque le plaisir m'ébranle tout entière.

Je reste tremblante, haletante contre Damien en attendant que l'orgasme s'estompe. Puis, il m'attire à lui et je moule mon corps contre le sien.

—Je t'aime, bébé, dit-il.

—Je t'aime aussi.

Ma voix est faible, mes paupières lourdes. Et la dernière chose à laquelle je pense lorsque le sommeil m'entraîne, c'est que demain, tout changera.

Et je suis impatiente.

Je souris nerveusement à Damien quand nous approchons de la porte de l'agence d'adoption. Sa main gauche est refermée autour de ma main droite et, de l'autre, je tiens la photo de la fillette que j'ai imprimée à partir du site Web. Nous l'appelons déjà Lara, cette enfant dont j'espère bientôt pouvoir dire que c'est notre fille.

—Tu en es sûre ? me demande Damien. Si tu leur dis tout, ils refuseront peut-être. Ils ne nous permettront pas d'adopter, et ça risque de s'ébruiter. Nous savons tous les deux qu'aucun secret n'est jamais à l'abri.

Je hoche la tête en sachant qu'il a raison. Mais si nous le taisons et s'ils le découvrent par eux-mêmes, nous sommes sûrs d'être rejetés. Quand je l'avouerai, je serai convoquée par un psychologue qui déterminera si je suis apte à adopter. Je devrai dire ce que j'ai sur le cœur, raconter mon histoire. Il me faudra m'ouvrir comme jamais je ne me suis ouverte devant qui que ce soit à l'exception de Damien. Et ce sera douloureux, affreux et gênant.

Mais tout cela en vaudra la peine.

—Ils ne nous refuseront pas, je déclare. Je suis peut-être attirée par les scarifications, et peut-être le serai-je toute ma vie, mais je parviens à me contrôler. Je n'ai plus besoin de lame. Grâce à toi, j'ajoute en lui serrant la main.

Je prends une inspiration.

—Le plus important, c'est que je serai une mère formidable.

—C'est vrai, dit-il. Je n'en doute pas.

—S'ils nous refusent, nous pourrons toujours essayer un autre pays ou une autre agence, ou encore passer par l'adoption privée. Ou alors, nous aurons notre propre bébé. Après tout, ça ne nous est pas impossible, j'ajoute, même si l'idée de subir plusieurs fausses couches avant de réussir enfin me donne envie de pleurer.

—Je ne veux pas que tu traverses à nouveau cette épreuve, me dit-il comme s'il avait suivi mes pensées.

—Pourtant, je le ferais s'il le fallait, parce que c'est ce que je veux. J'en suis certaine. Plus certaine que jamais, j'ajoute en le regardant. Sauf en ce qui te concerne.

—Je t'aime, dit-il.

Puis, il ouvre la porte et nous faisons un pas vers notre avenir.

ÉPILOGUE

JE RIS en franchissant la porte du jet, quand j'aperçois la banderole *Bienvenue* que brandissent Jamie et Ryan sur le tarmac en contrebas. Je descends la rampe, notre fillette de vingt mois agrippée à moi comme un petit singe, Damien sur les talons.

—Je crois que toutes les personnes que nous connaissons sont réunies, dis-je en regardant la foule d'amis et de proches rassemblés devant l'un des hangars Stark de l'aéroport de Santa Monica.

Jamie et Ryan avec leurs enfants, Sylvia et Jackson, Evelyn et mon père. Il y a aussi Ollie, ainsi que Sofia, Dallas et Jane, Cass et Siobhan, Lyle et Noah avec Wyatt. Rachel et Edward, accompagnés d'au moins deux dizaines d'employés de chez Stark International sont aussi au rendez-vous.

—Il y a encore d'autres personnes à l'intérieur, dit Jamie. Tu es prévenue. Nous devions accueillir comme il se doit notre petite fille, n'est-ce pas ? dit-elle en saluant le bébé d'un geste de la main. Dis bonjour à ta tante Jamie, ajoute-t-elle.

Ma merveilleuse fille lève alors la main et l'agite en gloussant.

—Bonjour tout le monde, lance Damien d'une voix forte et

enjouée. Merci d'être venus. Ça compte beaucoup pour nous trois. Et à ce propos, j'aimerais vous présenter officiellement Lara Ashley Stark. Viens ici, toi, dit-il en tendant les mains pour que je lui donne Lara.

—*Baba*, glapit-elle, utilisant le terme mandarin pour papa. Bisou !

Tout le monde applaudit et elle enfouit timidement sa tête contre le torse de Damien.

—C'est le premier mot que nous lui avons appris, dis-je fièrement. Et c'est devenu son préféré.

Je lui caresse les cheveux.

—N'est-ce pas, ma puce ? Bisou ?

—Bisou ! répète-t-elle avant d'éclater de rire. *Baba* ! Bisou !

—Tout ce que voudra ma petite fille, dit Damien.

Il frotte son nez contre le sien et bat des cils sur sa joue avant de l'embrasser.

—Bisou, dis-je en riant.

Il m'attire à lui pour m'embrasser à mon tour, sous les applaudissements de nos amis. Je sens une douce et agréable chaleur m'envahir.

Cela fait plus de huit mois que nous avons entamé la procédure et j'ai encore du mal à croire que nous en avons vu la fin – ou plutôt, le commencement. C'est un tout nouveau chapitre de notre vie commune et je prends la main de Damien tandis que notre petite famille suit la foule à l'intérieur du hangar.

—Ne t'inquiète pas, me dit Syl en se glissant à côté de moi. Nous savons que vous êtes épuisés. Ce sera une fête très courte. Nous étions bien trop impatients.

—Tout va bien, lui dis-je, ravie de leur montrer Lara, qui s'est animée au contact de nos amis.

Elle sourit et glousse dans les bras de Damien.

—De toute façon, je ne suis pas très fatiguée, j'avoue.

C'est l'un des avantages de voyager en jet privé. Un vrai lit dans une vraie chambre – à bord de l'avion, il y avait même un berceau pour le bébé.

Damien l'emmène à travers la foule dans le hangar et, bien qu'elle reste cramponnée à lui, certains de nos amis ont l'honneur de recevoir les témoignages d'affection de Lara, y compris Evelyn qui la prend avec enthousiasme. Elle la soulève dans ses bras en faisant une grimace que je n'aurais jamais cru voir un jour sur le visage de mon amie. Quand Frank se baisse à son tour pour produire toutes sortes de cris d'animaux, je dois me détourner pour ne pas fondre sur place.

Ronnie veut aussi la tenir, mais nous décidons de la poser sur une couverture pour laisser Ronnie et Jeffery s'occuper de leur cousine jusqu'à plus soif.

Quant à la fête, elle dure plus longtemps que prévu, mais je ne songe pas à m'en plaindre, surtout en constatant que notre princesse s'amuse autant.

—Câlin ! demande-t-elle à Cass.

Quand celle-ci s'exécute, Lara montre le diamant que Cass porte dans son nez et dit quelque chose que je traduis par « brillant ».

—Elle est magnifique, me dit Ollie en venant s'asseoir quand Cass me l'amène pour la déposer sur une couverture, étendue à côté de moi sur le canapé où je me suis assise. Comme sa mère, ajoute-t-il.

—Elle est intelligente et elle n'a peur de rien, je réplique. Comme son père.

Il ricane.

—Aussi, oui, dit-il avant de passer un bras sur mon épaule tandis que nous contemplons ensemble ma petite fille. Heureusement que j'étais en ville ce soir. Vous avez fait le bon choix, Damien et toi.

Je souris et balaie la salle du regard. Je redouble de bonheur quand Damien vient s'asseoir en face de nous et prend le temps de serrer la main d'Ollie avant de se laisser choir, exténué, sur son fauteuil.

Sofia apparaît et sourit brièvement à Damien avant de me regarder pour demander :

—Je peux la prendre ?

J'hésite.

—Je te la rends tout de suite, ajoute aussitôt Sofia.

—Zut, dis-je. Je suis désolée. Bien sûr, tu peux la prendre. Je...

Elle rit.

—Ça ne fait rien. Je rentre à Londres demain, de toute façon. Mais je voulais être ici pour l'occasion, alors je suis venue ce matin.

Elle se penche et soulève Lara, qui ne bouge pas, même si ses paupières commencent à se faire lourdes.

—Je voulais la rencontrer et voir Damien dans son rôle de père. Je parie qu'il surpassera largement tous ses modèles paternels, dit-elle en le regardant d'un air désabusé.

—Sans aucun doute, dit-il en levant sa bouteille d'eau pour faire mine de porter un toast.

—Tu as envie de rester plus longtemps ? je demande alors à Sofia. Ça ne me dérange pas, j'ajoute en croisant le regard de Damien.

Je ne suis toujours pas certaine à cent pour cent de pouvoir faire confiance à Sofia, mais je sais aussi que je n'y arriverai pas si je ne passe pas plus de temps avec elle. Et je sais qu'il est important pour Damien que Sofia fasse partie de la vie de Lara.

Elle hésite et ses yeux brillent quand elle me répond avec un sourire timide.

—Non, mais je te remercie. J'ai des sessions prévues avec le psychiatre en chef et je ne voudrais pas les rater.

Elle dépose un baiser sur la tête de Lara.

—Mais je reviendrai. Nous avancerons pas à pas, d'accord ?

—Oui, dis-je avec sincérité. Ça me convient parfaitement.

Sofia repose le bébé, puis elle s'éloigne avec Ollie pour discuter encore un peu.

Dès qu'Ollie se lève, Damien me rejoint.

—Eh bien, je suis épuisé, dit-il en se baissant pour prendre Lara dans ses bras. Viens là, petite fille. Tu as fatigué ton papa.

Il se carre dans le canapé, Lara appuyée contre sa poitrine. Elle suce son pouce.

—Tu ne peux pas être fatigué, monsieur Stark, dis-je pour le taquiner.

—Crois-moi, c'est possible.

—Hmm. Eh bien, voilà qui pose un problème.

—Vraiment ?

Je peux voir ses yeux flamboyer.

—Tu as une activité sportive à proposer pour notre retour à la maison ?

—Toujours, je réponds en souriant. Mais je pensais plutôt aux enfants. Je veux dire par là que si un seul te fatigue, comment vas-tu réussir à t'occuper de deux d'entre eux ?

Très lentement, il se tourne vers moi.

—Répète un peu.

Je lui prends la main et pose délicatement sa paume sur le secret que je taisais jusqu'à présent.

—Dr Tyler dit que je suis sortie de la zone dangereuse. Je... je ne voulais encore rien dire, tu sais, tant que nous n'étions pas certains que tout se passerait bien.

—Et tu en es certaine maintenant ?

L'espoir dans sa voix est presque palpable et je hoche la tête.

—Je l'ai vu juste avant notre départ pour la Chine. Maintenant, statistiquement, j'ai autant de risques d'avoir un problème que n'importe quelle autre femme.

—Mais nous n'essayions pas spécialement.

—La première fois non plus, je lui rappelle. Je suis une publicité ambulante pour l'échec de la contraception.

—Tu es enceinte, dit-il lentement avec un émerveillement manifeste. Tu es vraiment enceinte.

J'éclate de rire, enchantée par sa réaction.

—Lara sera grande sœur, dis-je, un sourire incontrôlable aux lèvres.

Il m'attire contre lui, les yeux pétillants.

—Bisou ! ordonne Lara. Bisou !

—Tu sais quoi ? dit Damien. Je crois que je vais t'écouter.

Et, avec notre petite fille assise entre nous, il me donne un long baiser passionné.

—C'est un garçon ou une fille ? demande-t-il en se détachant lentement de moi.

—L'un... ou l'autre, lui dis-je en réprimant un sourire. Dans tous les cas, c'est merveilleux.

―――

Découvrez Protège-moi

Ses caresses me coupent le souffle. Notre passion nourrit mon âme...

PROTÈGE-MOI - UN EXTRAIT

À Propos de Protège-moi

Ses caresses me coupent le souffle. Notre passion nourrit mon âme...

Mon amour pour Damien me comble et l'intensité de nos liens me fait chavirer. Pour lui, il n'y a aucun fardeau que je refuserais de porter, aucun châtiment décadent auquel je refuserais de me soumettre.

Convaincus de laisser les jours sombres derrière nous, nous avons bâti notre vie sur cette adversité, sculptant à même la douleur pour en révéler toute sa force et sa beauté. À présent, je n'ai qu'une seule envie, rire avec nos enfants sous le soleil et m'abandonner aux étreintes de Damien le soir venu.

Pourtant, des secrets planent encore, et des menaces cachées mettent notre famille en péril. Damien et moi, nous devons apprendre à puiser une force nouvelle dans notre passion commune, avec l'espoir que le feu qui nous unit chassera l'obscurité et protégera tout ce qui nous est cher.

Chapitre 1

Je me tiens sur la terrasse en bois de mon pavillon de plage, les notes joyeuses du *Rondo Alla Turca* de Mozart dans la tête. Le tempo enlevé de la musique en sourdine contraste fortement avec le calme relatif du Pacifique devant moi. En attendant, j'appuie du bout des doigts sur l'écouteur pour le remettre en place avant d'agripper à nouveau la balustrade. Les yeux tournés vers la mer, je m'imprègne de la beauté qui s'étend jusqu'à l'horizon et au-delà.

Il est à peine plus de dix heures et le ciel a déjà perdu les nuances orange et pourpres qui ont teinté ce début de matinée. À présent, il déploie sa couverture azurée sur la mer dansante qui étincelle dans la lumière éclatante du soleil.

Je m'y connais un peu en beaux-arts – en étant mariée à un homme comme Damien Stark, qui apprécie les arts et dispose des finances pour acheter tout ce qui lui plaît, c'est inévitable. Alors que j'admire ce paysage incroyable, deux pensées s'imposent à mon esprit. D'abord, aucun tableau ni aucune photographie ne pourra jamais capturer la majesté d'un tel panorama. Et ensuite, je suis plus heureuse que je ne l'aurais jamais imaginé. Chaque jour, je suis reconnaissante pour ce que j'ai, aux antipodes de l'horreur qu'était ma vie au Texas.

J'ai mes enfants. Ma maison. Mon travail. Mon paysage.

Et Damien, me dis-je avec un frisson de délice. Par-dessus tout, j'ai Damien. Mon mari, mon amant, mon cœur.

J'expire lentement en prenant le temps de savourer ce moment. C'est une belle journée, une journée décontractée, et j'ai l'impression de la mériter. Lors de notre voyage à San Francisco il y a quelques mois, Damien et moi avons connu une fêlure. Rien de grave – je crois qu'il ne pourrait jamais rien arriver d'insurmontable entre nous, et si cela devait advenir, la douleur d'une séparation me tuerait. Mais il m'avait caché des choses. Pour tenter de me protéger.

Un sourire ironique étire mes lèvres. Je comprends pourquoi il a fait cela, mais entre nous, les secrets ne fonctionnent jamais. Et maintenant, bien sûr, il me doit une revanche sur cette escapade ratée.

Je réfléchis aux dates auxquelles nous pourrions nous offrir une autre virée sur la côte quand Abby revient brusquement en ligne. À bout de souffle, elle s'exclame :

— Désolée ! Désolée ! Je ne pensais pas que ce serait si long. Débugger ce code, c'est la mort.

Ma société, Fairchild & Associés, conçoit et installe des logiciels d'entreprise ainsi que des applications web et mobiles – professionnelles, mais aussi de divertissement. Aujourd'hui, Abby s'arrache les cheveux sur *Assist' Maman*, l'application d'une simplicité trompeuse qu'elle a conçue : rappels aux parents, planification de rendez-vous, surveillance audio et vidéo, messagerie directe avec les baby-sitters et autres supports du même ordre, le tout dans une seule appli. Nous sommes en période de bêta-test depuis deux semaines et la date officielle de mise sur le marché approche à grands pas.

Naturellement, plus nous touchons au but, plus les pépins s'accumulent, mais Abby est excellente en programmation et elle a toujours surmonté chaque défi qui se présentait. Si elle rencontre des problèmes maintenant, c'est que ce morceau de code doit être sacrément coriace.

— Travis n'a pas pu t'aider ? demandé-je.

Travis est notre dernière recrue.

— Pas vraiment.

Le silence retombe, mais elle enchaîne :

— Il a tellement de pain sur la planche que je n'ai même pas fait appel à lui.

Je joins mes paumes, comme pour prier, et je me tapote le menton. J'hésite entre me taire et parler. Le silence est plus facile, mais il s'agit de ma société et je dois me comporter comme une adulte, même si ce n'est pas le cas de mes employés.

Associés, corrigé-je. Elle n'a que dix pour cent des parts, mais Abby est mon associée désormais. Je l'ai intégrée quand j'éprouvais des difficultés à jongler entre ma vie de chef d'entreprise et celle de nouvelle maman, et je ne le regrette pas. Non seulement cette fille est une informaticienne de génie, mais elle ne me baratine pas. Si elle me dit qu'elle sait faire quelque chose, c'est qu'elle en est capable. Si elle doute ou si elle commet des erreurs, elle ne me le cache jamais. Et elle ne se livre pas aux petites intrigues de bureau.

Ou du moins, elle ne l'a encore jamais fait.

Avec un soupir, je m'assieds sur le coussin d'une chaise de jardin. Je porte un bikini noir avec un chemisier simple et un grand foulard noué sur les hanches en guise de paréo. Il s'ouvre quand je m'assieds, révélant mes cuisses nues striées de cicatrices. Je m'empresse de croiser les jambes en remettant le foulard en place pour masquer ma peau exposée. Puis je m'efforce de me concentrer sur Abby. Ce n'est pas le moment de penser à mon passé, et encore moins au discours que je dois donner demain matin.

Uniquement à Abby.

— Bon, je t'envoie le code, me dit-elle. Et tu laisses ta magie opérer, d'accord ?

— C'est une option. Ou tu pourrais faire intervenir Travis. Si je me souviens bien, le débogage fait partie intégrante de sa fiche de poste.

J'entends bien l'intonation maternelle dans ma voix, mais c'est plus fort que moi.

— Et comme tu n'as toujours pas fait appel à lui, j'en déduis que tu es trop fière pour ça – ce qui n'est pas du tout l'esprit de cette société –, ou alors que tu restes bloquée par ce nuage noir entre vous. Et ce n'est pas un bon esprit non plus.

— Oh, et puis zut.

À mi-voix, elle lâche une série de jurons incompréhensibles qui ne me sont probablement pas destinés, puis elle prend une profonde inspiration.

— Nikki, je suis désolée, dit-elle en retrouvant le ton professionnel que je lui connais. Je ne voulais pas que nos histoires personnelles s'immiscent dans le travail.

Je passe les doigts dans mes cheveux tout en réfléchissant. Il me semblait bien avoir perçu des étincelles entre ces deux-là, les premières semaines après son arrivée. Maintenant, une tension désagréable s'est installée et ils ont du mal à travailler ensemble.

À contrecœur, je quitte ma chaise. Je sais ce que j'ai à faire, mais ça ne me plaît pas.

— J'ignore ce qui s'est passé, mais il y a un impact évident sur ton travail. Le tien, Abby. Que je sache, Travis fait toujours ce qu'on lui demande. Si je t'ai prise comme associée, c'est parce que je t'en croyais capable. Tu vas devoir surmonter ce qui s'est passé entre vous.

— Je sais.

— La boîte est si petite que je n'ai jamais pensé à établir des règles pour les relations au sein de la société...

— Nous n'aurions jamais dû...

— ... *et* je ne pense pas que nous en ayons besoin. Mais je pourrais changer d'avis si vous ne réglez pas le problème, tous les deux.

Au fond, je ne suis pas beaucoup plus âgée qu'Abby – elle a vingt-cinq ans –, mais en ce moment, le gouffre est immense entre nous. J'ai vécu tant de choses, bonnes et mauvaises. À de nombreux égards, Abby a encore un vernis provincial, même si ça fait plusieurs années qu'elle est arrivée à Los Angeles pour ses études.

— Tu vas y arriver ? Ou faut-il qu'on se sépare de Travis ?

Je me mords la lèvre en espérant qu'elle ne se rendra pas compte de mon coup de bluff.

Heureusement, elle ne tarde pas à me répondre :

— Non... non, c'est un atout majeur. Et c'est sans doute mon... bref, peu importe. Enfin, je vais voir s'il peut nous aider sur cette section de code.

— Sur quoi travaille-t-il en ce moment ?

— Il passe en revue toutes les demandes de soutien technique reçues ce mois-ci sur les applis de smartphone et il répartit les corrections entre nos free-lances, s'il s'agit de bugs importants. Mais il devrait avoir le temps de m'aider. Et tu as raison. C'est le meilleur. Il y a de grandes chances qu'il trouve la solution.

Mon corps s'affaisse de soulagement. Je n'ai pas eu beaucoup de problèmes de management à gérer depuis que j'ai lancé mon entreprise – notamment parce que j'ai fait cavalier seul pendant longtemps – et je me félicite d'avoir réussi à contourner cet écueil.

Honnêtement, je n'aurais pas dû laisser la tension entre eux prendre de telles proportions. Mais c'est l'inconvénient de travailler dans ce pavillon, je passe moins de temps avec mes collègues que lorsque j'occupais un bureau à Studio City, ce qui signifie que je suis moins au fait de tout ce qui se passe entre mes employés.

L'avantage, bien sûr, c'est que je suis plus proche de la maison. À quelques pas, pour tout dire, étant donné que le pavillon où j'ai installé mon bureau depuis près de deux ans est situé au bas de notre terrain à Malibu.

Quand nous avons commencé à sortir ensemble – ou pour être exacte, quand Damien m'a payée un million de dollars afin que je pose nue sur un portrait désormais suspendu dans notre séjour du deuxième étage –, il avait presque terminé la construction de la splendide demeure où nous vivons aujourd'-hui. À l'époque, et c'est encore le cas, le seul défaut que je trouvais à cette maison, c'était sa distance de la plage. Située à flanc de colline, elle offre une vue imprenable et tout le confort possible, depuis la piscine à débordement jusqu'à l'héliport. Mais pour se promener sur la plage, il faut d'abord descendre le chemin de gravier sinueux. Il ne suffit pas de franchir la porte pour avoir les pieds dans le sable, car même si la propriété est en bord de mer, la maison est reculée.

Voilà pourquoi mon mari, avec l'aide d'un architecte, a

conçu le pavillon qu'il m'a offert en cadeau. Ce ne devait être qu'une extension de notre maison, mais aujourd'hui je m'en sers de bureau. C'est un arrangement formidable qui me permet d'être proche de nos filles, Anne et Lara, même quand je suis immergée jusqu'au cou dans un projet.

Mais cette période se termine dans quelques jours, comme Abby me le rappelle en posant sa prochaine question :

— Alors, je te retrouve au bureau ?

— C'est l'idée. Je veux que Travis, Marge et toi soyez contents des nouveaux locaux.

J'ai rendez-vous avec une journaliste dans une boulangerie voisine pour une brève interview dans à peine plus d'une heure. Ensuite, je déjeune avec ma meilleure amie, Jamie, avant de faire quelques courses et de visiter nos nouveaux bureaux.

— Ça me plaît, dit-elle. Tu sais, au début, je croyais que ça m'ennuierait. Après tout, travailler en pyjama toute la journée sans perdre de temps en trajets, c'est génial, mais je suis enthousiaste de retrouver un bureau. Je commençais à parler à mes moutons de poussière.

— Laisse tes drôles d'animaux de compagnie chez toi, lui dis-je. Par contre, nous pourrions peut-être accepter un code vestimentaire décontracté.

Abby accueille ma tentative d'humour par un gloussement inélégant, proche du reniflement.

— Je vais t'envoyer la liste de tous les projets en cours dès que nous aurons raccroché, me promet-elle. C'est une liste à rallonge. Tant mieux, parce que ça veut dire qu'on fait un boulot formidable.

— C'est vrai, n'est-ce pas ?

C'est justement parce que nous sommes formidables que nous devons louer des bureaux. J'ai vendu mes locaux initiaux peu après la naissance d'Anne, quand j'ai décidé de commencer à travailler dans le pavillon de plage. À l'époque, il n'y avait que moi, Abby et Marge – notre responsable adminis-trative, secrétaire et figure maternelle. Abby travaillait essentiellement de chez elle et Marge partageait son temps entre le télétravail et le pavillon.

À présent, Anne a presque deux ans, notre liste de clients s'allonge, nous avons une équipe solide de free-lances et nous envisageons d'embaucher au moins un autre programmeur à temps plein, un cadre commercial et un directeur du développement. Plus important encore, non seulement les revenus augmentent, mais ils sont en plein essor.

— Waouh, dit Abby.

— Quoi ?

— Je me demande si je sais encore me maquiller.

— Menteuse, dis-je, provoquant son éclat de rire. Tu te maquilles même pour aller faire les courses.

— Euh, c'est l'hôpital qui se fout de la charité.

Je n'ai aucune objection à opposer. J'ai fait de gros efforts pour me détacher des leçons de vie inculquées par Madame Elizabeth Fairchild, mais sur ce point, ma mère a gagné. Je n'ai jamais réussi à sortir de chez moi sans être sous mon meilleur jour.

— C'est pour ça que nous formons une bonne équipe.

— Mercredi, dit-elle, me rappelant la date de notre premier jour dans nos nouveaux locaux.

— Il y aura du gâteau.

— Dans ce cas, tu peux être sûre que j'arriverai à l'heure.

Je lève les yeux au ciel. Bien sûr, elle ne me voit pas.

— Dois-je demander à Travis de travailler sur les mises à jour Greystone-Branch ? demande Abby. Ou penses-tu que nous devrions attendre d'avoir embauché quelqu'un d'autre ?

— Ça peut attendre une semaine. Nous verrons comment se passent les entretiens de jeudi et vendredi.

Nous tâtons le terrain depuis quelque temps et nous avons prévu de rencontrer cinq programmeurs potentiels dans nos nouveaux locaux ainsi que les candidats aux autres postes.

— Parfait. Oh, Marge et moi, nous viendrons au brunch. Travis aussi. J'ai hâte.

— C'est super.

Je déglutis, un peu coupable de ne pas les avoir personnellement invités. Il était prévu que la fondation Stark pour l'enfance envoie une invitation à tous mes employés – après tout, la société fait des dons réguliers à la fondation –, mais je n'avais pas vraiment réfléchi au fait qu'ils seraient présents dans le public pendant mon discours.

La perspective est intimidante et je me rassieds lentement sur la chaise. Une fois de plus, je crains d'avoir fait le mauvais choix. Ce samedi s'annonce redoutable.

— Nikki ?

— Désolée. La connexion était mauvaise. Tu disais que vous alliez tous venir ?

— Nous sommes impatients.

— Moi aussi.

C'est un mensonge. Ou du moins, en partie. Je suis enthousiaste. C'est un honneur de prendre la parole au brunch annuel de la fondation. Mais j'ai une frousse bleue.

Je m'apprête à couper la communication quand elle se racle la gorge et dit :

— Une dernière chose.

Au ton de sa voix, je suis sur le qui-vive, et j'hésite avant de répondre par un « oui » grave et prolongé qui laisse entendre que je flaire la mauvaise nouvelle.

— Non, non, s'empresse-t-elle d'ajouter. Ce n'est rien. Je voulais juste t'annoncer que nous avons reçu un nouveau CV aujourd'hui pour le poste de programmeur. Brian Crane. Tu as déjà travaillé avec lui, non ?

Je fais la grimace et je me réjouis qu'elle ne puisse pas me voir. Brian travaillait avec moi chez C-Squared. Mon dégoût pour cette société vient du fait que le propriétaire, Carl Rosenfeld, était un parfait connard. La mauvaise image que j'avais de lui s'est répercutée sur mes collègues, mais ce n'était pas leur faute. Brian était déjà un excellent programmeur à l'époque et il doit être encore plus doué aujourd'hui.

— Envoie-le-moi, je vais y jeter un œil. Je suis curieuse de savoir ce qu'il devient.

Après m'avoir répondu qu'elle le ferait, elle raccroche et je prends une longue inspiration. *Brian Crane.* Cet homme ne m'intéresse pas spécialement, mais en revanche, le souvenir de Carl réveille en moi toutes sortes d'émotions, dont le mépris qui arrive en première place.

Mais je suis sûrement un peu injuste. Après tout, sans Carl, Damien et moi ne serions peut-être pas ensemble aujourd'hui.

Le téléphone sonne et j'appuie sur mon écouteur.

— Qu'as-tu oublié ? demandé-je, certaine qu'il s'agit d'Abby.

Mais ce n'est pas elle. C'est Damien.

— Oublié ?

Sa voix forte et sensuelle fait bouillir mon sang. Mon corps frémit avec intensité, comme s'il était debout juste devant moi, m'enveloppant de son regard ténébreux, faisant vibrer toutes mes terminaisons nerveuses. Je me rends compte que je viens de me lever, comme si sa voix m'avait hissée sur mes pieds.

— Je ne crois pas avoir oublié le moindre détail à ton sujet.

— C'est bon à savoir, Monsieur Stark.

Ma voix est éraillée, voilée par le désir. Et alors que la brise fraîche venue du large souffle sur ma peau soudain brûlante, mes tétons se contractent sous mon haut de bikini.

Même après toutes ces années – même après deux enfants, les nuits blanches et les caprices de bambins –, il suffit d'un mot de Damien pour me faire fondre. Parfois, je me demande si le désir qui bout à gros bouillons se contentera un jour de mijoter sagement, mais cela me semble impossible.

— Dis-moi à quoi tu penses, demande-t-il.

Je ferme les yeux et je l'imagine devant moi, grand, athlétique et autoritaire.

— Je pensais à toi. Tu devrais savoir que je pense toujours à toi.

— Alors, c'est quelque chose que nous avons en commun, Mademoiselle Fairchild.

— C'est *Madame Stark*, merci bien.

Je sais qu'il entend le sourire dans ma voix.

— Oui, c'est vrai. Et ça me plaît beaucoup. À quoi pensais-tu, exactement ?

— À cette première nuit chez Evelyn. Et même si Carl est une affreuse vermine, je me disais que si je ne travaillais pas pour lui ce soir-là, nous ne serions peut-être pas ensemble.

— Si, nous serions ensemble, dit-il d'un ton sans appel. En apprenant que tu étais à Los Angeles, je t'aurais cherchée. Sois-en certaine, Madame Stark. Nous étions faits l'un pour l'autre, Nikki. Toi et moi, c'était inévitable. Et c'est à peine si Carl Rosenfeld a joué un rôle dans notre vie commune.

La vérité dans ses propos m'arrache un soupir de bonheur. Bien sûr, il a raison. Je sais que nous nous serions trouvés malgré tout.

— Et toi, à quoi pensais-tu ? demandé-je.

— Je me disais que ça fait plus de soixante heures que je ne t'ai pas vue, et qu'au moment où je rentrerai ce soir, on s'approchera dangereusement des soixante-dix heures.

— C'est bien trop long.

Damien est parti à Chicago mardi en début de matinée. Maintenant, nous sommes vendredi. Et bien qu'il soit rentré ce matin à Los Angeles par avion, il s'est rendu directement dans son bureau.

— Heureusement, j'ai une imagination très active et intuitive.

— Vraiment ?

En réaction à la chaleur de sa voix, j'ai la bouche sèche.

— Et qu'est-ce que tu imaginais ?

— Ma femme, nue, haletante et éperdue dans notre lit. Ma queue qui durcit quand je vois ses lèvres s'écarter et son dos se cambrer. Elle est à deux doigts d'exploser. Elle se presse contre mon visage tandis que je dévore son sexe magnifique.

— Mon Dieu, Damien.

Ma voix est tellement chargée de désir que j'ai du mal à prononcer les mots. Je serre les cuisses dans une vaine tentative pour atténuer le désir qui palpite entre mes jambes.

— Je veux que tu m'attendes. Mais pas à la maison. Je te veux pour moi tout seul.

Je hoche la tête sans un mot. C'est un peu ridicule étant donné qu'il ne me voit pas.

— Je te rejoindrai au pavillon, dit-il. Je veux que tu sois nue, penchée sur la balustrade. Je te baiserai par-derrière, les mains sur tes seins et le visage enfoui dans ta chevelure soyeuse. Je veux te sentir trembler sous mon corps, la peau en feu. Je veux t'entraîner lentement, te rapprocher du but sans jamais te faire basculer. Pas avant que le soleil disparaisse à l'horizon. Et quand les dernières lueurs orange et mauves éclateront dans le ciel, je te ferai jouir dans mes bras.

Les jambes en coton, je m'assieds à nouveau sur la chaise de jardin.

— Bon sang, Damien. Je crois que je viens de jouir.

Un ricanement grave me répond.

— Trois jours, c'est trop long. Je veux te posséder, Nikki. Marquer mon territoire. Ce soir, je prendrai ce qui m'appartient.

— Oui, murmuré-je. Oh, oui, je t'en prie.

— Et une fois que nous aurons retrouvé notre souffle, je veux marcher avec toi main dans la main jusqu'à la maison pour voir nos filles.

— Tu leur manques, dis-je, enveloppée dans une bulle de bonheur comme dans une couverture chaude et rassurante.

— Elles aussi, elles me manquent.

Un bruit sourd s'échappe de sa gorge.

— Avant, j'aimais voyager. Maintenant, j'ai l'impression de me couper un membre chaque fois que je pars.

— Nous aussi, lui dis-je. Bien sûr, je me débrouille.

J'ajoute avec légèreté :

— Comme hier soir, par exemple. Je n'étais pas seule dans notre lit.

— Ah bon ? Quelqu'un a négocié mon côté du lit ?

— Comme son père. Elle signera de formidables contrats d'affaires, plus tard.

Notre aînée, Lara, aura quatre ans dans deux semaines et c'est déjà une manipulatrice hors pair.

— Elle a dit qu'elle voulait me tenir compagnie pour que je ne sois pas triste de l'absence de Papa. Comment refuser ?

— Tu serais plus forte que moi si tu réussissais. Moi non plus, je n'aurais pas pu.

Pendant un moment, il se tait et le silence me pèse.

— Toutes mes filles m'ont manqué cette semaine.

— Toi aussi, tu nous as manqué. Atrocement. Faut-il vraiment que tu repartes la semaine prochaine ?

J'essaie de garder une voix détachée, mais je crains de connaître déjà la réponse, et elle ne me plaît pas.

Il rentre à Los Angeles à cause d'une série de réunions qu'il ne pouvait pas repousser. Mais si la crise de Chicago n'a pas été résolue, j'ai le pressentiment que je lui dirai encore au revoir à l'aéroport de Santa Monica dès lundi matin.

— C'est l'une des raisons de mon appel, en fait. Je voulais te prévenir que je récupérerai mon côté du lit la semaine prochaine. J'ai bien peur de décevoir ta petite compagne de nuit.

— Impossible, si ça veut dire que son père est de retour.

Je me sens mille fois plus légère maintenant que je sais qu'il ne repartira pas. En prenant conscience que j'ai mal aux joues à force de sourire, je me rends compte à quel point j'appréhendais un nouveau départ de Damien.

— Que fais-tu en ce moment ? demande-t-il.

— À part discuter avec mon mari ? J'étais au téléphone avec Abby juste avant que tu appelles. Et maintenant, je profite du paysage.

— Quelle coïncidence, dit-il. Moi aussi.

Je l'imagine debout devant l'immense baie vitrée de son bureau de luxe au dernier étage de la tour Stark. Son grand corps tonique, ses cheveux d'un noir de jais luisant dans la lumière du matin. Un gladiateur moderne en costume sur mesure, qui embrasse son domaine du regard.

— Tu es tellement belle, dit-il.

Il faut une minute à mon cerveau pour comprendre. Il ne regarde pas par la fenêtre. C'est moi qu'il regarde.

Je fais volte-face, tournant le dos à l'océan pour regarder à l'intérieur du pavillon. Mais il n'est pas là et quand je fronce les sourcils, déçue, son rire grave me traverse.

Les caméras de surveillance.

Je me tourne franchement vers l'une des caméras fixées au coin du toit. Je penche la tête et pose une main sur ma hanche.

— Tu n'as pas un empire à gérer ?

— C'est au programme de la journée. Pour l'instant, je me mets en condition avant de dominer le monde.

Il met l'accent sur le dernier mot et je darde sur la caméra un regard audacieux.

— Dans ce cas, Monsieur Stark, je suis impatiente de te voir ce soir. Quoique...

— Quoique ?

Je souris avec innocence.

— J'avais prévu de faire une petite promenade sur la plage avant de retrouver Jamie pour déjeuner. Prendre le soleil, me détendre. Tu sais...

— C'est une excellente idée pour décompresser.

— Oui, dis-je avant de me retourner pour lui présenter mon dos. Mais je ne suis plus certaine que ce soit le genre de décompression dont j'ai besoin.

Tout en parlant, je déboutonne ma chemise ample et je la laisse tomber sur la terrasse, révélant mon haut de bikini.

— Nikki...

— Tu m'as fait changer d'humeur, Damien. Maintenant, je suis encore plus tendue. J'ai envie d'un autre genre de chaleur.

Je glisse la main dans mon dos et je détache le fermoir entre mes omoplates. À une main, je soulève mes cheveux blonds mi-longs tandis que, de l'autre, je tire sur l'une des ficelles sur ma nuque. Le nœud se défait et je le lâche, envoyant voler le haut de bikini sur le sable par-dessus la rambarde.

— C'est mieux, dis-je en entendant la respiration de Damien. Mais ce n'est pas encore suffisant.

Comme j'avais l'intention de marcher dans l'eau, je me suis habillée en fonction. Maintenant, je défais le nœud sur ma hanche et je laisse le foulard tomber sur la terrasse en bois.

— Nikki, fait-il d'une voix rauque vibrante de tension.

— Hmm ?

Je feins l'innocence en quittant mon bas de bikini, puis je fais un pas provocant pour me libérer du tissu tombé à mes pieds. À présent, je suis tournée vers l'océan, entièrement nue, dos à la caméra et face à l'étendue d'eau. Et des mètres de plage – sans promeneurs, bien heureusement. C'est l'un des avantages de cet emplacement. Une intimité absolue.

— Ce n'est pas ce que tu voulais ?

— Bon sang, Nikki. J'ai une réunion dans quinze minutes.

Je m'efforce de garder mon sérieux en me tournant vers la caméra.

— Ça tire un peu dans le pantalon ? demandé-je.

Ma voix exprime l'innocence la plus pure tandis que je laisse glisser ma main le long de mon ventre. Mes doigts se frayent un chemin entre mes cuisses. Comme j'ai pensé à Damien, je suis détrempée, et je ne peux retenir le gémissement de plaisir qui s'échappe de mes lèvres entrouvertes.

Je ferme les yeux alors que mes doigts dansent sur mon sexe humide, l'index de mon autre main dans ma bouche. Je le suce tout doucement avant d'effleurer mon téton du bout du doigt. J'étais déjà très excitée à l'idée du spectacle que j'offre à Damien, mais la sensation de la brise marine sur mes mamelons humectés me donne un frisson de plaisir.

— Tu m'as manqué. Et même si tu es rentré, tu es encore trop loin.

— Je peux être de retour dans quarante minutes. Encore moins si je prends l'hélico.

J'éclate de rire.

— C'est tentant. Mais je dois m'habiller et filer. Jamie m'attend.

— Quelle chance, dit-il. Je vais devoir attendre.

— Patience, Monsieur Stark.

— Ce soir, bébé.

Sa voix est éraillée. Brute.

— Tous les soirs, rétorqué-je.

— Oui.

Il prend une inspiration et ajoute :

— Je serai à la maison à dix-huit heures. En attendant, imagine mes mains qui te touchent.

Je ferme les yeux et il raccroche.

Comme toujours.

Cette romance sexy et pleine d'émotions est la suite de l'histoire de Damien Stark, le milliardaire puissant qui n'accepte aucun refus, et de son épouse bien aimée, Nikki Fairchild Stark. Ne ratez aucun tome de cette saga romantique et sensuelle :

La trilogie initiale :
Délivre-moi
Possède-moi
Aime-moi

La suite de la saga :
Nikki & Damien Stark
Comble-moi (une nouvelle)
Prends-moi (une nouvelle)
Joue mon jeu (une nouvelle)
Surprends-moi (une nouvelle)

Retiens-moi
Tout contre toi (une nouvelle)
Tout pour toi (une nouvelle)
Protège-moi
Damien
Plus de Nikki & Damien à venir

NOTE DE L'AUTEURE

Ce livre est très cher à mon cœur. Non seulement parce que je suis heureuse de donner enfin à mes lecteurs ce qu'ils me demandaient – une famille pour Nikki et Damien –, mais aussi parce que c'est une histoire personnelle. Pas une histoire vraie, mais personnelle.

À la fin du mois d'octobre 2006, mon mari et ma fille aînée (qui a fêté ses cinq ans pendant le voyage) sont allés jusqu'en Chine pour adopter notre cadette, une adorable fillette née avec un bec-de-lièvre. Elle a eu trois ans pendant notre séjour d'adoption… et à l'heure où j'écris ces lignes, elle en a treize. Sa sœur et elle sont la lumière de nos vies (ainsi que des adolescentes typiques !).

Comme Nikki et Damien, mon mari et moi avons vu sa photo sur le site Web d'une agence d'adoption et nous avons tout de suite su que c'était notre fille. Ce simple coup d'œil a marqué le début d'un voyage de toute une vie, rempli de rire et d'amour.

Si le programme d'adoption chinois a changé au fil des ans, ce qui n'a pas changé, c'est le nombre d'enfants aux « besoins spéciaux » qui ont toujours besoin d'une famille et d'une aide particulière. Souvent, il s'agit d'un problème mineur. Si vous souhaitez adopter, je vous encourage à contacter l'une des nombreuses agences spécialisées dans l'adoption internationale. Et si vous voulez simplement apporter un peu d'aide, vous pouvez envisager de faire un don à l'un des nombreux organismes qui aident les orphelins de Chine. J'ai des affinités spéciales avec deux d'entre eux, *Love Without Boundaries* et *Half the Sky*.

En vous souhaitant de bonnes lectures,

XXOO
JK

À PROPOS DE L'AUTEUR

J. Kenner (alias Julie Kenner) est une auteure de best-sellers internationaux figurant aux classements des journaux *New York Times*, *USA Today*, *Publishers Weekly* et *Wall Street Journal*. Elle a écrit plus d'une centaine de romans, de romans courts et de nouvelles dans toutes sortes de genres littéraires.

Selon *Publishers Weekly*, JK est une auteure qui a un « don pour le dialogue et la création de personnages excentriques », et le *RT Bookclub* estime qu'elle a su « répondre aux besoins du marché en créant des antihéros scandaleusement attirants et dominateurs, et des femmes qui fondent pour eux. » Six fois finaliste de la prestigieuse récompense RITA (*Romance Writers of America*), JK a remporté son premier trophée RITA en 2014 pour son roman *Claim Me* (tome 2 de sa trilogie *Stark*) et le second en 2017 pour son roman *Wicked Dirty*. Elle a vendu des millions de livres, publiés dans plus de vingt langues.

Au cours de sa précédente carrière, JK a exercé comme avocate en Californie du Sud et au Texas. Elle vit actuellement dans le centre du Texas, avec son mari, ses deux filles et deux chats plutôt lunatiques.

Visitez son site web www.juliekenner.com pour en savoir plus et pour entrer en contact avec JK sur les réseaux sociaux !

www.jkenner.com